HEXE IM AUSNAHMEZUSTAND

PREMONITION POINTE

BUCH ZWEI

DEANNA CHASE

Übersetzt von
HELENA TAMIS

BAYOU MOON PRESS, LLC

Premonition Pointe 2: Hexe im Ausnahmezustand

Originaltitel: Witching for Hope © 2020 Deanna Chase

Copyright für die deutsche Übersetzung: Premonition Pointe 2: Hexe im Ausnahmezustand

© 2024 Helena Tamis

Lektorat: Nadine Manz

Lektorat Original: Angie Ramey

Cover Art: © Ravven

Deutsche Erstausgabe

ISBN 978-1-953422-90-3

Bayou Moon Press, LLC

www.deannachase.com

ÜBER DIESES BUCH

Hope Anderson liebt ihr Leben. Sie hat ein tolles, gut laufendes Geschäft, die besten Freundinnen, die man sich nur vorstellen kann, und einen Zirkel, der sie unterstützt. Ach, und sie ist seit gut fünfzehn Jahren Single und froh darüber … bis Lucas King, die Liebe ihres Lebens, zurück ins Städtchen kommt und alles, was sie glaubte, über sich zu wissen, über den Haufen wirft.

Als hätte das nicht gereicht, ist jetzt auch noch ihre Mutter da, um sie vor einem Fluch zu warnen, der alle Anderson-Frauen trifft, wenn sie sechsundvierzig werden, und sie spricht da nicht von Hitzewallungen und Stimmungsschwankungen. Aber vielleicht ist der Fluch gar nicht so schlimm, denn in ihrem beschaulichen Städtchen handelt jemand mit Drogen, und Hope wird einen verdammt guten Fluch brauchen, um die Drogendealer dranzukriegen und alles zu retten, was sie an Premonition Pointe liebt. Fragt sich nur, ob Lucas beweisen kann, dass er es verdient hat, die Reise mit ihr anzutreten, oder wird sie sich von ihm abwenden, genau wie vor fünfzehn Jahren?

KAPITEL EINS

„Ich brauche mehr Wein", sagte Hope Anderson, nachdem sie ihr Glas geleert hatte. Die frühherbstliche Brise an der kalifornischen Küste wehte ihr die schwarzen Locken in die Augen, sodass sie kurzzeitig ihre beiden Zirkelgefährtinnen nicht mehr sah, die sie auf der anderen Seite des heraufbeschworenen Lagerfeuers angrinsten. Es war ihr monatliches Treffen auf der Klippe, die über den Pazifik hinausschaute, wo sie Wein tranken, lachten und Vorsatzzauber wirkten, die ihnen mit allem helfen sollten, was das Leben ihnen im Augenblick auftischte.

Leider hatten sie ihr bereits gesagt, dass sie ihr nicht helfen würden, ihren Ex zurück nach Boston zu zaubern, und deswegen war sie immer noch ein wenig sauer. „Wenn ihr mir nicht mit Lucas helfen wollt, wie wäre es, wenn wir etwas deswegen unternehmen?" Sie wedelte mit der Hand, deutete auf ihr Erscheinungsbild. „Ich glaube nicht, dass ich es überlebe, wenn ich morgen Vormittag eine neue Falte sehe."

„Klar. Machen wir's." Joy war die erste, die sich erhob und

die Hände ihren beiden Freundinnen hinhielt. „Du führst uns", erklärte sie Hope.

Hope verschränkte die Hände mit ihnen und fing an, intonierte einen Spruch. „Göttin des Meeres, höre meinen Wunsch. Glätte meine Falten, stelle mich in sanftes Licht, spüle im Schimmer des Mondes die letzten zehn Jahre ab."

Ein Funkeln aus Magie knisterte in der Luft, erleuchtete die Nacht und verschwand genauso schnell, wie es gekommen war.

Stille füllte die Luft, wie es immer der Fall war, nachdem sie einen Zauber gewirkt hatten. Aber nach einem Augenblick begannen ihre beiden Freundinnen zu kichern.

„O nein. Was ist passiert?", fragte Hope, die betete, dass sie sich nicht in eine schön-operierte Zirkusnummer verwandelt hatte.

Grace Valentine kicherte, während sie Hopes Weinglas neu füllte. „Wenn du dich jetzt gerade sehen könntest, würdest du dir auch den Hintern ablachen. Oder nicht, Joy?"

Joy Lansing grinste und steckte sich ihre langen blonden Haare locker hoch. „Sie würde sich vermutlich kringeln. Ich glaube nicht, dass ich schon mal einen Spruch gehört habe, der so nach hinten losgegangen ist wie dieser."

Hope schaute an sich hinab und runzelte die Stirn. Ihre Jeans war nicht im Schritt gerissen, und auch ihre fließende Bluse hatte sich nicht in ein durchsichtiges bauchfreies Netzteil verwandelt. „Wovon redet ihr? Der Zauber hat überhaupt nicht funktioniert. Ich habe darum gebeten, zehn Jahre jünger auszusehen, und trotzdem stehe ich hier in etwas, das Lex bestimmt Mom-Jeans nennen würde, und einer Bluse, die zwar hübsch ist, die ich aber auch gekauft habe, um die paar Pfund zu viel zu verstecken, die ich in den letzten zehn Jahren mit mir herumtrage."

„Es sind nicht deine Kleider." Grace zog einen kleinen Klappspiegel aus ihrer Handtasche und reichte ihn rüber. Seit sie mit einem Mann zusammen war, der zehn Jahre jünger war als sie, trug sie mehr Make-up und modische Kleidung, die ihre kurvige Figur zur Schau stellte. Hope hatte ihre Freundin schon immer für hübsch gehalten, aber in letzter Zeit wirkte sie umwerfend.

Hope hielt einen Augenblick inne, bevor sie den Spiegel hob. Und als sie das tat, keuchte sie laut, während ihre andere Hand nach oben zu ihren Haaren ging, die sich plötzlich in genau die Frisur verwandelt hatten, die sie vor ungefähr zehn Jahren getragen hatte. Ein Schnitt und eine Farbe, die sie völlig entsetzt hatten, sodass sie das Haus eine ganze Woche lang nicht hatte verlassen wollen, bevor sie es reparieren konnte. Ihre vorher langen, dunklen Locken waren nun zu einem schiefen Bob gekürzt und hatten blonde Strähnen. „Heiliger Hexenbuckel!" Hope sprang auf und ging auf und ab. „Das habe ich nicht gemeint, als ich gesagt habe, ich will zehn Jahre jünger aussehen."

„Ich kann immer noch nicht glauben, dass du tatsächlich kein Geld für diesen tragischen Haarschnitt zurückbekommen hast", sagte Joy, die traurig den Kopf schüttelte. „Du hättest eine Rückerstattung und Geld für das Trauma kriegen sollen."

Hope setzte sich wieder und nahm den Kopf in beide Hände. „Als wäre es nicht schon schlimm genug, dass ich mich dazu habe hinreißen lassen, mit Lucas zu arbeiten, jetzt muss ich es also auch noch machen, während ich wie ein tragisches Modell aus der Kosmetikschule aussehe." *Lucas King*, dachte Hope und seufzte beinahe. Er war vor ein paar Wochen zurück in ihr Leben gekommen, und seither stand sie komplett neben sich. Für sie bestand kein Zweifel, dass der Grund, dass der Zauber schiefgegangen war, darin lag, dass Lucas nach

3

Premonition Pointe zurückgekehrt war und ihr Mojo völlig versaut hatte, indem er einfach nur da war.

„Wir kriegen das hin", sagte Grace, die sich neben ihre Freundin setzte. „Wir können einen Umkehrzauber wirken. Falls das nicht wirkt, holen wir Lance drüben bei Liminal Space dazu, damit er seine Magie wirkt."

Hope starrte die welligen, kastanienbraunen Haare ihrer umwerfenden Freundin an und runzelte die Stirn. „Das sagt sich für dich ganz leicht, weil du aussiehst, als wärst du gerade aus einer Shampoo-Werbung gesprungen."

Grace schüttelte nur den Kopf und lachte leise. „Das ist doch nicht das Ende der Welt. Ist ja nicht so, als hättest du dir einen schlimmen Fall von Akne zugezogen oder unabsichtlich jemandem Feigwarzen angehängt, so wie ich es getan habe, als meine Magie außer Kontrolle war. Das ist doch nur ein Haarschnitt. Komm schon, steh auf. Sehen wir mal, was wir tun können."

„Warum nicht?", sagte Hope, die sich erhob. „Ist ja nicht so, als könnte es schlimmer werden, oder?"

„Du hast dich vermutlich einfach nur selbst verflucht", sagte Joy, die drei Säulenkerzen aus ihrer Tasche mit Utensilien holte.

„Nö. Ich vertraue euch zwei." Hope stand auf und streckte die Hände zur Seite aus, während ihre beiden Zirkelschwestern es genauso machten.

Vielleicht sollte ich, wenn wir schon dabei sind, gleich noch Paul mit einem Ständer verzaubern, damit ich endlich mal flachgelegt werde.

„Wie bitte?" Hope starrte Joy an. Sie hätte schwören können, dass ihre hochgewachsene, langgliedrige Freundin gerade gesagt hatte, sie wolle ihren Mann verzaubern, nur dass sich ihre Lippen nicht bewegt hatten.

„Was?", fragte Joy und kniff die Augenbrauen zusammen.
„Ich habe nichts gesagt."

„Ich dachte, du hättest gerade gesagt, du wolltest Paul verzaubern, damit du ... äh, ein bisschen Action bekommst", stieß Hope hervor und lachte dann, als die Augen ihrer Freundin im Mondlicht groß wurden.

„Ich ... äh, ich habe das nicht gesagt", stammelte Joy, ihre Miene grenzte schon an Entsetzen.

Grace stieß ein lautes Lachen aus. „Ich kann mir nicht vorstellen, dass Joy das sagt, aber es ist keine schlechte Idee. Ich meine, inzwischen kann das doch kaum schaden, oder?"

„Also hast du nicht gehört, dass sie was sagt?", fragte Hope Grace, während sie überlegte, ob sie schon den Verstand verlor.

„Nö, aber was meinst du, Joy? Wollen wir es versuchen?", fragte Grace mit einem verschlagenen Grinsen.

„Ich weiß nicht ... äh, wäre das nicht falsch?" Joy schaute von ihren Freundinnen weg, aber dann konzentrierte sie sich rasch wieder auf sie beide. „Aber echt mal, was ist das Schlimmste, was passieren könnte? Er kriegt einen Ständer? Das ist doch nichts völlig Schreckliches, oder?"

„Ich würde sagen, es ist was wirklich Gutes", entgegnete Grace. „Kommt schon. Reparieren wir Hopes Haare, und dann geben wir dir was, mit dem du später arbeiten kannst." Sie zwinkerte Joy zu. *Vielleicht sollte Owen Paul mal in den Sexshop mitnehmen und ihn mit diesem Gleitgel mit Geschmack bekannt machen, das er gefunden hat, oder irgendwas Spannendem wie Nippelklemmen. Etwas, das ihn aus dieser Flaute rausholt.*

Hope schaute Grace mit offenem Mund an.

„Ach, komm schon. Ich schlage doch nicht vor, dass wir ihn körperlich verändern. Wir tanken ihn nur ein bisschen auf", sagte Grace, die genervt klang.

„Nippelklemmen?", fragte Hope.

Grace starrte sie einen langen Augenblick an, dann schürzte sie die Lippen und fragte: „Hope, liest du inzwischen Gedanken?"

„Moment mal", ließ sich Joy vernehmen. „Du liest unsere Gedanken?" Sie schlug sich eine Hand vor den Mund und keuchte. „Du *liest* unsere Gedanken. Was zum Teufel, Hope? Wie lange geht das schon so, und warum hast du nichts gesagt?"

„Ich ..." Hope schüttelte den Kopf. „Ich habe keine Ahnung, was da gerade los ist." Sie spähte zu Grace. „Du hast gerade gedacht, dass Owen Paul mal in den Sexshop mitnehmen sollte, oder?"

Grace nickte. „Auf jeden Fall."

„Irgendwas über Gleitgel mit Geschmack und Nippelklemmen?"

„Ja."

„Ach, bei der Göttin. Wie halte ich das auf? Ich will doch nicht eure schmutzigen Gedanken in meinem Kopf haben", rief Hope, die zurück auf den Holzklotz sank, auf dem sie vorhin gesessen hatte. „Das könnte ein Albtraum sein. Wie? Warum? Ich habe noch nie irgendjemandes Gedanken gehört. Hat das was mit dem Vollmond zu tun? Hat mich jemand verflucht?"

„Huch. Beruhige dich." Grace kam und setzte sich neben sie, legte Hope einen Arm um die Schultern. „Du hast noch nie zuvor Gedanken gehört?"

„Nein. Ihr schon?"

Grace schüttelte den Kopf. „Nein. Aber bis vor einem Monat hatte ich auch noch nie jemandem Akne oder Feigwarzen angehängt. Habt ihr gewusst, dass ich vor ein paar Tagen versehentlich dafür gesorgt habe, dass Bills Hose direkt in der Mitte durchreißt?"

„Du machst Witze", sagte Joy mit aufgerissenen Augen.

„Nö. Ich bin ihm bei einer Hausbesichtigung begegnet, und er hat versucht, die Lorbeeren für alle meine Erfolge einzuheimsen. Ich konnte nur daran denken, dass er schon wieder den Arsch raushängen lässt. Und ehe ich mich versah, war ein reißendes Geräusch zu hören. Das allerbeste? Er hat keine Unterwäsche getragen." Sie bebte vor Lachen und wischte sich die Augen ab, während sie nach Luft schnappte. „Seine Kundin hat sich rasch zurückgezogen, sodass meine die Einzige war, die auf das Haus geboten hat, anstatt des Bieterkrieges, mit dem wir gerechnet hatten. Sie hat zu tollen Konditionen zugeschlagen."

„Ist das ethisch vertretbar?", fragte Joy. „Die Konkurrenz zu verfluchen, damit du für deine Kundin einen besseren Abschluss hinkriegst?"

„Ich habe es doch nicht absichtlich gemacht!", beharrte Grace. „Es ist einfach ... passiert. Darum geht es doch. Hope belauscht unsere Gedanken auch nicht absichtlich. Die Frage ist, kann sie es kontrollieren? Bisher ist es mir nicht gelungen, meine Rachezauber völlig unter Kontrolle zu kriegen. Ich werde einfach wütend und denke mir was, und als nächstes habe ich der Bürotussi Akne verpasst." Sie zuckte mit den Schultern. „Ich versuche, daran zu arbeiten, nettere Gedanken zu haben, aber manchmal gerät es einfach außer Kontrolle."

Hope stöhnte. „Bitte lass das nicht von Dauer sein. So sehr ich euch beide mag, ich möchte wirklich keine Dinge über euer Liebesleben hören."

Grace lachte leise, während Joy das Gesicht verzog und es dann in den Händen vergrub. Als sie schließlich aufschaute, wandte sich Joy an Grace. „Nippelklemmen? Ernsthaft? Das treibst du mit Owen so?"

„Nein", erwiderte Grace und kicherte. „Aber wenn ich du

7

wäre, würde ich es mal ausprobieren. Ich meine, ernsthaft, Joy. Du hast doch ein Liebesleben verdient. Nur weil du seit fast dreißig Jahren verheiratet bist, bedeutet das nicht, dass du nur noch zuschauen darfst."

Joy seufzte. „Ich bin doch bereit, alles zu probieren. Ich habe nur …" Sie schüttelte den Kopf. „Ich weiß nicht, was das Problem ist. Paul war noch nie so ein Typ für jede Nacht, aber normalerweise konnte ich darauf setzen, dass mindestens einmal die Woche was läuft. Dieses letzte Jahr war einfach eine völlige Flaute, und er will nicht mal darüber reden."

„Na ja, dann geben wir ihm doch was, worüber er reden kann." Hope sprang wieder auf, winkte ihren Freunden, damit sie zu ihr kamen, dann schnippte sie mit den Fingern. Die Kerzen flammten auf, flackerten wild in der abendlichen Brise. Hope hob die Hände zum Himmel und sagte: „Göttin des Meeres, höre unsere Wünsche."

Joy und Grace wiederholten ihre Worte.

„Lass die Macht des Windes und des Meeres diesen Jugendlichkeitszauber umkehren um meine Locken wieder zurück in ihren natürlichen Zustand versetzen."

Magie zischte zweimal um den Zirkel, und dann wand sie sich um Hopes Haare, genau, wie sie es zuvor getan hatte. Nach ein paar Sekunden verschwand sie im selben Augenblick, als die Kerzen ausgingen.

„Hat es funktioniert?", fragte Hope zögernd.

Grace und Joy warfen einander einen besorgten Blick zu.

„Hat es nicht. Oder?", fragte Hope, die nach oben griff, um ihre Haare zu berühren. Sie waren auf jeden Fall länger, fühlten sich aber auch voller an, wilder, als hätte sie vergessen, sie mit irgendwas zu pflegen oder auf irgendeine Art zu zähmen. „O nein."

„Du hast gesagt, es soll in seinen natürlichen Zustand zurückkehren", sagte Grace.

„Ich habe doch nicht gemeint ... ach, egal." Hope wühlte ein Haarband aus ihrer Tasche und machte sich an die Arbeit, um zu versuchen, ihre außer geraten Kontrolle geratenen Locken zu zähmen. „Ich werde schnellstmöglich einen Termin bei Lance ausmachen."

„Vermutlich eine gute Idee", stimmte Grace zu. „Jetzt wollen wir doch mal an dem Zauber arbeiten, um die Magie zurück in Joys Schlafzimmer zu holen, oder?"

Eine halbe Stunde später, sobald sie einen Zauber gewirkt hatten, um Paul zu helfen, einen hochzubekommen, umarmten Grace und Joy Hope zum Abschied und gingen nach Hause zu ihren Männern. Hope blieb zurück und stand am Meeresufer, schaute hinaus auf die brandenden Wellen. Um Mitternacht würde sie ein Jahr älter werden. Normalerweise hätte sie das locker hingenommen. Hope hatte keine Angst vor dem Älterwerden. Sie umarmte das Leben. Nur dass sie sich dieses Jahr mit Lucas herumschlagen musste. Und jedes Mal, wenn sie ihn sah, konnte sie nur daran denken, wie ihr Leben verlaufen wäre, hätte er sie nicht zurückgelassen ... zweimal.

Sie stieß ein frustriertes Knurren aus und versuchte dann, zu vergessen, dass sie am nächsten Abend einen Tag der offenen Tür für Lucas' neuen Laden organisieren musste, Against the Grain Inneneinrichtung.

Das würde wohl der schlimmste Geburtstag seit Jahren werden.

Der Wind peitschte um sie herum, wehte ihre ungezähmten Haare zurück. Und als sie da stand, hörte sie den Wind flüstern: *Er ist hier. Wenn du annimmst, was angeboten wird, wird sich dein Leben und das von allen anderen für immer ändern.*

KAPITEL ZWEI

„Hope? Bist du das?", rief Angela Anderson laut, sobald Hope ihr niedliches türkisblaues Häuschen betrat.

„Nö. Hier ist Betty White. Hol lieber mal das gute Porzellan raus", sagte Hope, die die Augen verdrehte. Wer sollte es denn sonst sein? Hope wohnte allein … oder hatte das zumindest getan, bis ihre Mutter vor ein paar Wochen eingezogen war. Hope wusste nicht, wie lange sie bleiben würde.

„Witzig." Angela kam aus der Küche, sie trug eine Tiara mit Strasssteinen und hatte zwei Sektgläser in der Hand. Irgendwann in den letzten zwei Jahren hatte ihre Mutter ihre langen, geraden Haare ganz natürlich werden lassen. Inzwischen hatten sie ein umwerfendes Silbergrau, von dem Hope bereits wusste, dass sie nicht damit gesegnet war, es zu erben. „Herzlichen Glückwunsch zum Sechsundvierzigsten, Kleine!"

Hope nahm das Sektglas entgegen, stieß es an das von ihrer Mutter, und stürzte die Flüssigkeit hinab. „Danke, Mom." Ohne zu zögern, eilte sie an ihrer Mutter vorbei, wollte in die

11

Küche gehen, blieb aber abrupt stehen, als sie hörte, wie ihre Mutter in ihrem Kopf sprach.

Alles wird sich verändern, Häschen.

Während sie sich umdrehte, beäugte Hope ihre Mutter argwöhnisch. „Du wusstest davon?"

„Ich wusste was?", fragte Angela leichtfertig, tat offensichtlich so, als würde sie nichts ahnen.

Hope starrte in die dunklen Augen ihrer Mutter und sagte: „Mutter, mach dich doch nicht über mich lustig. Was hast du damit gemeint, dass sich ‚alles verändern wird'?"

„Also hast du mich gehört." Angela nickte ihr knapp zu, schnappte sich das leere Sektglas aus Hopes Händen und bog nach rechts in die Küche ab.

Mit einem lauten frustrierten Schnauben folgte ihr Hope und lehnte sich an den Tresen, während ihre Mutter ihre Gläser auffüllte und ein paar Stücke vom Käsekuchen mit doppelt Schokolade abschnitt.

„Komm", sagte Angela, die den Sekt und der Nachtisch hinüber zum Frühstückstisch brachte. „Setz dich. Feiern wir deinen Geburtstag."

„Mir ist nicht nach Feiern zumute", sagte Hope, noch während sie Platz nahm und zur Gabel griff.

Ihre Mutter lachte leise. „Okay. Keine Feier."

Hope schaute zu der Frau, die sie aufgezogen hatte, und konnte Ihren Ärger kaum unterdrücken. Angela Anderson war eine alleinerziehende Mutter gewesen, die hart gearbeitet hatte, um dafür zu sorgen, dass Hope alles hatte, was sie brauchte, darunter die Möglichkeit, aufs College zu gehen. Auf dem Papier war sie eine tolle Mutter. Nur dass Angela in dem Augenblick verschwunden war, als Hope achtzehn geworden war und sich am College eingeschrieben hatte, und sie sich selbst überlassen hatte. Das Frustrierende war, dass sie alle paar Jahre nach Premonition Pointe zurückkehrte, sich benahm, als wäre sie nie gegangen, und versuchte, Hope zu erzählen, wie sie ihr Leben zu führen hätte. Und Hope war sicher, was immer ihre Mutter nun zu besprechen hatte, würde nach demselben alten Drehbuch ablaufen.

Du brauchst Abenteuer, Hope. Verliebe dich doch mal in jemand anderen als Lucas, Hope. Lebe dein Leben, oder du wirst es bedauern, Hope.

Hope stöhnte. Sie wollte es nicht hören. Nicht jetzt. Niemals wieder.

„Das ist keine Lektion fürs Leben, Häschen", sagte Angela, die sie leicht anlächelte. „Darüber sind wir inzwischen raus."

Hope blinzelte. „Hast du gerade meine Gedanken gehört?"

„Was meinst du denn?"

Der Ärger wich reinem Frust, und Hope schaute ihre Mutter finster an. „Mach das nicht. Nicht jetzt. Vorhin am Abend habe ich Joys und Graces Gedanken gehört, und gerade jetzt hast du gewirkt, als würdest du direkt in meinen Gedanken sprechen. Ich habe null Geduld für irgendwelche Spielchen. Sag mir einfach, was los ist."

Angela legte beide Handflächen auf den Tisch und schürzte die Lippen, während sie langsam nickte. „Ich bin nicht nur nach Hause gekommen, um deinen Geburtstag zu feiern."

„Okay." Hope lehnte sich in ihrem Stuhl zurück und verschränkte die Arme vor der Brust. „Warum bist du dann also hier? Eröffnest du ein neues Geschäft? Hast du einen neuen Typen kennengelernt? Oder eine Frau?" Hopes Mutter war schon mit Leuten aus dem ganzen Spektrum zusammen gewesen. Das einzig Beständige daran war, dass nichts länger dauerte als ein paar Monate. Abgesehen von der Tatsache, dass Hope nur mit Männern zusammenkam, hatten sie und ihre

Mutter eine Menge gemeinsam, wenn es um ihr Liebesleben ging. Nichts war bei ihnen je von Dauer.

„Nein. Ich bin da, um dir in deiner Übergangsphase zu helfen." Sie lächelte Hope schwach an.

„Du meinst die Menopause? Denn falls ja, glaube ich, ich kriege das schon in den Griff", schoss Hope zurück, die es satthatte, dass ihre Mutter hier um den heißen Brei redete.

„Nicht ganz, Häschen." Sie strich sich mit dem Finger übers Kinn. „Aber vielleicht willst du mal ran an die Pinzette, bevor du heute Abend ins Bett gehst."

Hope konnte nicht anders, sie berührte ihr Kinn und verzog das Gesicht. „Aber Dankeschön auch. Echt hilfreich."

„Ich passe doch immer auf meine Kleine auf."

„Wenn das nur wahr wäre", erwiderte Hope trocken.

Angela stieß ein Seufzen aus und beugte sich vor. „Es stimmt, Hope, es gibt einen Grund, weshalb ich auf Abstand geblieben bin, und der liegt nicht darin, dass ich nicht da sein wollte."

„Du musst es nicht erklären." In Wahrheit wollte Hope die Erklärung ihrer Mutter nicht hören. Lange Zeit hatte Hope es verabscheut, dass ihre Mutter Premonition Pointe den Rücken gekehrt und Hope in so jungen Jahren sich selbst überlassen hatte. Aber zum Großteil hatte sie das alles hinter sich gelassen und einfach nur akzeptiert, dass bei ihrer Mutter die Prioritäten anders gelagert waren.

„Hope", sagte ihre Mutter, die genervt klang. „Ich versuche, dir etwas Wichtiges zu sagen. Es geht darum, dass du plötzlich die Gedanken deiner Freundinnen hörst."

Hope blinzelte, war kurzzeitig verblüfft. Dann legte sie die Ellbogen auf den Tisch und beugte sich vor. „Okay. Du hast meine Aufmerksamkeit."

„Drei Monate, bevor du achtzehn geworden bist, wurde ich

sechsundvierzig und wurde von einem Familienfluch getroffen, der über meine Urgroßmutter Moira weitergegeben wurde." Angela schloss kurz die Augen und stürzte dann etwas mehr Sekt hinunter, bevor sie fortfuhr. „Jede Anderson-Frau, die von Moira abstammt, leidet an dem Fluch, kurz bevor sie sechsundvierzig wird. Offensichtlich war es einfach ein Zauber, der schiefgelaufen ist, und den keine Hexe bisher umkehren konnte."

Die Erkenntnis dämmerte Hope. „Du meinst, wir sind mit Telepathie verflucht?"

Angela nickte. „Für mich ist es nicht zu kontrollieren. Ich höre die Gedanken von fast allen, und es ist überwältigend. In den letzten paar Jahren wurde es etwas leichter, damit umzugehen, aber ich kann immer noch nicht die Gedanken jener Leute ausblenden, die um mich herum sind."

Sie hat die ganzen Jahre lang meine Gedanken gelesen? Heilige Göttinmutter, dachte Hope.

„Deswegen bin ich gegangen", sagte Angela leise, während sie auf ihr unangetastetes Stück Käsekuchen schaute.

Ein Anflug von Wut brauste durch Hopes Körper, und sie stand so schnell auf, dass ihr Stuhl umfiel. „Du hast nicht nur meine Gedanken lesen können, sondern hast es mir nicht erzählt. Und dann bist du gegangen, hast mich denken lassen … ach, verdammt. Es ist doch gleich, was ich gedacht habe." Sie warf die Hände in die Luft und eilte aus der Küche, ging direkt in ihr Zimmer. Auf gar keinen Fall konnte sie ruhig mit ihrer Mutter reden. Nicht in genau diesem Augenblick. Nicht, wenn sie das Gefühl hatte, dass ihr Inneres zerrissen wurde. Hope hatte achtundzwanzig Jahre damit verbracht, zu denken, ihre Mutter hätte sie verlassen. Und jedes Mal, wenn sie während dieser ganzen Zeit zusammen gewesen waren, hatte Hope ihre Mutter gehasst, hatte ohne Zweifel schreckliche Dinge gedacht, die sie niemals laut ausgesprochen hatte, und ihre Mutter hatte sie alle gehört.

„Hope! Warte!", rief Angela, die hinter ihrer Tochter her rannte.

„Weshalb sollte ich?" Hope wirbelte herum, ihr Körper bebte wegen des Aufruhrs, der ihre Gefühle erfasst hatte. „Du hast das achtundzwanzig Jahre lang für dich behalten. Weshalb willst du jetzt reden?"

„Weil ich dir helfen will, da durch zu kommen." *Ich will nicht, dass du leidest, wie ich das getan habe.*

Es waren die Gedanken ihrer Mutter, nicht ihre Worte, die die ganze Wut aus Hope herausströmen ließen. Ihre Schultern sanken zusammen, und sie drückte sich eine Hand auf die Stirn, während sie sich ins Wohnzimmer begab und in ihrem Polstersessel Platz nahm.

Angela setzte sich auf die Kante des Sofas, ganz an den Rand, die Hände ineinander verschlungen. „Ich schulde dir eine Erklärung."

„Ich halte das für untertrieben", sagte Hope, die sich fest zusammenringelte und ihre Mutter schief anschaute.

Einen langen Augenblick stand Stille zwischen ihnen, bis Angela schließlich sagte: „Es tut mir leid, Hope. Ich weiß, was mein Schweigen dir angetan hat. Meine einzige Verteidigung ist, dass ich mir gewünscht habe, dass du ein normales Leben führen kannst, eines, das sich nicht um diesen Fluch dreht, so lange das möglich ist."

Hopes Stirnrunzeln wurde noch tiefer. „Ich kapiere es nicht. Was wäre denn so schlimm daran gewesen, es mir zu sagen? Zumindest wäre ich dann vorbereitet gewesen, als ich anfing, die Gedanken meiner Freundinnen zu hören."

Angela starrte auf ihre Nägel hinab, als wären sie das Interessanteste, was sie seit Ewigkeiten gesehen hatte. „Du verstehst das nicht. Ich wusste, dass der Fluch kommen würde, bevor es dazu kam. Meine Oma hat es mir erzählt, nachdem du geboren wurdest. Ich habe siebzehn Jahre damit verbracht, mir Stress darüber zu machen, was das mit meinem geistigen Zustand und meinen Beziehungen anstellen würde. Meine Großmutter Rosie war überzeugt, dass das der Grund war, weshalb meine Mutter jung gestorben ist. Ihr Tod wurde als Unfall eingestuft, als ihr Auto von der Straße abkam, aber Rosie war nicht überzeugt. Mom konnte nicht gut damit umgehen, die Gedanken anderer Leute zu hören."

„Sie dachte, Oma Mary wäre absichtlich von dieser Klippe gefahren?", fragte Hope entsetzt. Sie hatte die Geschichten gehört. Die Mutter ihrer Mutter war während eines Sturmes losgefahren, angeblich, um Milch und Eier zu holen, und war nie mehr zurückgekehrt. Nur das Harriet, ihre langjährige Nachbarin, gesagt hatte, sie hätte nie verstanden, weshalb, denn es hatten an diesem Abend bereits ein ganzer Kanister Milch und ein voller Eierkarton im Kühlschrank gestanden. Harriet wusste das, weil sie in der Nacht, nachdem sie die Nachricht von Marys Unfall erfahren hatten, bei Angela geblieben war, und sie Angela am nächsten Vormittag Frühstück gemacht hatte.

„Ja. Sie war sich da sicher, aber sie hat allen den Glauben gelassen, es wäre ein Unfall gewesen, um den Familiennamen zu schützen." Auf ihrem Gesicht stand Ekel, sodass Hope zum ersten Mal die Beziehung zwischen ihrer Großmutter und ihr infrage stellte.

Hope wusste, dass Angela keine tolle Beziehung zu ihrer eigenen Mutter gehabt hatte, aber sie hatte gedacht, Oma Rosie wäre sie nahe gestanden. *Waren deswegen die Dinge immer so angespannt? Hatte Mom ihr den Fluch angelastet?*

„Nein, Häschen. Ich habe ihr keine Vorwürfe gemacht, aber

ich war lange wütend auf Oma, weil sie nicht ehrlich darüber war, was passiert war", sagte Angela, die traurig klang. „Die Wahrheit ist, ich war lange Zeit auf alle wütend. Alle außer dich. Es hat mich umgebracht, hier wegzugehen. Aber du musst verstehen, sobald ich anfing, die Gedanken der Leute zu hören, war es überwältigend. Ich konnte sie nicht aussperren. Es war rund um die Uhr. Ich musste allein leben, um meiner geistigen Gesundheit und deiner Privatsphäre willen. Das letzte, was ich hören musste, waren die privaten Gedanken meiner achtzehnjährigen Tochter."

Hope schaute ihre Mutter mit offenem Mund an, während sie daran dachte, was für Dinge ihre Mutter in ihren Gedanken gehört hatte. Mit achtzehn war Hope rettungslos in Lucas verliebt gewesen. Sie waren etwa sechs Monate zusammen gewesen, und das war in beinahe allem ihr erstes Mal gewesen … *Ach, verdammt,* dachte sie, während ihr vor Verlegenheit die Gesichtszüge entglitten. Sie konnte sich die Gedanken und Bilder nur allzu gut vorstellen, die ihr durch den Kopf gegangen waren.

Angela nickte. „Du hast deine Privatsphäre gebraucht. Ich musste dir dieses Geschenk machen, während ich mir meine eigene geistige Gesundheit erhalten wollte."

Hope kniff die Augen zusammen. „Warum hast du es nicht einfach gesagt? Vielleicht hätte ich dann nicht die letzten achtundzwanzig Jahre damit verbracht, dich zu verabscheuen." Es gab nun keinen Grund mehr, nicht auszusprechen, was sie dachte. Ihr wurde gerade erst klar, dass ihre Mutter sowieso ihre Gedanken lesen konnte.

„Ich habe versucht, dich zu schützen. Ich wollte nicht, dass du die Nervosität und den Aufruhr durchmachst, wie ich das getan habe. Weshalb sollte ich es dir sagen und davon dein Leben übernehmen lassen, bevor es sich bemerkbar macht? Ich wollte, dass du das normale Leben führst, dass ich nicht haben konnte. Ich habe es getan, um dir zu helfen."

Helfen? Hatte es geholfen, dass sie gedacht hatte, ihre Mutter hätte sie verlassen? Hatte es geholfen, als Lucas gegangen war, und sie das Gefühl gehabt hatte, mit ihr wäre irgendwas falsch, weil die Leute, die sie am meisten liebte, sie immer zurückließen? Sie schaute ihre Mutter an, sah ihren Schmerz dort gespiegelt, und sie wusste, dass ihre Mutter ihre Gedanken las.

Tränen füllten Angelas Augen, und Hope wusste, dass sie etwas sagen sollte. Irgendwas, um zu bestätigen, dass sie verstand, dass ihre Mutter sie nicht absichtlich hatte verletzen wollen. Dass sie zumindest die Gründe ihrer Mutter verstehen konnte, obwohl sie nicht der Meinung war, dass es besser für sie gewesen war, ihr die Wahl vorzuenthalten. Aber sie brachte die Worte nicht heraus. Stattdessen fühlte sie sich einfach nur betäubt.

„Ich kann das jetzt gerade nicht." Hope schob sich aus dem Sessel hoch. „Ich muss … ich muss das einfach mal verarbeiten."

„Verstehe ich." Angela nahm Hopes Hand, um sie leicht zu drücken. Als Hope die Geste nicht erwiderte, ließ Angela los und seufzte. „Ich werde hier sein, wenn du bereit zum Reden bist."

Hope nickte einmal und verschwand dann in ihrem Zimmer.

Sie lehnte sich an ihre Schlafzimmertür und schloss die Augen, fragte sich, ob es einen Zauber geben könnte, der die Zeit zurückdrehte. Vor ein paar Wochen war sie noch vollkommen glücklich mit ihrem Leben gewesen. Sie hatte sich hin und wieder mit einem Mann getroffen, der dasselbe wollte wie sie – eine gute Zeit verbringen. Keine Verpflichtungen.

Keine Erwartungen. Dann war Lucas zurück in die Stadt marschiert, und sie hatte plötzlich jegliches Interesse an ihrer Affäre verloren. Und nun war ihre Mutter da, bereit, zum ersten Mal seit Ewigkeiten zu reden. Es war zu viel, und sowohl Lucas als auch ihre Mutter sorgten für Chaos in dem Leben, das sie sich eingerichtet hatte, indem sie einfach nur in Premonition Pointe waren.

„Nein", sagte sie, schüttelte den Kopf. „Nicht heute. Nicht morgen. Und nicht nächste Woche." Es spielte keine Rolle, weshalb sie hier in der Stadt waren, oder ob sie jetzt Gedanken lesen konnte. Sie würde sich weder von ihnen noch von irgendetwas sonst ihren Groove nehmen lassen. Nachdem sie ihr Handy aus der Tasche gefischt hatte, wählte sie Benjis Nummer.

„Hey, Hübsche. Lange nicht geredet", sagte er.

Hope konnte das Lächeln in seiner Stimme hören, und es beruhigte sie. Benji war ein cooler Typ, und sie hatten immer eine gute Zeit, wenn sie einander sahen. „Hier war es ein wenig trubelig. Was ist mit dir? Ich habe auch keinen Anruf erhalten."

Er lachte leise. „Du kennst mich. Ich folge einfach den Wellen. Habe die letzten paar Monate in Hawaii verbracht. Aber jetzt bin ich zurück." Sein Tonfall war anzüglich und zweideutig.

„Hast du dieses Wochenende Zeit? Samstagabend?", fragte sie.

„Ich hole dich um sieben ab."

„Ich warte dann." Hope beendete den Anruf, erwartete, sich wieder mehr bei sich zu fühlen. Stattdessen spürte sie nur ein leichtes Unbehagen. „Verdammt", murmelte sie und warf sich auf ihr Bett, sodass der Berg aus Kissen auseinanderstob.

KAPITEL DREI

*H*ope kurvte mit ihrem Toyota Highlander auf den letzten verfügbaren Parkplatz und lief dann durch den leichten Regen zum Liminal Space Day Spa. Nachdem sie bis zwei Uhr morgens Wiederholungen von *Golden Girls* gesehen hatte, war sie letztlich eingeschlafen und zwanzig Minuten aufgewacht, nachdem der Spa-Salon geöffnet hatte. Nach einem kurzen, aber intensiven Betteln ihrerseits hatte Lance zugestimmt, ihre Haare hinzubiegen, aber nur, wenn sie sofort kam.

„Ich bin da", rief sie, als sie durch die Tür lief.

Lance, der damit beschäftigt war, Gigi Martin zu föhnen, drehte sich um und stieß ein Keuchen aus, das so laut war, dass man es über den Föhn hinweg hören konnte.

„Ach, hör auf. So schlimm ist es nicht", rief sie und hob beide Hände, um ihre außer Kontrolle geratenen Locken zu tätscheln.

Gigi begegnete Hopes Blick im Spiegel und verzog das Gesicht. Gigi war relativ neu in der Stadt. Sie hatte ihren gewalttätigen Mann verlassen und eines der Spukhäuser gekauft, die Grace hatte verkaufen müssen, als sie mit ihrem Job bei Landers Realty angefangen hatte. Gigi trug ein weißes Sommerkleid und hatte sonnengebräunte Haut. Ihre honigblonden Haare leuchteten mehr oder weniger, sodass Hope das Gefühl bekam, sie wäre ein noch schlimmeres Sumpfwesen.

„Mist. Es *ist* wirklich so schlimm, oder?" Hope sank am Tresen zusammen, verbarg ihr Gesicht.

„Keine Sorge, Hope", sagte Lance beruhigend. „Du bist an den richtigen Ort gekommen. Ich verwandle dich wieder in einen Schwan."

Sie schaute auf zu dem großen, gut aussehenden Schwarzen Mann und lächelte ihn schwach an. „Da hast du ja was vor dir."

„Ach, Liebling. Wenn ich eine fast zwei Meter große Drag-Queen mit Dreitagebart in ein Supermodell verwandeln kann, dann musst du dir doch keine Sorgen machen. Ich werde diese Locken zähmen und mich um deine Schnurrhaare kümmern."

„Schnurrhaare?", quietschte Hope.

Er tippte sich ans Kinn und zwinkerte ihr zu. „Das passiert auch den Besten, Liebes, aber darum bist doch hier. Onkel Lance kümmert sich darum."

„Schnurrhaare?", hörte Hope Gigi fragen, und dann nahm sie Platz, um zu warten, bis sie dran war.

„Das ist nichts, worum Sie sich schon Sorgen machen müssen, Ms. Gigi, zumindest nicht in den nächsten zehn Jahren." Er arbeitete weiter daran, ihr die Haare zu stylen, und zehn Minuten später half er ihr aus dem Stuhl.

Gigi bewegte sich mit der Anmut einer Balletttänzerin zum Tresen. Sie schaute hinüber zu Hope. *Tolle Haut. Ich frage mich, was für Produkte sie benutzt.*

„Hazels Zaubersystem", sagte Hope automatisch.

Gigi blinzelte sie an. „Was?"

Hope wiederholte es und fügte hinzu: „Meine Hautpflege. Du hast doch danach gefragt."

„Wirklich?" Gigi sah sie seltsam an und stieß dann ein nervöses Lachen aus. „Mir war ehrlich nicht klar, dass ich das laut gesagt habe."

Ach, verdammt. Das hatte sie vermutlich nicht. Aber da Hope nicht rauslassen wollte, dass sie gerade die Gedanken einer anderen Person mitgehört hatte, zuckte sie nur die Schulter. „Man bekommt es in dem Reformladen nur ein paar Blöcke weiter."

„Gut zu wissen. Danke." Gigi lächelte sie an. „Viel Glück mit dem Haar. Ich bin sicher, Lance wird seine Magie wirken."

„Von deinen Lippen in die Ohren der Göttin", sagte Hope.

„Darum musst du dir keine Sorgen machen", sagte Lance, der Hope herwinkte. „Ich weiß nicht, wie das passiert ist, aber bis du gehst, wirst du dich nicht mehr wiedererkennen."

Zu spät, dachte sie. Seit sie angefangen hatte, die Gedanken anderer Leute zu hören, fühlte sie sich, als wäre ihr ihr Verstand entrissen und durch ein schadhaftes Modell ersetzt worden.

Diese Hexen und ihre Schönheitszauber. Ich bin erstaunt, dass ihre armen Haare nicht ausgefallen sind.

„Meine Haare hätten ausfallen können?", rief Hope, und dann schlug sie sich die Hand vor den Mund.

Lance kam um den Sessel herum, auf dem Hope saß, und schaute ihr in die Augen.

Du kannst mich hören.

Sie nickte, immer noch eine Hand über den Mund.

„Na, *das* ist ja mal interessant", sagte er und wirkte erheitert. „Das ist eine neue Entwicklung, oder nicht?"

Noch ein Nicken.

„Also, was ist denn das Krasseste, das du mitgehört hast, das niemand laut aussprechen wollte?", fragte er, während er mit den Händen durch ihre Haare strich.

Hope stieß ein brüllendes Lachen aus. „Das werde ich dir nicht erzählen. Ich fühle mich bereits wie eine Stalkerin, nur weil ich Dinge höre, die ich nicht hören sollte."

Er hob vor ihr eine Augenbraue. „Du hast es Grace und Joy nicht erzählt?"

„Das musste ich nicht. Eine von ihnen hat es gedacht", sagte sie mit leisem Lachen.

„Jetzt kommen wir allmählich weiter." Er fuhr den Stuhl nach unten und hielt ihr eine Hand hin. „Komm schon. Wir brauchen auf diesen Schlamassel erst mal Conditioner, bevor wir anfangen."

Sobald Hope am Waschbecken saß, winkte Lance eine Helferin weg und machte sich an die Arbeit, Hope die Haare zu waschen.

„War es Grace oder Joy? Es war Joy, oder?", fragte Lance.

Hope lachte leise und stieß ein zufriedenes Seufzen aus, als seine Finger ihre Kopfhaut massierten. „Woher wusstest du das?"

„Grace ist ein offenes Buch. Joy ist zurückhaltender. Du weißt ja, was man über die Stillen sagt."

„Ja. Da hast du recht. Aber ich verrate es dir nicht. Das geht nur sie und Paul was an."

Lance schnaubte. „Paul. Das ist ja wohl mal ein problematischer Kerl, oder?"

Hopes Augen gingen auf. „Was meinst du damit?"

Er zuckte mit den Schultern. „Nur, dass er anscheinend nicht zu schätzen weiß, was er hat. Joy hat was Besseres verdient."

Hope stand kurz davor, ihn zu fragen, was er damit meinte, aber dann hörte sie seine nächsten Gedanken.

Verdammt, Mädchen. Du hast deinen Haaren ja übel mitgespielt. Ich muss eine Menge abschneiden, um was zu retten.

„Abschneiden?", rief Hope. „Wie viel?"

Lance schaute auf sie hinab. „Du liest also wirklich Gedanken. Ich werde sicherstellen müssen, dass meine Gedanken jugendfrei bleiben."

„Deine schmutzigen Gedanken sind mir egal", beharrte sie. „Ich will wissen, was mit meinen Haaren passiert!"

„Entspann dich, Anderson. Ich gebe dir einen sexy neuen Haarschnitt, bei dem Lucas dich anbetteln wird, dich heute Abend mit nach Hause nehmen zu dürfen."

Sie schloss die Augen wieder und verfluchte ihn in aller Stille, weil er die Liebe ihres Lebens erwähnt hatte. Es war schon eine ganze Stunde her, seit sie an ihn gedacht hatte. „Er kann betteln, aber es wird nicht dazu kommen."

„Aha." Lance hätte nicht skeptischer aussehen können.

„Glaub doch, was du willst", sagte Hope. „Das ist vorbei, und zwar schon seit Jahren."

„Was immer du sagst." Lance wurde mit dem Waschen und dem Conditioner fertig und führte sie zurück zum Frisiersessel. „Jetzt lass mich meine Magie wirken. Irgendwelche Vorstellungen und Wünsche?"

Sie starrte ihn im Spiegel an. „Wenn ich dir sage, dass du einfach nur deine Magie wirken sollst, kannst du mir versprechen, wenn ich rausgehe, werde ich so sexy sein wie vor fünfzehn Jahren?"

Lance lachte leise. „Hope Anderson, du hast doch bereits mehr Sex-Appeal als vor fünfzehn Jahren. Du hast Alter und Weisheit und Charakter, was dich zu einer verdammt guten Geschäftsfrau macht. Aber ja, ich verspreche, wenn du mich einfach auf dich loslässt, wirst du dich, wenn du heute hier rausgehst, fühlen, als hättest du mehr Sex-Appeal als vor fünfzehn Jahren."

Ein Lachen blubberte aus Hope heraus. „Du kannst echt gut reden, Lance. Ich bin mir nicht sicher, ob ich dir glaube, aber machen wir es. Mach mich umwerfend."

„Ich tue mein Bestes."

Lance machte sich an die Arbeit, und zum Glück wurden alle neuen Gedanken, die er hatte, vom Föhn übertönt, den eine andere Stylistin benutzte.

Eine Stunde später zog Lance den Kittel von Hopes Schultern und wirbelte sie herum, damit sie im Spiegel ihren neuen Look bewundern konnte.

Hope stieß ein überraschtes Keuchen aus. Ihre dunklen Locken waren tatsächlich kürzer, aber er hatte sie zu einem sexy Bob geschnitten, der hinten kürzer war und vorne länger. „Du hast mich umwerfend gemacht."

„Ach, nein. Das bist alles du, Süße", sagte er mit einem koketten Lächeln. „Ich habe nur ein wenig Wartungsarbeit geleistet. Bist du bereit für eine Wachsbehandlung?"

Sie nickte und folgte ihm nach hinten, wo er sie an Carrie weitergab, eine seiner langjährigen Kosmetikerinnen.

„Hi, Hope. Schön, dich wieder zu sehen", sagte die hochgewachsene Frau mit den langen, dunklen Haaren. Sie lächelte Hope an, aber es erreichte nicht ganz ihre Augen, sodass Hope sich fragte, was los war. Carrie war eine dieser Personen, die ständig fröhlich waren, und es war äußerst ungewöhnlich, dass man sie an einem unguten Tag erwischte.

„Dich auch. Es ist schon eine Weile her. Du hast einige Arbeit vor dir."

Carrie lächelte sie schwach an. „Keine Sorge, ich kriege das hin. Leg dich hierhin auf den Tisch, und wir richten dich wieder her. Lance sagt, du musst dir das Kinn wachsen lassen."

Hope nickte. „Du kannst auch gleich noch die Lippen und Augenbrauen machen."

„Alles klar." Carrie machte sich mit ihrem Folterwachs an die Arbeit, und als sie fertig war, beäugte sie Hope. *Falls ich sie dazu überreden kann, sich die Augenbrauen und die Wimpern tönen zu lassen, wäre das genug für die Miete diese Woche.*

„Machen wir's", sagte Hope, die die Sorge in den Augen der Frau lindern wollte.

„Machen wir was?", fragte Carrie mit gerunzelter Stirn.

„Oh, äh, alles Drum und Dran. Du weißt schon, was immer du tun kannst, um die Sache aufzuhübschen." Hope wedelte mit der Hand vor ihrem Gesicht, versuchte zu überdecken, dass sie unabsichtlich die privaten Gedanken der Frau beantwortete.

„Ah. Verstanden." Als Carrie dieses Mal lächelte, glitzerten ihre blauen Augen. „Ich habe mich gerade gefragt, ob du vielleicht dran interessiert wärst, dir die Augenbrauen und Wimpern färben zu lassen, ich könnte auch eine Gesichtsbehandlung machen, falls …"

„Das klingt alles toll." Hope hatte die Erleichterung in der Stimme der Frau gehört, als sie gesagt hatte, dass sie weitere Dienstleistungen wollte. Ohne Zweifel stand sie unter finanziellem Druck, und falls Hope etwas tun konnte, um ihre Sorgen zu lindern, würde sie es machen. Es schadete auch nicht, dass sie dann ganz funkelnd und wie neu für das Event in Lucas' Laden an diesem Abend dastehen würde.

„Perfekt." Carrie machte sich an die Arbeit, wachste, tönte und nutzte eine ganze Reihe Pflegeprodukte auf Hopes Gesicht. Als sie schließlich fertig war, dachte sich Hope, dass sie wohl mindestens fünf, wenn nicht zehn Jahre von ihrem

Gesicht genommen hatte. „Okay. Deine Wimpern und Brauen sind fertig. Aber dein restliches Gesicht ist vielleicht ein paar Tage lang gerötet. Das passiert manchmal beim Wachsen und Gesichtsbehandlungen, aber dann, zwischen vierundzwanzig und achtundvierzig Stunden später, sieht man aus wie neu."

Hope schluckte ein Stöhnen. Natürlich.

KAPITEL VIER

*H*ope schaute in Spiegel und fragte sich, ob es unprofessionell wäre, sich eine Tüte über den Kopf zu ziehen. Als Carrie erwähnt hatte, dass es vielleicht ein paar Tage lang eine gewisse Rötung geben würde, hatte sie offensichtlich gemeint, dass Hope aussehen würde wie eine gegrillte Tomate. Was immer sie bei dieser Kosmetikbehandlung eingesetzt hatte, passte definitiv nicht zu Hopes Haut.

Nachdem sie ein wenig mehr Make-up aufgelegt hatte, schob sie ihren Pony über ein Auge und entschied sich dafür, von ihren Haaren so viel Haut wie möglich verdecken zu lassen. Es war zumindest besser als die Option mit der Tüte.

„Hope?", rief Lucas. „Bist du da hinten?"

„Ich komme." Sie ging aus dem Bad und durch den Gang zu Lucas' Büro. Als sie dort ankam, beugte er sich gerade über den Schreibtisch und griff nach etwas. Und verdammt, sein Hintern füllte seine Jeans wirklich gut aus. Sie lehnte sich in den Türrahmen, betrachtete einfach den Ausblick. So viel hatte sie doch zumindest verdient, oder?

„Hast du mein Buch für Bestellungen gesehen?", fragte er, ohne zu ihr zurückzuschauen.

Sie konnte nicht anders, sie grinste. Lucas hatte immer schon ein Gefühl dafür gehabt, ihre Anwesenheit zu spüren. „Es ist an deinem Eingangstresen. Ich habe es dahingelegt, falls du heute Abend irgendwelche zusätzlichen Bestellungen bekommst."

Lucas richtete sich auf und drehte sich um, um sie anzuschauen. Er war damit beschäftigt gewesen, eine Anrichte zu schleifen, als sie hergekommen war, um seinen Laden für den Tag der offenen Tür vorzubereiten. Sein grau meliertes Haar stand in wilden Strähnen ab, und auf seinem T-Shirt waren Sägespäne, genauso auf seiner Jeans. „Ah, das war ein kluger Gedanke. Aber ich muss mir eine Notiz ansehen." Er ging zur Tür, warf einen Blick auf sie und lächelte anerkennend. „Der neue Haarschnitt sieht toll aus."

Hopes Inneres leuchtete bei dem Kompliment, und sie hob automatisch die Hand, um ihre seidigen Locken zu berühren. Die Gesichtsbehandlung war zwar ein Fehler gewesen, aber Lance hatte ihr Haar besser aussehen lassen als je zuvor. Zusätzlich zu dem tollen Schnitt hatte er auch irgendeine Haarpflege angewendet, die ihre Locken weich und gleichzeitig glänzend machte. „Danke."

„Und alles Gute zum Geburtstag. Ich hoffe, dir geht es gut." Er zwinkerte ihr zu und eilte dann zurück in den Ausstellungsraum.

Hopes Herz bekam einen Höhenflug, weil er sich noch daran erinnerte, und sie folgte ihm fast, als wäre er ein Magnet. Sie fühlte sich immer noch genauso stark zu ihm hingezogen, wie es mit achtzehn Jahren gewesen war. Nur dass es damals aufregend gewesen war, nun war sie einfach nur verstört. Er hatte ihr Herz zweimal gebrochen. Wenn sie sich das jemals wieder antun ließ, war sie sicher, diesmal würde es in Scherben enden.

Hör auf, Hope, tadelte sich sie sich stumm selbst. Es hatte keinen Sinn, auf diese Art über Lucas nachzudenken. Sie hatte sich bereits geschworen, dass sie das nicht noch einmal tun würde. Sie musste es nur durch den heutigen Abend schaffen, und alles würde in Ordnung kommen.

Sie ging zurück in den Ausstellungsraum und schaute auf dem Buffet nach den Krabben-Blätterteigteilchen, den Shrimps und den Lachshäppchen.

„Wo ist das Rind?", fragte Lucas direkt hinter ihr, sodass sie zusammenfuhr.

„Heilige Scheiße", sagte sie, drückte sich eine Hand auf die Brust. „Mir war nicht klar, dass du da rumstehst."

Er legte ihr eine Hand auf den Rücken und griff an ihr vorbei nach einem Shrimp.

„Du hattest wegen der Menüplanung keine Ideen, also bin ich einfach auf Meeresfrüchte eingestiegen. Wenn du Rind willst, werde ich nächstes Mal ..."

„Meeresfrüchte sind gut, Hope", sagte er mit einem lockeren Lächeln. „Das war mein lahmer Versuch, einen Witz zu machen. Vergiss es. Ich sollte mich an die Holzbearbeitung halten."

Hope starrte ihn verblüfft an. Dann, als seine Worte endlich bei ihr angekommen waren, stieß sie ein Kichern aus, das sich in einen ausgewachsenen Lachanfall verwandelte. Als sie sich schließlich wieder unter Kontrolle hatte, wischte sie sich über die Augen und fragte: „Hast du wirklich grade einen Witz über diese alte Werbung gemacht, von damals, als wir noch jung waren?"

Er zuckte mit den Schultern, und seine Lippen wölbten sich zu einem sexy schiefen Lächeln. „Ich hab dich zum Lachen gebracht, oder?"

„Ja, aber ich lache über dich, nicht den Witz."

Lucas' Lächeln wurde breiter. „Was immer nötig ist, damit deine Augen so funkeln, Anderson. Ist eine Weile her, dass ich das gesehen habe."

Seine Worte ernüchterten sie, und sie ging zum Ende des Buffets und tat so, als würde sie die Servietten und Pappteller überprüfen.

Lucas räusperte sich. „Ich bin gleich wieder da. Ich mache mich nur schnell frisch."

„Ja. Ich sorge dafür, dass die Tür um sechs Uhr offensteht", sagte sie, schaute auf ihr Handy, um sicherzustellen, dass sie keine Nachrichten verpasst hatte. Als Teil des Tags der offenen Tür hatte sie eine Reihe Geschäftsleute vom Ort eingeladen, die vielleicht Interesse an seinen Holzarbeiten haben könnten. Zur Liste gehörten Inneneinrichter, Makler und sogar ein Zwischenhändler von einem hochklassigen Online-Möbelhaus, genauso wie die Lifestyle-Journalistin der *Premonition Pointe News*. Sie wollte zur Verfügung stehen, für den Fall, dass einer von ihnen Fragen hatte.

Wenn es eines gab, von dem Hope als Event-Organisatorin wusste, wie man es machte, dann war es das Erzeugen von Spannung und Gelegenheiten zum Netzwerken. Und das war genau das, was sie für Lucas tun würde.

Denn wenn sein Geschäft hier Erfolg hat, wird er nicht gehen. Hope runzelte die Stirn über ihre verräterischen Gedanken. Sie brauchte doch nicht an eine Zukunft mit Lucas zu denken. Das würde einfach nicht passieren.

Es klopfte an der Tür, und Hope eilte hin, um nachzusehen.

„Hey, Hope", sagte Kendall Vonn, während sie Hope in den Ausstellungsraum folgte, ihre Gitarre in der Hand. Ihre langen roten Haare waren ordentlich hochgesteckt, und sie trug ein elegantes rotes Cocktailkleid.

„Du siehst heute Abend hübsch aus", sagte Hope. Normalerweise trug die Musikerin ein T-Shirt mit einem langen Baumwollrock, während sie unten am Flussufer als Straßensängerin auftrat.

„Ich weiß, wie man sich aufbrezelt, wenn ich muss." Sie grinste Hope an. Dann schaute sie sich im Ausstellungsraum um. „Wo ist McHottie?"

„McHottie?" Hope hob eine Augenbraue.

„Ach, bitte." Kendall verdrehte die Augen. „Als würdest du nicht sehen, wie extrem heiß Lucas ist."

„Ach, ich weiß genau, wie heiß er ist", sagte Hope, die nicht verhindern konnte, dass die Worte aus ihrem Mund strömten. „Wir waren über zehn Jahre lang immer mal wieder zusammen."

„Das stimmt", sagte Lucas, der von hinten kam, in eine Anzughose und ein Hemd gekleidet. Seine Haare waren feucht, und er hatte dieses dreiste Grinsen auf, das Hope sagte, dass er jedes Wort ihrer Unterhaltung mitgehört hatte. „Sie kennt alle meine Geheimnisse."

„Ach, verdammt", murmelte Hope und wandte ihm den Rücken zu. Das war das Letzte, was sie brauchte.

Süß. Seine Stimme erklang in ihrem Kopf, sodass Schmetterlinge in ihrem Bauch flatterten.

Verdammt. Vergeben, bevor ich auch nur eine Gelegenheit bekommen habe, dachte Kendall.

Hope lächelte vor sich hin, denn obwohl sie sich immer sagte, dass sie nicht wieder mit Lucas zusammenkommen würde, gab es kein Universum, in dem sie sich ihn mit jemand anderem vorstellen konnte. Und war das nicht egoistisch? Aber in diesem Augenblick konnte sie sich nicht überwinden, sich deswegen zu tadeln. Sie räusperte sich und deutete auf einen Bereich in der Nähe des Eingangstresens. „Kendall, ich dachte, du könntest dich in der Ecke da drüben aufstellen und spielen."

„Ich bin dabei." Sie ging rüber und begann mit ihrem Aufbau.

„Du hast das alles wirklich toll gemacht", sagte Lucas. „Du hast ja keine Ahnung, wie sehr ich das zu schätzen weiß."

Hope wedelte mit der Hand. „Sprich nicht zu früh. Schauen wir doch erst mal, wer auftaucht."

„Wie ich dich kenne, wird mindestens die halbe Stadt hier sein." Er beugte sich herüber und drückte ihr die Lippen auf die Wangen.

Hope lehnte sich in den Kuss und schluckte ein Seufzen, während ihr Gesicht bei dem Kontakt prickelte.

Die Glocke an der Tür läutete, und von diesem Augenblick an verflogen die nächsten drei Stunden, während Hope Lucas allen Teilnehmern als Premonition Pointes besten Möbelschreiner neu vorstellte.

Der Laden war ein Who's Who des Küstenstädtchens. Ein paar Mitglieder des Stadtrates, der Präsident der Handelskammer und sogar die Bürgermeisterin waren alle da. Hope stellte sicher, dass sie sie alle begrüßte, und zog dann weiter zu einer Gruppe Teilzeit-Sommereinwohner, die alle am gleichen Teil des Strandes lebten.

„Was mich interessiert, ist der Grund, weshalb noch niemand sich dieses unglaubliche Exemplar geschnappt hat", sagte eine hochgewachsene Rothaarige, während sie einen Schluck Sekt trank.

„Das hat doch schon jemand getan", sagte Grace, die hinter Gigi erschien, die still zwischen ihren neuen Nachbarinnen stand. „Aber er ist nach Boston gezogen, und ihr wisst ja, wie Fernbeziehungen so laufen."

Hope wollte verärgert knurren. Ja, Lucas war ein toller Fang, aber hatte es etwa jede einzelne Frau in dieser Stadt auf ihn abgesehen?

„Also ist er Single?", fragte die Rothaarige.

Grace zuckte mit den Schultern. „Er ist nicht verheiratet, aber ich glaube nicht, dass er jemals über diese eine hinweggekommen ist, die er zurückgelassen hat, wenn ihr wisst, was ich meine."

Grace, sagte Hope tonlos und schüttelte leicht den Kopf.

Doch ihre Freundin ignorierte sie. „Ich bin ziemlich sicher, er hofft, diese Romanze wieder anzuschüren, also lasst Vorsicht walten, wenn ihr darüber nachdenkt, ihn um ein Date zu bitten. So eine erste Liebe ist mörderisch. Männer scheinen sie irgendwie niemals loslassen zu können."

„Sobald er mal das hier gekostet hat, wird er sich nicht mal mehr an den Namen dieser anderen Frau erinnern", sagte die Rothaarige, die Lucas beäugte, als wäre er ein Steak. Ein Raubtierlächeln trat auf ihre Lippen. Sie wandte sich in Lucas' Richtung, und nachdem sie dann einen Blick über die Schulter geworfen hatte, fügte sie an: „Seht zu und lernt, Ladys."

Hope musste verhindern, dass sie nach vorne griff und die Frau zurückkriss. Aber anstatt sich komplett wegen dieses Mannes zur Närrin zu machen, stieß sie langsam angehaltene Luft aus, setzte sich ein Lächeln auf und sagte: „Entschuldigt bitte. Ich muss mich noch bei ein paar Leuten vorstellen."

Doch statt sich unter die Leute zu mischen, schaute Hope nach den Erfrischungen, stellte sicher, dass alles noch vorrätig war, und hielt ihre Aufmerksamkeit auf die Rothaarige gerichtet, die sich an Lucas' Seite klebte.

Lucas schaute zweimal hin, als die Frau ihm eine Hand auf die Brust legte, und Hope lächelte vor sich hin, während er sie sanft wegnahm und sie höflich zu entlassen schien, wobei er den Raum musterte und Hopes Blick begegnete. Er zwinkerte ihr leicht zu, dann ging er zurück, um mit einem der Inneneinrichter zu sprechen, die Hope eingeladen hatte.

„Sieht aus, als wäre Lucas auf gar keinen Fall auf dem Markt", sagte Grace, die neben ihr erschienen war.

„Nein, so ist es nicht." Hope verdrehte die Augen.

Sie lachte. „Red dir das nur weiter ein." Grace drückte ihr den Arm und fügte an: „Owen ist hier. Macht es dir was aus, wenn wir aufbrechen, oder soll ich bleiben, um dich moralisch zu unterstützen?"

Hope schaute hinüber zum Freund ihrer Freundin, der mit Kevin Landers redete, seinem Chef. Er war gebräunt, und sein dunkles Haar war frisiert, um absichtlich wie vom Wind verwuschelt auszusehen. Er war alles, was Graces Ex nicht war. Jünger, sexy, aufmerksam und vor allem vergötterte er Grace und wusste sie zu schätzen. Hope war noch niemals glücklicher für ihre Freundin gewesen. „Geht schon. Habt einen tollen Abend."

„Ich hab dich lieb." Grace umarmte sie und flüsterte: „Dieses Event war fantastisch. Das wird Lucas' Geschäft mit Karacho vom Stapel laufen lassen. Das weißt du, oder?"

„Das ist der Plan." Hope zog sich zurück und nickte zu Owen hin. „Jetzt geh und hab Spaß mit diesem Mann. Lass mich durch dich ausschweifend leben."

„Du musst nicht durch mich leben." Grace beäugte Lucas. „Dein Typ ist gleich da."

Hope schaute ihre Freundin betont an. „Los."

„In Ordnung." Grace schob sich ihre kastanienbraunen Locken aus den Augen und sagte: „Sehen wir uns morgen zum Brunch?"

„Ja." Hope beobachtete, wie ihre Freundin Owen von Landers loseiste, und konnte nicht verhindern, dass leichte Eifersucht aufkam, als er den Arm um sie legte und ihr einen Kuss auf die Schläfe drückte. Es war nicht so sehr, dass sie eifersüchtig war, dass ihre Freundin einen heißen jüngeren Mann hatte, der sie vergötterte. Sie vermisste einfach nur die Vertrautheit.

Sie schaute wieder zu Lucas, während die Erinnerungen an eintausend Küsse auf sie eindrangen. Ein leiser Schmerz bildete sich in ihren Eingeweiden, und sie stieß ein angeekeltes Seufzen aus. Das war nicht der richtige Zeitpunkt für einen Trip in die Erinnerungen. Sie straffte die Schultern und ging zurück an die Arbeit, mischte sich unter die Gäste.

„Lucas", rief Hope gegen Ende des Events, während sie ihn herüberwinkte. „Da ist jemand, den ich dir gern vorstellen würde."

Er plauderte mit einer hübschen Blondine, die Hope für eine der Inneneinrichterinnen hielt, die sie von ein paar Städtchen weiter eingeladen hatte. Die Frau beugte sich vor und gab ihm einen anhaltenden Kuss auf die Wange, der eher eine Einladung zu sein schien als eine freundliche Verabschiedung. Hopes Ärger flammte wieder auf, und sie musste sich befehlen, an Ort und Stelle zu bleiben, anstatt diese Frau von ihm wegzureißen.

Verdammt. Sie hatte gewusst, dass die Zusammenarbeit mit Lucas eine schlechte Idee war. Da war sie, versuchte, sich professionell zu geben, und hatte den Großteil des Abends damit verbracht, kurz davorzustehen, Leuten wegen dieses Mannes die Augen auszukratzen. Sie musste echt mal klarkommen.

Lucas wandte seine Aufmerksamkeit Hope zu, und während sein Blick über sie schweifte, war dieses dreiste schiefe Lächeln wieder da, das nahelegte, dass er genau wusste, was sie gedacht hatte.

Hope tat ihr Bestes, um sich ein neutrales Lächeln aufzusetzen, und wandte ihre Aufmerksamkeit dem hochgewachsenen Mann mit dem dichten dunklen Haar zu, der neben ihr stand. „Kyle, das ist Lucas King, der Besitzer von Against the Grain Inneneinrichtung." Ihr Blick wanderte zurück zu Lucas. „Und Lucas, das ist Kyle Epps. Er ist der Einkäufer von Lux and Comfort. Sie sind auf limitierte Auflagen von Möbeln und Accessoires spezialisiert."

„Hallo." Lucas schüttelte Kyle die Hand, und der Einkäufer fing sofort an, einige von Lucas' ausgefalleneren Stücken zu loben. Er fragte nach einer verzierten Garderobe und einer handbemalten Ziertruhe.

Zufrieden mit sich ging Hope zur Eingangstür, um den Gästen zu danken, dass sie teilgenommen hatten, als diese allmählich aufbrachen. Sie war gerade dabei, Joy zum Abschied zu umarmen, als sie hörte: *Es ist perfekt. Es ist ein neues Geschäft in der Stadt, und der ideale Ort, an dem man Drogen durchschleusen kann. Mit seiner Vorgeschichte in der Stadt wird niemand etwas argwöhnen.*

Hope erstarrte. *Drogen durchschleusen?*

Alles schien langsamer zu werden, während sie die Menge aus hoch angesehenen Gästen musterte und versuchte, herauszufinden, wer genau Lucas' Laden als Deckung für Drogenhandel benutzen wollte.

Ihr Blick landete auf der Bürgermeisterin und ihrem Mann, ein paar Immobilienmaklern, Gabrielle, der Lifestylejournalistin der Stadt, ein paar Designern, und mehr als zwei Dutzend Leuten, die sie nicht kannte. Und keiner von ihnen hatte ein großes Schild um den Hals, auf dem stand: Drogendealer.

KAPITEL FÜNF

*B*is Hope die Eingangstür abschloss, nachdem die letzte Handvoll Gäste den Ausstellungsraum verlassen hatte, hatte sie hämmernde Kopfschmerzen. Sie hatte die letzten fünfundvierzig Minuten damit verbracht, sich anzustrengen, um jedermanns Gedanken zu hören. Anfangs, als sie versucht hatte, ihren Verstand zu öffnen, hatte sie Schwierigkeiten gehabt. Sie hatte nur Gedankenfetzen gehört, die nicht viel Sinn ergaben. Aber sobald ihr klar geworden war, dass sie nur das Universum um Zugang bitten musste, waren die Gedanken hereingestürmt. Es war fünfundvierzig Minuten lang die reine Hölle gewesen.

Die Gedanken waren so laut und überwältigend, dass sie das Gefühl gehabt hatte, sie würde mitten in einem Raum stehen, während alle gleichzeitig brüllten. Und es hatte sich als beinahe unmöglich erwiesen, den Geist wieder zurück in die Flasche zu stopfen. Falls sich ihre Mutter die ganze Zeit so fühlte, war es kein Wunder, dass sie weggelaufen war, um etwas Frieden zu bekommen.

„Hope?", fragte Lucas hinter ihr.

Sie fuhr zusammen, drehte sich zu ihm und legte sich eine Hand über ihr rasendes Herz. Es schien unmöglich, dass sie ihn nicht kommen gehört hatte. Nicht, nachdem sie gerade die Erfahrung gemacht hatte, absichtlich in sämtliche Gedanken einzudringen.

„Tut mir leid", sagte er. „Ich wollte dich nicht erschrecken. Ich wollte nur sagen, dass du nicht bleiben musst. Ich kann das alles aufräumen."

„Was? Nein." Sie runzelte die Stirn und schüttelte den Kopf. „Ich bin die Eventplanerin. Es ist meine Aufgabe, alles aufzuräumen und sicherzustellen, dass der Laden wieder glänzt, bevor ich gehe."

„Du hast dich doch bereits selbst übertroffen." Er warf ihr ein anerkennendes Lächeln zu. „Das Kaliber an Kunden, die du hergelockt hast, wird meinem Geschäft einen Schnellstart verpassen, und zwar so richtig. Ich habe bereits Termine vereinbart, um nächste Woche Einzelheiten mit über einem Dutzend Leuten auszuarbeiten. Verdammt, Hope, mir war bereits klar, dass ich dich schrecklich schlecht bezahle für die Dienste, die du zur Verfügung stellst. Tatsächlich glaube ich, ich gebe dir eine Kommission für jeden Kunden, den du mir mit diesem Event beschert hast."

Hope spürte, wie ihre Wangen sich vor Stolz röteten, und sie konnte nicht anders, als ihn anzugrinsen. Er war echt der beste Kerl, den sie je gekannt hatte. „Auf gar keinen Fall. Ich habe doch nur meinen Job gemacht."

Er stieß ein Lachen aus und schüttelte den Kopf. „Nein, Hope. Ich habe dich angeheuert, damit du einen Tag der offenen Tür veranstaltest. Das hast du gemacht, und dann hast du dich noch extra ins Zeug gelegt, indem du als meine PR-

Agentin aufgetreten bist. Was du heute Abend hier vollbracht hast, ist unfassbar. Vielen Dank."

Sie kam einen Schritt vor und drückte ihm eine Hand auf die Brust, gleich über dem Herzen. „Gern geschehen." Dann ging sie wieder zurück und fügte an: „Ich habe nur das getan, was ich für jeden tun würde."

Er hob skeptisch eine Augenbraue. „Echt?"

Ein leises Lachen entwischte aus ihrer Kehle. „Nein. Dein Event hat vielleicht ein bisschen zusätzliche Aufmerksamkeit bekommen."

„Und woran genau liegt das?" In seiner Miene stand eine Herausforderung, die ihr verriet, dass er den Grund kannte, aber sie sollte verdammt sein, wenn sie ihm die Befriedigung verschaffte, zuzugeben, dass sie es getan hatte, weil sie unbedingt wollte, dass sein Geschäft zum Erfolg wurde.

„Ich versuche, mein eigenes Geschäft auszubauen. Indem ich eine Menge Geschäftsleute aus der Stadt einlade, werden sie sich an mich erinnern, wenn sie eine Eventorganisatorin brauchen."

Er schürzte die Lippen und nickte. „Und die Tatsache, dass du die einzige Eventmanagerin in der Stadt bist, reicht nicht?"

„Nö. Ich habe Mitbewerber aus drei Städten in der Umgebung. Und Peggy Pitsman hat gerade erst letzten Monat aufgemacht. Zum Großteil organisiert sie Baby Showers, aber ich habe gehört, sie hätte kürzlich ein Mittagessen für den Buchclub organisiert. Ich muss schon zusehen, wo ich bleibe."

„Ich verstehe." Seine Lippen zuckten, und seine Augen legten sich in Falten, während er ein Lachen unterdrückte.

Sie verdrehte die Augen, als wäre sie von ihm genervt, aber in Wahrheit hatte sie es vermisst, mit ihm zu scherzen, und konnte nicht leugnen, dass es sich gut anfühlte. Doch es gab wichtigere

Dinge, über die sie reden mussten, als den Grund, weshalb sie sich für dieses Event so angestrengt hatte. Sie räusperte sich. „Hör mal, es gibt was, über das ich mit dir reden muss."

Ein Hauch Sorge stand in seinen silbergrauen Augen, aber er verschwand genauso schnell wieder. „Klar. Warum setzen wir uns nicht." Er führte sie zu einem Esstisch, der ein Ausstellungsstück war, und zog einen Stuhl für sie heraus.

Sie nahm Platz und wartete, dass er sich auf den Stuhl links von ihr setzte. Hope legte die Hände aneinander und wandte sich ihm zu, schaute ihm in die Augen. „Erinnerst du dich noch, dass ich dir erzählt habe, dass meine Mom wieder in der Stadt ist?"

„Klar." Er runzelte die Stirn. „Wie geht es dir damit? Alles in Ordnung?"

Lucas wusste besser als sonst jemand, dass sie Probleme mit ihrer Mom hatte. „Ehrlich gesagt, weiß ich es nicht wirklich." Sie schaute hinab auf den Tisch, musterte die unterschiedlichen Farbschattierungen des Hartholzes. „Gestern Nacht ist was passiert."

Er legte eine Hand über ihre und drückte sie, sagte kein Wort.

Ein leichtes Lächeln zerrte an ihren Lippen, und ein Teil der Last auf ihrer Brust hob sich. Er kannte sie so gut. Wenn er einfach wartete, würde sie ihm alles erzählen. Mehr vermutlich, als wenn er sie weiter befragt hätte. Wenn ihr etwas Wichtiges durch den Kopf ging, arbeitete sie sich durch, indem sie nachdachte, während sie redete. Hätte er Fragen gestellt, hätte sie sich eher abgeschottet. „Ich war mit Grace und Joy an den Klippen, und ich habe ihre Gedanken gehört."

„Du hast ihre Gedanken gehört? So was wie Grace, die an ihren nächsten Fluch für ihren Ex denkt, während Joy sich

44

überlegt, welche Sextoys sie als nächstes kauft?" In seinen Augen glitzerte Erheiterung.

Hope kicherte. „Woher weißt du denn von den Sextoys?"

„Joy hat es mir erzählt. Ich bin ihr im Café begegnet, und sie hat mich irgendwie um Rat gebeten." Er lachte leise.

„Du nimmst mich doch auf den Arm", keuchte Hope, dann legte sie sich eine Hand vor den Mund, als sie wieder zu lachen begann. Sie lachte so fest, dass ihr Tränen übers Gesicht liefen. „Bitte sag mir, dass sie betrunken war."

„Weißt du, das dachte ich anfangs auch. Ich hab sie sogar gefragt, ob sie was in ihrem Kaffee hat, aber ich glaube, sie hat einfach nur die Perspektive eines Typen wegen Pauls Gleichgültigkeit gebraucht." Er zuckte mit den Schultern. „Ich bin mir allerdings nicht sicher, ob ich ihr helfen konnte."

Hope beugte sich vor. „Was hast du ihr denn erzählt?"

„Dass ein Mann normalerweise nicht subtil ist, wenn er Interesse hat, und dass sie vermutlich einfach nur eine ehrliche Unterhaltung mit ihm darüber führen sollte, was sie braucht."

„Das ist keine Unterhaltung, die ich gerne mit Paul führen würde. Kannst du dir das auch nur vorstellen? Ich wette, er benutzt Begriffe wie ‚Geschlechtsteile' oder ‚Lustorgane'."

„Er ist auf jeden Fall nicht aufgeschlossen", sagte Lucas mit einem leisen Lachen. Dann wurde er nüchtern und ließ seinen Blick über Hope schweifen.

Die Luft zwischen ihnen wurde drückend, und Hope machte einen Augenblick durch, in dem sie sicher war, dass er sie küssen wollte. Alles in ihr sehnte sich danach, sich vorzubeugen, seine Lippen auf ihren zu spüren, nur noch einmal. Aber anstatt zuzulassen, direkt in alte Gewohnheiten zu verfallen, schaute sie weg und sagte: „Als ich letzte Nacht nach dem Treffen mit Grace und Joy nach Hause gekommen bin, hat mir meine Mom erzählt, dass die Frauen in meiner

Familie mit Telepathie verflucht sind, wenn wir sechsundvierzig werden. Deshalb ist sie gegangen. Sie sagte, sie könne es nicht kontrollieren, und dass sie für uns beide gegangen wäre. Damit ich meine Privatsphäre haben würde und damit sie nicht den Verstand verliert."

Lucas blinzelte. „Telepathie? Ernsthaft?"

Sie nickte. „Ernsthaft."

„Das ist … wow. Sie hat deine Gedanken gelesen? Schon damals, als du ein Teenager warst?"

„Ja." Sie beobachtete ihn, als er schließlich zu dem gleichen Schluss kam, den auch sie erreicht hatte.

Sein Gesicht rötete sich, und er sah sehr nach dem nervösen Teenager aus, in den sie sich einst verliebt hatte. An ihrem Herzen zerrte die Nostalgie. „Das war, als wir … äh, alle möglichen Dinge angestellt haben, von denen ich gebetet hatte, deine Mom würde niemals davon erfahren."

„Ganz genau." Sie warf den Kopf zurück und lachte. „Kannst du dir auch nur vorstellen, einen Teenager zu haben und seine Gedanken lesen zu müssen?"

„Nein. Überhaupt nicht." Er schüttelte den Kopf, wirkte entsetzt. Nach einem Augenblick kniff er die Augen zusammen und sagte: „Du hast gesagt, die Frauen in deiner Familie werden mit sechsundvierzig mit Telepathie verflucht. Bedeutet das, du hast den ganzen Abend lang meine Gedanken gelesen?"

„Nein. Ich habe nur ein paar Fetzen von deinen Gedanken bekommen. Etwa, als du gedacht hast, ich sei süß."

„Du *bist* süß. Sexy und smart auch, falls du das verpasst hast." Er zwinkerte ihr zu, und sie lächelte zurück, konnte sich dem Bann nicht entziehen, den er auf sie wirkte. „Weißt du, was ich jetzt genau denke?"

Sie starrte ihm in die Augen konzentrierte sich. Eine

Vision, wie sie beide Hand in Hand über den Premonition Beach spazierten, blitzte in ihren Gedanken auf. Tränen brannten in ihren Augen, und sie musste sie wegblinzeln. Das war eines ihrer Dinge gewesen, die sie getan hatten, wenn sie einfach nur Zeit zusammen verbringen wollten. Die Erinnerungen an all die Zeit, die sie dort unten verbracht hatten, und wie sie immer von ihrer Bucht geredet hatten, war zu viel. Da konnte sie ihm jetzt nicht gleich folgen. Nicht, ohne zusammenzubrechen. Anstatt also seine Gedanken an den Strand zu bestätigen, sagte sie: „Du denkst an den Zeitpunkt, als wir in Grayson Mastersons Mietshaus eingebrochen sind und die Nacht damit verbracht haben, uns in seinem Whirlpool zu betrinken."

Er beäugte sie skeptisch, aber dann ließ er sein sexy schiefes Lächeln sehen, das sein Grübchen zeigte. „Nein, aber jetzt tue ich das. Weißt du noch, was passiert ist, nachdem wir aus dem Whirlpool gestiegen sind? Ich erinnere mich irgendwie an einen nächtlichen Schwimmausflug im Meer, auf den dann …"

„Hör auf!" Sie lachte. „Du musst diese Erinnerung nicht aussprechen. Ich glaube, das ist eine, die keiner von uns je vergisst."

„Stimmt auch. Aber was sagst du zu einer Wiederholung? Ich bin ziemlich sicher, ich kann immer noch das Schloss an Graysons Tor knacken. Ich würde mich auch gern mal wieder in einen Whirlpool legen."

Sie grinste ihn an. „So verführerisch das klingt, ich bin mir ziemlich sicher, Grayson hat inzwischen Sicherheitskameras. Ich würde mich lieber nicht in eine Lage versetzen, wo meine Schokoladenansichten auf Video aufgenommen werden."

„Verdammt. Schade auch. Ich habe mich gerade für den

Gedanken begeistert." Er lehnte sich in seinem Stuhl zurück und grinste sie wieder an.

Um ehrlich zu sein, ging es ihr genauso. Aber auf gar keinen Fall würde sie das zugeben. Außerdem hatten sie etwas Wichtigeres zu besprechen. „Hör mal, es gibt da was, das ich dir sagen muss."

Sein Lächeln verschwand, und seine Miene wurde ernst. „Okay. Was ist los?"

Sie schaute auf ihre Hände hinab, merkte, dass sie sie unbewusst zu Fäusten geballt hatte. Hope legte ihre Hände flach auf den Tisch und schaute zu ihm auf. „Ich habe gehört, wie jemand dachte, dass dein Geschäft der perfekte Ort wäre, um Drogen durchzuschleusen. Es klang, als hätten sie dich und deinen Laden ausspioniert."

Lucas' Stirnrunzeln wurde ausgeprägter. „Drogen? Das ist … nicht möglich. Du weißt, dass ich nichts anfasse, was irgendwas mit Drogen zu tun hat. Teufel, es ist über zwanzig Jahre her, dass ich mir auch nur einen Joint angezündet habe."

„Ich habe nicht gedacht, dass du darin verwickelt bist. Ich habe gesagt, sie wollen deinen Laden nutzen, und ich wollte es dir sagen, damit du weißt, jemand, den du heute Abend getroffen hast, will nicht unbedingt dein Bestes."

Er verzog das Gesicht und wedelte mit der Hand, um ihre Sorge abzutun. „Du weißt doch, dass ich mich niemals in so etwas verwickeln lassen würde. Und niemand wird über meinen Lagen Drogen verkaufen können, ohne dass ich davon was mitbekomme, oder?"

„Ich schätze schon. Ich fühle mich nur schrecklich, weil ich so jemanden hierher eingeladen habe."

„Hope", sagte er sanft. „Du hast eine Pressemeldung herausgegeben, genau wie es sein sollte. Du kannst doch nichts daran ändern, wer auftaucht. Hast du irgendeine Ahnung, wer es war?"

Sie schüttelte den Kopf. „Nein, aber ich werde die Ohren offenhalten und sehen, ob ich es rauskriege, bevor es zum Problem wird. Du weißt schon, da ich jetzt Gedanken hören kann, sollte es möglich sein, etwas rauszufinden."

„Und dann tust du was mit der Information?", fragte er, die Augen zusammengekniffen.

„Ich weiß es nicht. Die Polizei von Premonition Pointe alarmieren? Es dich wissen lassen, damit du mit ihnen keine Geschäfte machst? So was eben."

„Das ist sehr edel", sagte er. „Aber, Hope, ich glaube, es ist das Beste, wenn du nicht nach Schwierigkeiten suchst. Ich will einfach nicht, dass du ins Visier von irgend so einen Drogenbaron gerätst."

„Ich suche nicht nach Schwierigkeiten. Ich will nur ..."

„Tust du nicht?" Er lachte leise und schüttelte dann den Kopf. „Drogendealern in den Weg zu kommen, das ist doch die Definition von Schwierigkeiten." Er stand auf und hielt ihr eine Hand hin.

Sie seufzte und verabscheute es, dass er ihr sagte, was sie zu tun hatte, und dass er recht hatte. Was wusste sie denn schon von Drogendealern, außer das, was sie im Fernsehen gesehen hatte? Hope nahm seine Hand und ließ sich von ihm aufhelfen.

„Willst du eine Tasse Kaffee trinken oder ... vielleicht am Strand spazieren gehen?", fragte er.

Sie lächelte ihn sanft an. „Ich würde zu gern beides machen, aber ich glaube nicht."

Er zog sie dichter an sich und schaute auf sie hinab. „Warum nicht?"

„Du weißt, warum." Sie schob sich auf die Zehenspitzen, gab ihm einen leichten Kuss auf die Wange und tätschelte ihm dann die Brust. „Also, ich werde jetzt dein Angebot annehmen, fertig aufzuräumen, und ich breche auf."

„In Ordnung", sagte er leise und zog sie an sich, umarmte sie fest.

Ein paar Sekunden lang klammerte sie sich mit allem fest, was sie hatte, dann löste sie sich und ging hinaus, ohne zurückzuschauen.

KAPITEL SECHS

„**N**och Kaffee?", fragte Hope Grace und Joy, während sie sich vom Tisch im *Pointe of View Café* erhob.

Joy stöhnte und schüttelte den Kopf. „Mach meinen lieber mal entkoffeiniert."

„Entkoffeiniert? Ernsthaft?", fragte Grace und sah aus, als hätte jemand gerade vorgeschlagen, ihre liebsten Designerschuhe wegzuwerfen. „Seit wann trinkst du denn entkoffeiniert?"

„Seit zu viel Koffein dafür sorgt, dass mir die Brüste wehtun." Sie drückte sich die Hand auf die Brust und verzog das Gesicht. „Ich kann eine Tasse trinken, aber mehr, und sie tun einfach nur weh. Meine Ärztin sagt, dass das manchmal passiert, wenn man älter wird."

Hope blinzelte sie an. Koffein war ihr Lebenselixier, und das Einzige, was sie durch einige Tage brachte. „Du verarschst mich, oder? Bitte sag mir, dass du uns auf den Arm nimmst."

„Ich wünschte, so wäre es." Joy senkte die Hände und

drückte sie auf den Tisch. „Älter werden geht so richtig auf den Sack."

„Himmel, Joy. Das tut mir so leid", sagte Grace, dann schaute sie auf zu Hope. „Hol mir noch einen. Ich trinke den von Joy mit."

„Wow, danke." Joy verdrehte die Augen.

Hope ging hinüber zum Tresen, bestellte zwei weitere Kaffees bei Jackson, der kürzlich das College abgeschlossen hatte und als Barista arbeitete, während er herausbrachte, was er als nächstes tun sollte, und dann zog sie sich wieder zum Tisch zurück. Nachdem sie Grace den Kaffee gereicht hatte, verzog Hope das Gesicht und stürzte sich auf ein extra großes Zimtbrötchen.

„Hey, sei doch einfach froh, dass du keine Sehnenscheidenentzündung in der rechten Hüfte und im Knöchel hast", sagte Grace dramatisch. „Als Owen und ich neulich im Bett waren …"

„Das reicht jetzt." Joy hob eine Hand, hielt ihre Freundin auf. „Ich will gerade jetzt nichts über deine sexuellen Eskapaden hören. Das ist zu deprimierend. Ich kann Paul derzeit nicht mal über den Rücken reiben. Ich schwöre, wüsste ich es besser, würde ich glauben, der Mann hat eine Affäre."

Grace und Hope wechselten einen Blick.

„Hört auf", sagte Joy mit einem Seufzen. „Ich weiß, was ihr denkt, aber ich glaube wirklich nicht, dass es das ist. Er ist nur … aus irgendeinem Grund nicht scharf auf mich."

„Du glaubst echt, das liegt nicht daran, dass er mit jemand anderem zusammen ist?", fragte Hope sanft.

„Nein. Er arbeitet viel, aber er kommt nach Hause und ist erschöpft und frustriert von der Arbeit. Es gibt eine Menge Spannungen. Ich glaube ich nicht, dass es eine Affäre ist.

Außerdem hat er eine Heidenangst vor Geschlechtskrankheiten. Und wenn jemand eine Affäre mit einem verheirateten Mann anfangen würde, würde er derjenigen nie vertrauen." Sie zuckte mit den Schultern. „Ich frage ihn immer wieder, ob wir zur Therapie gehen können, aber er weigert sich."

„Es tut mir leid, Liebes", sagte Grace, die Joy die Hand drückte. Grace hatte kürzlich erst ihre eigene Scheidung durchlebt, aber in ihrem Fall hatte ihr Mann es mit der Empfangsdame des Büros getrieben. Es hatte keine Beziehung mehr gegeben, an der man arbeiten musste, nachdem er eines Tages reinspaziert war und gesagt hatte, es wäre vorbei, und er würde sein Accessoire heiraten. „Wir sind da, wenn du darüber reden willst."

„Da hat sie recht. Und ich werde dir nicht mal sagen, du sollst den elenden Typen sitzen lassen, selbst wenn ich das denke", sagte Hope, die ihre Freundin mitfühlend anlächelte und sicherstellen wollte, dass sie wusste, ganz gleich, was war, sie würde an Joys Seite sein.

Joys strahlend blaue Augen füllten sich mit Tränen, aber sie blinzelte sie weg und nickte. „Ich weiß. Ich liebe euch beide, aber jetzt im Augenblick würde ich lieber über buchstäblich alles andere außer Paul reden. Ich habe es einfach so satt, mich über meine Beziehung zu beschweren."

„Das ist doch kein Beschweren. Wenn du mit uns nicht reden kannst, mit wem denn dann?", fragte Hope.

„Sehe ich genauso", fügte Grace an.

„Danke." Joy schniefte. „Jetzt sorgt doch mal dafür, dass ich mich besser fühle, indem ihr mir erzählt, dass ich nicht die Einzige bin, die komische Perimenopausesymptome hat."

Sie lachten beide.

„Ich hatte drei Zentimeter lange Gesichtshaare, die über

Nacht plötzlich erschienen sind", sagte Grace. „Und meine Haare werden grau."

„Deine Farbe verdeckt das doch echt toll", sagte Hope.

„Nicht diese Haare." Grace schaute hinab auf ihren Schoß und hob eine Augenbraue. „Die Dinge ändern auf jeden Fall die Farbe."

„Oh." Joy legte sich eine Hand über den Mund, konnte ihr Kichern nicht unterdrücken. „Ich, äh, hatte dieses Problem noch nicht."

„Das liegt daran, dass du blond bist", sagte Hope, die mit ihr lachte. Das liebte sie an ihrem Leben am meisten. Die Zeit, die sie mit ihren Freundinnen verbrachte, füllte ihre Seele an. Wer brauchte denn Ex-Freunde, wenn man das im Leben hatte?

„Grace?", rief ein Mann ein paar Tische entfernt.

Hope drehte sich um und sah einen hochgewachsenen, gut aussehenden Mann mit silbergrauem Haar und grünen Augen, der eine Tasse Kaffee hielt. Irgendein Matt. Er war der Mann, der eines der Spukhäuser gekauft hatte, die Grace früher im Jahr verkauft hatte. Und verdammt, er war sexy. Sie konnte nicht anders, als sich vorzustellen, wie es sein würde, in seinem Whirlpool nackt zu baden. Lucas erschien sofort in ihren Gedanken, sodass sie von Schuldgefühlen überstimmt wurde, und sie wollte schreien. Es gab nichts, weswegen sie sich schuldig fühlen musste. Lucas war nicht ihr Freund.

Noch nicht. Aber wie lange denn, bis er das ist?, fragte sie sich.

Sie knirschte mit den Zähnen, als sie das dachte, und schob Lucas aus ihren Gedanken. Nichts Gutes würde daraus erwachsen, wenn sie darüber nachdachte, wieder mit ihm zusammenzukommen.

„Matt!" Grace sprang auf und lief zu ihm hinüber, umarmte ihn rasch. „Ist eine Weile her, dass ich dich gesehen habe. Was hast du denn so getrieben?"

„Ach, du weißt schon. Zeit am Strand mit meinen Kindern und ihren Familien verbracht. Aber sie sind jetzt weg, es bin nur noch ich. Ich arbeite im Home Office. Gibt doch nichts Besseres, als während Meetings auf der Veranda zu sitzen, oder?"

„Klingt toll." Sie wandte sich zurück an ihren Tisch. „Joy, Hope, ihr kennt doch noch Matt Dahl, oder?"

„Klar", sagte Joy.

„Wer könnte Matt vergessen?", sagte Hope, die ihn anlächelte. „Er ist der begehrteste Junggeselle in der Stadt."

Er lachte leise. „Grace fand das nicht."

Graces Gesicht wurde rosa, und sie errötete noch weiter. „Ach, komm schon. Ich habe damals jemand anderen gedatet, und dabei ist es auch geblieben."

„Blöd gelaufen für mich." Matt wandte seine Aufmerksamkeit Hope zu und beäugte sie. *Na, die hätte ich wohl fragen sollen, ob sie mit mir ausgeht. Die tollen schwarzen Locken würden sich ausgebreitet auf meinem Kissen fantastisch machen.*

Hope war kurzzeitig sprachlos. Heilige Scheiße. War das jetzt ihr Leben? Dass sie Matts ungefilterte Gedanken hörte, war verstörend. Was hätte er getan, wenn er ihre ersten Gedanken über ihn gehört hätte? Sie in sein Strandhaus geschleppt? Es gab einen Grund, weshalb Leute nicht einfach nur jeden Gedanken herausplatzen ließen, den sie hatten. Es war nicht zivilisiert.

„Willst du dich zu uns gesellen?", fragte Grace.

Hope schoss ihr einen finsteren Blick zu, aber sie war zu sehr damit beschäftigt, sich auf Matt zu konzentrieren, als dass sie es gemerkt hätte.

„Klar." Er setzte sich auf den Platz neben Hope und stellte seine Kaffeetasse auf den Tisch. „Wie geht es dir, Hope?"

„Gut." Sie nahm einen Schluck von ihrem Kaffee und schaute aus dem Fenster auf die unfassbare Aussicht.

„Ich habe gehört, der Tag der offenen Tür bei Against the Grain war ein großer Erfolg", fügte er an. „Alle haben heute Vormittag über nichts anderes geredet."

Sie drehte sich um, um ihn anzuschauen. „Wirklich?"

„Klar. Mitglieder des Vogelbeobachtungsclubs haben lauthals darüber geredet, und vorhin, als ich an der Post Halt gemacht habe, hat die Dame vor mir von dem neuen Schreiner in der Stadt geschwärmt."

Hope schnaubte. Aber klar doch. „Vogelbeobachtungsclub? Von diesen Damen war doch gestern Abend keine da."

„Sie haben die glühende Zusammenfassung darüber in der *Premonition Perspective* gelesen."

Das war das Klatschblatt im Städtchen, das einmal die Woche rauskam. „Zumindest war sie positiv."

„Oh, unsere beste Freundin ist das Stadtgespräch", sagte Grace. „Hope, ich wette, deine Mailbox wird heute noch überquellen vor neuen Kunden."

„Das werden wir sehen", sagte Hope, die die Vorhersage abtat. Sie war immer noch sicher, dass fast alle einfach nur darüber tratschten, dass Lucas zurück in die Stadt gezogen war.

„Ich hoffe, du bist nicht zu beschäftigt für ein Abendessen" sagte Matt, der ihr ein sexy schiefes Lächeln zuwarf.

Eine Vision, wie Matt sie an eine Wand presste und ihren Mund verzehrte, blitzte in ihren Gedanken auf, und sie hätte unter keinen Umständen sagen können, ob das seine Vorstellung war oder ihre. „Ich …"

„Natürlich hat sie Zeit", sagte Joy. „Tatsächlich wollte sie unbedingt mal diesen neuen Laden am Ocean Drive ausprobieren. Abalone? Stimmt doch, Hope?"

„Stimmt." Hope schüttelte den Kopf, weil sie bereits wusste, dass sie da nicht mehr rauskam, ohne wie ein kompletter Esel dazustehen.

„So geht's mir auch", sagte Matt, der sie angrinste. „Was sagst du, Hope? Hast du am Freitag Zeit für ein Abendessen? Ich könnte uns was im Abalone reservieren, und dann könnten wir die Küste rauffahren, um den Sonnenuntergang zu sehen."

„Ja", sagten Grace und Joy gleichzeitig.

Hope verdrehte die Augen. „Ich glaube, meine gesellschaftlichen Vorgesetzten haben gesprochen."

Matt nickte. „Ja, die habe ich gehört. Aber ich bin sehr viel mehr daran interessiert, was du antwortest."

Der Spielerische war weg, und seine Aufrichtigkeit rührte sie. Wie konnte sie dazu Nein sagen? Er war sexy und witzig und kein Lucas. „Ja, das würde ich gern."

Die Szene, wie er sie gegen eine Wand drängte, blitzte wieder in ihren Gedanken auf, als gerade etwas, das sehr nach Verlangen aussah, in seinen Augen schimmerte. Dann sagte er: „Ich freue mich darauf."

„Ich auch." Aber sobald sie die Worte ausgesprochen hatte, wusste sie, dass es gelogen war. Sie spürte nur Nervosität.

Er reichte ihr sein Handy. „Magst du vielleicht deine Kontaktinformationen hier eintippen? Ich rufe dann an, um die Zeit zu bestätigen."

Sie tat, wie geheißen, und einen Augenblick später verabschiedete er sich und ging. Nachdem die Tür des Cafés sich hinter ihm geschlossen hatte, wandte Hope sich an ihre Freundinnen. „Was stimmt nicht mit euch beiden?"

„Was denn?", fragte Grace, aber Joy hatte zumindest den Anstand, auszusehen, als würde sie sich schämen.

„Ihr beiden habt mir keine Möglichkeit gelassen, da geschmeidig wieder rauszukommen. Jetzt muss ich mit ihm am Freitag zum Abendessen gehen, dann habe ich mit Benji ein Date am Samstag."

„Und du beschwerst dich worüber?", fragte Joy mit zwei gehobenen Augenbrauen. *Sie hat keine Ahnung, was ich für ein Date mit nur einem heißen Typen tun würde, ganz zu schweigen von zwei.*

Hope seufzte. Wie konnte sie hier sitzen und sich beschweren, dass sie ein robustes Liebesleben hatte, wenn es einer ihrer besten Freundinnen so schwerfiel, ihren Mann dazu zu bringen, sie zu bemerken. Sie zwang sich zu einem Lächeln und sagte: „Ich beschwere mich nicht. Ich bin nur etwas überrascht. Ist eine Weile her, seit ich zwei Männer jongliert habe."

Grace presste sich eine Faust an den Mund und tat so, als würde sie husten, während sie sagte: „Drei."

„Keine drei", behauptete Hope. „Nur Matt und Benji. Lucas hat doch keine Chance."

„Klar. Wenn du das sagst", erwiderte Grace, die ihr zuzwinkerte. „Aber wir werden sehen."

KAPITEL SIEBEN

„Ich bin raus", sagte Grace. „Ich habe in zehn Minuten eine Hausbesichtigung." Sie stand auf und hielt die Arme ausgestreckt, wartete auf ihre Umarmung.

Hope stand widerstrebend auf, immer noch genervt von ihrer Freundin. Grace war in einer glücklichen Beziehung, auch noch mit einem jüngeren Typen. Sie hatte keine Probleme im Schlafzimmer. Wäre Joy nicht da gewesen, hätte Hope es an ihr ausgelassen, dass sie sie in ein Date mit Matt gedrängt hatte. Sie beugte sich vor, umarmte Grace und sagte: „Wir besprechen das später noch. Das weißt du, oder?"

Grace lachte leise und flüsterte zurück: „Daran habe ich keine Zweifel. Sei nur nachsichtig mit Joy."

„Ja."

Hope lehnte sich zurück und beobachtete, wie Joy Grace zum Abschied umarmte.

Als es nur noch sie beide waren, schaute Joy zu Hope hinüber. „Tut mir leid. Ich weiß, dass das eine Grenze überschritten hat."

„Mach dir keine Sorgen deswegen. Ich schätze, es wird mich nicht umbringen, mit einem Silberfuchs zu Abend zu essen." Hope wedelte mit der Hand, tat Joys Entschuldigung ab. Auch wenn sie ziemlich sicher war, dass Matt ihr eigentlich nur die Kleider vom Leib reißen wollte. Ihr entging nicht, dass das vor Lucas' Rückkehr für sie völlig in Ordnung gewesen wäre. Jetzt wusste sie nicht mehr, was sie dachte. Sie wusste einfach nur, dass es nicht sehr wahrscheinlich war, dass sie mit einem Fremden ins Bett ging. Das fühlte sich nicht richtig an.

Joy lächelte sie dankbar an. „Ich weiß, dass das daneben war. Danke, dass du mich vom Haken lässt."

Hope wollte sie schon ein weiteres Mal von ihrer Sünde freisprechen, doch bevor sie noch ein Wort herausbrachte, rief jemand: „Hey! Vorsicht!"

Jackson stürzte sich hinter dem Tresen hervor und sprang auf den hochgewachsenen, schlanken jungen Mann in zerrissenen Jeans und einem engen schwarzen T-Shirt zu. Aber bevor er den Kunden erreichte, stolperte der Mann rückwärts in ein schickes Ausstellungsregal voller Porzellantassen.

Hope und Joy erhoben sich beide und hoben die Hände, jede von ihnen schrie: „Levitiere!"

Für den Kunden konnten sie nichts tun. Er war bereits in Bewegung und nahm das Regal mit, zusammen mit einer Handvoll Tassen, aber der Großteil wurde durch den Zauber gerettet und schwebte in der Luft.

„Zurück", befahl Hope allen anderen Gästen, die den Mann umgaben, der auf dem Boden ausgestreckt lag. „Lasst ihm ein wenig Raum!"

Jackson winkte die Kunden zurück. „Macht Hope und Joy Platz, um die Tassen abzustellen."

Die Gäste zogen sich zurück, und Joy konnte alle Tassen auf den Boden lenken, ohne eine zu zerbrechen.

Hope lief hinüber zu Jackson, der über dem Kunden stand und den Kopf schüttelte. „Was ist passiert?", fragte sie.

„Er hat ein Stück Kuchen bestellt, und dann, bevor er sein Getränk bestellen konnte, fing er an, ganz heftig zu zittern und ist rückwärts direkt in das Regal gestolpert", sagte Jackson.

Hope kniete sich neben ihn und legte ihm eine Hand auf die Brust. Sein Herz raste, und seine Augen bewegten sich rasch vor und zurück. „Ich glaube, er hat einen Anfall. Ruft doch jemand einen Krankenwagen."

„Ich bin dabei", sagte Joy, die bereits auf ihr Handy tippte.

Hope wandte ihre auf Aufmerksamkeit wieder zu dem Mann zurück und drückte ihm zwei Finger ans Handgelenk. Ja, sein Puls war auf jeden Fall zu hoch. Und seine Haut fühlte sich klamm an. Sie hatte keine Ahnung, was sie in dieser Lage tun sollte. Sie wusste nur, dass der Mann nicht gut in Form war, und sie würde an seiner Seite bleiben, bis die Sanitäter kamen.

Sie musste nicht lange warten. In der Ferne erklangen die Sirenen, und obwohl es schien, als würden Stunden vergehen, war Hope sicher, die beiden Frauen, die in Uniform in das Café rannten, waren so schnell gekommen, wie sie nur konnten.

„Ich übernehme von hier an", sagte die Frau mit der bronzefarbenen Haut und schob Hope sanft zur Seite. Ihre Partnerin, eine hochgewachsene dunkelhaarige Frau mit entschlossenem Kinn, nahm ihren Platz auf der anderen Seite des Mannes ein und machte sich sofort an die Arbeit, einen Zugang zu legen.

„Sieht aus wie eine Drogenüberdosis." Die Frau mit der

bronzefarbenen Haut schaute auf. „Weiß irgendjemand, was er genommen hat?"

Alle, darunter auch Jackson, blieben still.

„Kennt jemand diesen Mann?", fragte sie.

„Er heißt Spencer", sagte Jackson. „Er kommt ein paar Mal die Woche rein. Ich glaube, er arbeitet drüben bei Cryptic."

Cryptic war der örtliche Buchladen ein Stück die Hauptstraße entlang, der auch eine große Auswahl an Brettspielen und Puzzeln hatte.

„Alles klar." Sie seufzte und sagte ihrer Partnerin, dass sie ihn sofort zur Notaufnahme bringen mussten, um einen Drogentest zu machen. Die beiden Sanitäterinnen waren schnell und effizient, packten den Mann auf eine Trage und fuhren ihn meisterhaft hinaus zu ihrem Fahrzeug.

Jackson sah ihnen durch das Eingangsfenster nach und strich sich mit der Hand durch die dunklen, lockigen Haare.

„Alles in Ordnung?", fragte ihn Hope, die ihm leicht den Arm drückte.

Er schüttelte den Kopf. „Das ist die dritte Überdosis, die diese Stadt in zwei Wochen hatte. Die zweite habe ich persönlich mitbekommen." Er schaute auf sie hinab, in seinen Augen stand Sorge, und ihr fiel auf, dass seine Hände leicht zitterten. „Bevor ich vor vier Jahren ans College gegangen bin, wusste ich, dass es ein paar Leute in der Stadt gab, die Drogen nahmen, aber das war nur ein kleiner Anteil, der normalerweise unter sich blieb, draußen auf ihrem Land, wo niemand weiß, was sie machen. Aber, wow, die Dinge haben sich verändert. Erst gab es den Freund von Lex' Mom, und die Typen, mit denen er rumhing, und jetzt diesen Kerl, ein neunzehnjähriges Mädchen und eine Frau in Dreißigern. Ich weiß nicht, was passiert, oder weshalb unser Städtchen plötzlich so eine Hochburg für Drogenmissbrauch ist, aber das erschüttert mich echt."

Hope legte ihm eine Hand auf den Arm, um ihn zu beruhigen, aber dann zog sie ihn in die Arme. „Du hast das aber toll gehandhabt."

Er schnaubte laut. „Nein. Das wart ihr. Du was diejenige, die verhindert hat, dass er in einen Stapel zerbrochener Tassen landet, und du hast bei ihm gesessen, bis die Sanitäterinnen kamen."

„Und du hast die Kundschaft ruhig gehalten und bist nicht ausgeflippt. Du hast das gut gemacht. Vertraue mir. Jetzt komm und setz dich kurz mal mit mir und Joy hin." Sie wollte ihn schon zu ihrem Tisch ziehen.

„Kann ich nicht. Ich muss diesen Saustall beseitigen und wieder hinter den Tresen gehen."

Hope schaute hinüber und sah, dass einer der Angestellten das Regal bereits aufgestellt hatte und damit beschäftigt war, die zerbrochenen Scherben wegzukehren, während eine junge Frau hinter den Tresen getreten war, um sich um ein paar Kunden zu kümmern, die noch da waren. „Ich glaube, deine Kollegen haben das unter Kontrolle."

Jackson folgte ihrem Blick und nickte dann langsam. „Ja. Okay. Aber nur kurz. Ich will auch sicherstellen, dass es ihnen gut geht."

Sobald Hope ihn zum Hinsetzen gebracht hatte, reichte Joy ihm eine Flasche Wasser, die sie geholt hatte, während sie sich unterhalten hatten.

„Trink das", sagte sie.

Er nahm sich die Flasche, hob sie aber nicht an die Lippen. „Glaubt ihr, er kommt in Ordnung?"

„Ich hoffe es", sagte Hope, die sich daran erinnerte, was sie am Abend vorher bei Lucas' Tag der offenen Tür gehört hatte, über jemanden, der seinen Laden nutzen wollte, um Drogen zu verkaufen. Sie fragte sich, ob derjenige bereits Drogen unter die Leute brachte, und ob er oder sie für diese Überdosis verantwortlich war. Es lief ihr eiskalt das Rückgrat hinab. Premonition Pointe war immer ein relativ sicheres Strandstädtchen gewesen. Wenn jetzt die Drogen hier überhandnahmen, wusste sie nicht, ob sie eine Wahl hatte, etwas anderes zu tun, als zu versuchen, herauszufinden, wer da im Mittelpunkt stand. „Wie gut kennst du ihn?"

„Gar nicht gut." Jackson nahm endlich einen Schluck Wasser. „Er ist ein Kunde, der ein paarmal mit mir geflirtet hat. Normalerweise würde ich versuchen, den Mut aufzubringen, ihn um ein Date zu bitten, aber die letzten paar Male, als er rein kam, war klar, dass irgendwas vorging, also habe ich die Idee aufgegeben. So einen Scheiß brauche ich in meinem Leben nicht, weißt du?"

Hope nickte.

„Dann ist das heute passiert, ich weiß nicht, wie ich dazu stehe. Ich bin schockiert, schätze ich. Besorgt. Angepisst, dass Drogen bis hierher gefunden haben. Du weißt, dass ich hoffe, mir hier mein Grafikdesigngeschäft aufzubauen, mich einfach mit einem süßen Typen und ein paar Hunden niederzulassen und das Leben zu genießen. Aber jetzt frage ich mich, ob ich einen Fehler gemacht habe."

„Hast du nicht", sagte Joy, die den Kopf schüttelte. „Dieses Städtchen ist viel zu widerstandsfähig, als dass Drogen überhandnehmen könnten, oder, Hope?", fragte ihre Freundin, die klang, als würde sie Hope brauchen, damit sie sie beruhigte.

Was, wenn das eines meiner Kinder gewesen wäre? Joys Gedanken waren glasklar. Hope schenkte ihr ein beruhigendes

Lächeln. „Natürlich ist das so. Und ich habe ein paar Ideen, was wir tun können, um zu helfen."

„Echt?", fragten Jackson und Joy gleichzeitig.

„Ja." Rasch klärte sie Jackson über ihre neue telepathische Fähigkeit auf.

Seine Augen wurden groß, und sein Mund stand offen, bevor er sich räusperte und fragte: „Du kannst jetzt Gedanken lesen?"

„Nicht ganz genau. Ich höre manchmal zufällige Gedanken. Aber ich habe noch keine von dir gehört."

Er stieß ein nervöses Lachen aus. „Heißt das, ich bin einfach gestrickt?" Jackson tippte sich auf die Schläfe. „Hier oben geht nichts vor?"

„Falls das der Fall ist, dann geht es allen anderen auch so. Ich höre nicht viel. Nur hier und da einen Fetzen. Zum Beispiel habe ich gehört, wie Joy sich Sorgen macht, dass ihre Kinder in die Drogensache verwickelt werden, aber das ist alles."

„Mich entsetzt der Gedanke, dass eins von ihnen sich mit den falschen Leuten rumtreibt, irgendwie dumme Entscheidungen trifft, und ehe man es sich versieht, passiert so was." Sie wedelte mit der Hand zu dem Regal hin. „Wir haben alle die Geschichten gehört. Manche brauchen nur einmal, um süchtig zu werden."

Hope nickte. „Ja, das macht mir auch Sorgen. Wegen deiner Kinder, wegen Lex, wegen dir, Jackson."

Jackson fuhr zurück. „Ich würde doch keine Drogen nehmen. Das ist nicht meins."

Sie glaubte ihm, aber er war auch ein Zweiundzwanzigjähriger, der gerade das College abgeschlossen hatte und in einer Kleinstadt lebte, während er versuchte, allein zurechtzukommen. „Ich weiß, aber das hält mich nicht davon ab, mir Sorgen zu machen. Du bist schon so lange mit Lex und Kyle befreundet, dass ich mich wie deine Tante fühle. Da macht man sich dann eben Sorgen."

Er verdrehte die Augen, aber ihr entging das schwache Zucken eines Lächelns nicht, das er verstecken wollte. Er war ein guter Kerl; das wusste sie. Sie wollte einfach nur ihn und die restlichen jungen Leute der Stadt sicher wissen. Ganz zu schweigen davon, dass sie nicht wollte, dass Lucas' Geschäft irgendwo in die Nähe von Drogenkurieren kam. Falls sie beschlossen, ihn und sein Geschäft zu nutzen, wer wusste schon, was sie versuchen würden, um ihn dazu zu zwingen? Solche Typen machten nicht auf nett.

„Also, jetzt, da du jetzt weißt, dass ich diese neue Superkraft habe", begann sie. „Ich kann euch sagen, letzte Nacht bei Lucas' Tag der offenen Tür bei Against the Grain habe ich jemanden denken hören, dass sein Geschäft der perfekte Umschlagplatz für Drogen wäre."

„Was? Du glaubst doch nicht, dass er so was tun würde, oder?", fragte Joy.

„Nein, würde er nicht. Zumindest nicht der Lucas, den ich kenne", stimmte Hope zu.

„Wer hat das gedacht?", fragte Jackson.

Sie zuckte mit den Schultern. „Ich weiß es nicht. Dort war es voll, und ich konnte den Gedanken keiner konkreten Person zuordnen. Ich weiß nicht mal, was damit gemeint war, Drogen durch sein Geschäft zu schleusen. Er verkauft selbst gebaute Möbel und Accessoires. Wenn sie keine Drogen in seinen Holzlieferungen schmuggeln, macht das für mich überhaupt keinen Sinn. Und selbst wenn sie das tun würden, würden sie Lucas' Mitarbeit brauchen, um an ihre Ware zu kommen."

Jackson und Joy waren still, während sie einander skeptisch ansahen.

„Was?", fragte Hope.

„Du kannst nicht erkennen, was wir denken?", fragte Jackson mit zusammengekniffenen Augen.

„Nein, aber wenn du mich bittest, zu versuchen, deine Gedanken zu lesen, kann ich das tun. Es ist nichts, was ich konkret tun können *will*, aber ich werde es hinkriegen, wenn ich muss."

Joy seufzte. „Ich glaube, wir haben uns beide gefragt, wie sehr wir Lucas vertrauen können. Er war lange weg, und jetzt ist er zurück mit etwas, das nach einem ziemlich dicken Konto aussieht. Er hat ein Haus mit ganz schön viel Grund gekauft, und dann noch mal eine Runde gedreht und einen Laden eröffnet. Für beides braucht man einen ganz schönen Happen Kapital."

Hope biss die Zähne zusammen und versuchte, ihre Freundin nicht anzumachen, weil sie nahegelegt hatte, dass Lucas vielleicht an Drogenhandel beteiligt war. Sie *kannte* ihn. Kannte ihn bis ins Mark und wusste, dass er niemals an so einem Handel teilnehmen würde. „*Ich* vertraue ihm. Mehr müssen wir nicht wissen."

Keiner von ihnen sagte etwas, und plötzlich lag Anspannung in der Luft.

Hope lehnte sich zurück, die Arme vor der Brust verschränkt. „Das würde ich wissen, klar?"

„Weil du jetzt telepathisch bist?", fragte Jackson.

„Nein. Weil ich es wissen würde, und mehr ist dazu nicht zu sagen." Sie wusste, dass sie angespannt klang, und als könne sie sich der Wahrheit über jemanden, den sie liebte, nicht stellen. Aber ihre Instinkte sagten ihr, dass sie nicht falschlag, und sie war eine Frau, die immer ihren Instinkten folgte.

„In Ordnung. Vertrau mir, ich will auf jeden Fall glauben, dass Lucas in so etwas nicht verwickelt wäre", sagte Joy sanft.

„Und das werden wir auch tun, außer es gibt einen Grund, etwas anderes anzunehmen."

„Den wird es nicht geben", beharrte Hope.

„Du hast recht, Hope", sagte Jackson. „Ich glaube, wir sind einfach alle etwas eingeschüchtert. Konzentrieren wir uns darauf, wer hinter den Drogen stehen könnte. Irgendwelche Ideen?"

„Kannst du die Namen der drei Leute rausfinden, die die Überdosis hatten?", fragte ihn Hope.

„Ja, ich glaube schon. Ich kann auf jeden Fall mal die Ohren nach Gerüchten spitzen."

„Perfekt. Halt es nur unterschwellig. Ich will nicht, dass jemand herausfindet, dass du Fragen stellst. Wir wissen schließlich noch nicht, wie gefährlich diese Leute sind."

Jackson nickte. „Kein Problem. Mein schwules Netzwerk weiß, wie man Zeug verdeckt macht."

Hope lachte leise. „Verstanden."

„Was kann ich tun?", fragte Joy.

„Du wirst meine Komplizin sein, während wir alle überprüfen, die bei Lucas' Tag der offenen Tür gestern Abend aufgetaucht sind", sagte Hope. „Du wirst diejenige sein, die irgendwas kaufen will, und ich bin deine Begleiterin. Wir werden eine Möglichkeit finden, das Thema anzusprechen, und ich werde versuchen, ihre Gedanken zu belauschen. Wir werden auch Grace dazu bringen, zu ermitteln, wer neu in der Stadt ist. Sehen, ob es eine Verbindung gibt."

„Auf jeden Fall. Ich bin dafür zu haben", sagte Joy, die sich aufrichtete. „Bringen wir den Müll raus." Sie hob die Faust und wartete, dass die anderen beiden mitmachten.

Hope traf sie auf halbem Weg, und dann starrten die beiden Jackson an und warteten, dass er sich ihnen anschloss, um Solidarität zu zeigen.

Jackson verzog das Gesicht und stöhnte, während er widerstrebend die Faust vorstreckte. „Das ist so uncool."

„Vielleicht, aber du hast uns trotzdem lieb", sagte Hope. Dann stand sie auf und zog ihn aus dem Stuhl, um ihm eine feste Umarmung zu geben.

KAPITEL ACHT

„*H*ope?", rief Angela Anderson, während sie durch das Haus ging. „Bist du noch da?"

Hope lehnte sich an den Tresen und dachte: *Kannst du mich nicht hören?*

„Ja, jetzt kann ich das." Angela kam um die Ecke und sah ihre Tochter mit zusammengekniffenen Augen an. „Ernsthaft, so wird das von jetzt an?"

Ein Ansturm von Schuldgefühlen hämmerte auf Hope ein. Weshalb war ihr Standardmodus mit ihrer Mutter immer so angriffslustig? „Tut mir leid. Das hast du nicht verdient."

Angela seufzte. „Ich weiß, dass wir immer noch Probleme zu bewältigen haben, und ich erwarte nicht, dass wir alles über Nacht hinkriegen. Ich hatte nur gehofft, dass wir es einfach versuchen könnten."

„Ja, okay. Aber Grace und Joy sind unterwegs hier rüber, um mit der Arbeit an einem Projekt zu beginnen. Jetzt ist nicht wirklich ein guter Zeitpunkt." Hope holte eine Tasse aus dem Schrank und schenkte sich Kaffee ein. Sie fragte sich, ob es zu früh am Tag war, um sich Irish Whiskey reinzukippen.

„Irgendwo ist es schon fünf Uhr", sagte Angela, dir ihr ein freches Lächeln zuwarf.

Hope zwang sich dazu, ihre Miene neutral zu halten, anstatt die Augen zu verdrehen wie ein Teenager. Ihre Mutter hatte ihr bereits erzählt, dass sie nicht wirklich kontrollieren konnte, was sie hörte, darum sollte Hope nicht überrascht sein. Interessant war allerdings, dass Hope die Dinge nicht so eindeutig hörte. Sie bekam Fetzen mit, und manchmal, wenn sie es versuchte, bekam sie etwas mehr, aber sie wurde auf keinen Fall die ganze Zeit mit Gedanken bombardiert, wie ihre Mutter ihre eigene Erfahrung beschrieben hatte. Obwohl sie wusste, dass ihre Mutter vermutlich alles mithörte, was sie dachte, fuhr sie fort und sprach ihre Gedanken aus. „Wird dieser Fluch mit der Zeit schlimmer? Werde ich plötzlich eines Tages aufwachen und alles hören, was jemand denkt?"

„Ich weiß es nicht, Hope", sagte sie mit einem Schulterzucken. „Für mich war es vom ersten Tag an überwältigend. Für deine Oma auch. Wenn du Glück hast, ist vielleicht dein Fluch nicht so überwältigend."

„Wenn ich Glück habe", stimmte Hope zu.

„Ich wollte dich einfach nur wissen lassen, dass ich den Rest des Tages unterwegs sein werde. Zum Abendessen bin ich zurück. Willst du, dass ich was koche?"

Hope schüttelte den Kopf. „Nein, danke. Ich gehe mit den Mädels aus."

Ihre Mutter beäugte sie argwöhnisch. Hope hob das Kinn nur leicht, forderte sie stumm heraus, ihre Aussage infrage zu stellen. „Okay. Schreib mir, falls sich was ändert."

„Wahrscheinlich wird es das nicht", sagte Hope, die versuchte, den leichten Stich des Bedauerns zu ignorieren. Sie hatte Joy immer um ihre Beziehung zu ihrer Mutter beneidet. Sie standen einander nahe. Richtige Freundinnen. Es war etwas, was sie gewollt hatte, besonders, wenn man bedachte, dass sie sonst keine engen Verwandten hatte. Stattdessen war es dazu gekommen, dass sie Grace und Joy zu ihrer Familie gemacht hatte. Für sie funktionierte das, aber das bedeutete nicht, dass sie den Verlust nicht trotzdem spürte.

Angela nickte, während sie die Küche verließ. Einen Augenblick später hörte Hope die Eingangstür leise zufallen, während ihre Mutter ging, um zu tun, was immer sie tun wollte. Hope hatte sich nicht mal die Mühe gemacht, sie zu fragen. Wer war denn so drauf?

Hope ließ sich auf einen Stuhl an ihrem Esstisch fallen und vergrub den Kopf in den Händen. Sie war die schlimmste Tochter aller Zeiten. Erst war sie unhöflich gewesen, nicht einmal, sondern zweimal. Und dann hatte sie gelogen, was ihre Pläne für das Abendessen anging, obwohl sie wusste, dass ihre Mutter sie direkt durchschauen würde.

Sie stöhnte und tadelte sich innerlich, weil sie den Besuch ihrer Mutter so schlecht handhabe. Wenn sie sich weiterhin so kindisch benahm, würde sie noch zu einem Therapeuten gehen müssen, um ihre Mutterprobleme zu besprechen. Am Ende würde sie sich hassen, falls sie keine Möglichkeit finden konnte, ihrer Mutter ein wenig entgegenzukommen.

Hope stand vom Tisch auf und begab sich in die Küche. Ohne auch nur nachzudenken, fing sie an, Mehl, Zucker und Schokoraspel aus ihrem Regal zu ziehen.

Eine Dreiviertelstunde später holte sie die Kekse aus dem Ofen, und es wurde laut an ihre Tür geklopft, woraufhin Grace rief: „Wir sind da! Ach, gepriesen sei die Schokoladenfee! Rieche ich da Cookies?"

„Ja. Ich bin in der Küche." Hope holte zwei Tassen aus ihrem Schrank und stellte sie auf den Tresen.

Als erstes erschien Grace, die einen schicken weißen Anzug

trug. Ihre kastanienroten Haare waren zu einem komplizierten Knoten hochgesteckt, und sie wirkte wie ein Luxusmädchen. Joy folgte ihr, und Hope schaute zweimal hin, als sie sie sah. Joy war diejenige, die immer elegant wirkte, aber schockierenderweise trug sie eine Yogahose und ein graues T-Shirt, auf dem vorne stand: *Nicht heute, Satan*. Ihre langen blonden Haare waren zu einem unordentlichen Zopf auf einer Seite geflochten, und ihre Augen waren rot, als hätte sie geweint.

„Was ist passiert?", fragte Hope, die Joy mechanisch einen Keks reichte.

Joy schob sich das ganze Cookie in den Mund und brach auf einem der Stühle am Tisch zusammen.

„Ist es so schlimm?" Hope ging in die Küche und schenkte ihnen allen eine Tasse Kaffee ein.

Joy nickte und murmelte etwas mit dem Mund voller Keks.

„Ich glaube, das heißt ja", sagte Grace, die sich den Teller mit Keksen schnappte.

In Anbetracht von Joys Zustand schnappte sich Hope die Flasche Whiskey und stellte sie auf das Tablett mit den Kaffeetassen.

Sobald sie alle saßen, reichte Hope Grace ihre Tasse, schob dann eine zu Joy und sagte: „Entkoffeiniert nur für dich."

Grace schnappte sich den Whiskey, und ohne auch nur zu fragen, schenkte sie einen Schluck in jede Tasse.

„Ich bin froh, dass das jemand gemacht hat, damit ich mich nicht schuldig fühlen muss, weil ich tagsüber trinke", sagte Hope, die Grace abklatschte. Dann wandte sie ihre ganze Aufmerksamkeit Joy zu. „Was ist denn, Süße? Ist alles mit den Kindern okay?"

Joy nickte und nahm einen Schluck von ihrem Kaffee. „Den

Kindern geht es gut. Hunter wird vor seinem Dad völlig durchdrehen, wenn er es rausfindet, aber sie werden es überleben."

„Hat er doch eine Affäre?", fragte Grace zögerlich.

„Nein. Ich glaube nicht. Tatsächlich bin ich ziemlich sicher, dass der Mann vergessen hat, wie man einen Schwanz benutzt."

Hope konnte nicht anders. Sie stieß ein überraschtes, bellendes Lachen aus. „Das ist doch bestimmt nichts, was man einfach vergisst, oder?"

„Paul scheint das gemeistert zu haben." Joys Tonfall war verbittert und ziemlich endgültig.

„Bist du sicher, dass er keine Hilfe in der Form der kleinen blauen Pille braucht?", fragte Grace.

Sie hatten schon früher die Diskussion über Erektionsstörungen geführt, und Joy beharrte darauf, dass das nicht das Problem war.

„O nein. Das funktioniert schon. Solange ich mich erinnern kann, habe ich die Beweise dafür jeden Morgen gesehen. Nur anstatt sich von mir helfen zu lassen, holt er sich lieber in der Dusche einen runter. Er hat immer gesagt, dass er vor seinem morgendlichen Kaffee einfach nichts gebrauchen kann. Kannst du das glauben? Was für ein Mann will denn nicht gleich als erstes am Morgen einen verdammten Blowjob?"

Hope verzog das Gesicht. Sie hatte gewusst, dass Joy und Paul schon eine Weile Schwierigkeiten im Bett hatten, aber sie hatte wohl noch nicht ganz erfasst, wie schlimm es wirklich geworden war.

„Okay, also hast du jetzt endgültig genug?", fragte Grace. „Hast du ihn rausgeworfen?"

Joy schnaubte. „Wer, ich? Ihn rauswerfen, wegen Sex? Nein.

Erst vor zwei Nächten hatten wir ein großes Sex-Gespräch. Du weißt schon, dass wir eine Möglichkeit finden müssen, in Verbindung zu treten. Dass wir es versuchen müssen. Dass er es versuchen muss. Dass ich nicht die Einzige sein kann, der es wichtig ist, unser Liebesleben wiederzubeleben. Ich dachte, es wäre ziemlich gut gelaufen. Wir hatten für gestern Abend ein Date angesetzt, nur wir beide. Kein Druck. Nur ein Abend, um zusammen zu duschen. Vielleicht eine Massage. Ein wenig Kuscheln. Und dann würden wir sehen, wie die Dinge laufen. Aber weißt du, was ich stattdessen gekriegt habe?"

Hope hatte beinahe Angst zu fragen. „Sag mir nicht, dass er dir einen Dildo besorgt hat."

Ein Ausdruck reinen Zorns blitzte in Joys blutunterlaufenen Augen auf. „Weißt du, ich denke, diese Geste hätte ich sogar zu schätzen gewusst. Zumindest hätte sie kommuniziert, dass ihm meine Bedürfnisse wichtig sind. Aber nein, nicht mal das habe ich bekommen. Stattdessen hat er mir gesagt, ich würde zu viel verlangen. Dass ich einen übermäßigen Sextrieb habe und unvernünftig bin, und dass er einfach nur fertig damit ist."

„Fertig? Was heißt das dann?", fragte Hope, die vom Tisch aufspringen und in Pauls Buchhaltungsfirma laufen wollte, damit sie ihm eine Ohrfeige geben konnte für die Art, wie er Joy behandelt hatte. Sie hatte die ganze Welt verdient, und die Tatsache, dass der Mann nicht mal nahe dran gekommen war, sie ihr zu geben, pisste Hope einfach an.

„Er zieht aus. Er sagt, er will mal eine Trennung probieren, und er hat bereits ein kleines Strandhaus auf der anderen Seite der Stadt gemietet. Was bedeutet, dass er das mindestens seit einer Woche wusste, noch vor unserem großen Gespräch. Obwohl ich weiß, dass er glaubt, ich passe nicht auf unsere Finanzen auf, ist mir eine vierstellige Entnahme aufgefallen.

Ich habe ihn nicht danach gefragt, weil ich dachte, er würde vielleicht versuchen, mich mit einem Geschenk zu überraschen. Ihr wisst schon, Schmuck oder eine Reise oder so was. Der Mann gibt einfach kein Geld aus, außer es ist für was Besonderes. Jetzt weiß ich, dass es die erste Monatsmiete und eine Kaution für das Haus war. Es gibt keine Überraschung, außer die Tatsache, dass ich vorerst nicht mehr seinem Schnarchen zuhören muss."

„Er will eine Trennung auf Probe, aber er hat schon für ein Haus unterschrieben? Für wie lange?", fragte Grace.

„Er sagte, die Miete würde über sechs Monate laufen." Joy schnappte sich ihren Kaffee und nahm einen weiteren großen Schluck. „Aber das ist eine Lüge. Ich habe angerufen und herausgefunden, dass es für ein Jahr gemietet ist. Paul ist fertig. Grace, ich glaube, ich brauche die Nummer deiner Scheidungsanwältin."

„Klar, meine Liebe." Grace legte einen Arm um ihre Freundin und warf Hope einen völlig perplexen Blick zu.

„Das hat er einfach heute über dir ausgekippt? Alles nur, weil du an eurem Liebesleben arbeiten wolltest?", fragte Hope, die es verstehen wollte.

„Ja. Ich schätze schon." Joy schniefte. Aber als sie aufschaute, stand in ihrem Gesicht Entschlossenheit. „Wisst ihr was? Ich habe alles versucht. Ich war die geduldigste Frau, die man als Mann nur haben kann. Und wenn er mich nicht zu schätzen weiß, dann kann ich dazu nur sagen, gut. Ich muss meine Zeit nicht mehr mit diesem Arschgesicht verschwenden. Ich werde wie ihr beiden. Ich nehme dann auch den jüngeren Mann oder unverbindlichen Sex, oder Teufel, einfach nur jemanden, der nicht um neun Uhr ins Bett geht. Ich bin klug, ich kann einen Job kriegen und jemanden finden, der nicht glaubt, ich hätte meine besten Jahre schon hinter mir." Sie zog ihr Handy aus der Tasche und fing an, auf den Bildschirm zu tippen. „Was muss ich machen, um mich bei Tinder anzumelden? Oder gibt es irgendeine andere Verkupplungs-App, von der ich nichts weiß?"

Hope stieß ein ersticktes Lachen aus und nahm ihrer Freundin das Handy weg. „Okay, jetzt mach mal etwas langsamer."

„Warum? Wisst ihr, wie lange es her es, dass ich mal einen Orgasmus hatte, während sonst noch jemand im Zimmer war?", fragte Joy.

„Äh …" Hope schnappte sich einen Keks und stopfte ihn sich in den Mund, unfassbar dankbar, dass ihre Telepathie im Augenblick nicht zu funktionieren schien. Das letzte, was sie wissen wollte, war ein Abbild von dem, was Joy gerade durch die Gedanken ging.

„Ich glaube, was Hope gemeint hat, war, dass du dir vielleicht ein wenig mehr Zeit lassen solltest, bevor du zurück in den Männerpool springst. Du weißt schon, nur ein wenig beruhigen. Sicherstellen, dass du wirklich danach suchst, bevor …"

„Orgasmen, Grace. Orrrgasmen. Du weißt schon, das, was du regelmäßig von Owen kriegst?", behauptete Joy. „Das ist alles, was ich von einem Mann will oder brauche. Und je eher, desto besser."

„Na, dann gut." Hope schnappte sich Joys Handy und machte sich daran, die Tinder-App herunterzuladen. Sobald sie sie geöffnet hatte, legte sie Joy rasch einen Account an. „Hast du ein Foto, das du benutzen willst?"

Joy blinzelte sie an. „Du willst, dass ich mein Bild ins Internet stelle? Auf einem Profil in einer App, bei der es konkret darum geht, jemanden aufzugabeln? Bist du verrückt?"

„Es ist nicht nur eine App, um jemanden aufzugabeln, Joy", sagte Grace, die sich die Schläfe rieb, als würde sie Kopfschmerzen kriegen. „Leute treffen sich da und kommen tatsächlich zusammen. Das weißt du, oder?"

„Ja, irgendwie. Aber danach suche ich doch nicht. Nicht, nachdem ich zwanzig Jahre lang Paul und seine verdammten Terminpläne hatte." Sie wandte sich an Hope. „Schreib auf jeden Fall rein, dass ich nicht nach was Ernstem suche."

Hope lachte leise. „Das schreibe ich da nicht rein. Sonst fängst du dir noch jeden zufälligen Notgeilen von hier bis San Diego ein, der dir Nachrichten schickt. Wie wäre es, wenn wir nur ein paar deiner Interessen reinschreiben, und von da aus weitermachen."

Joy verdrehte die Augen. „Also gut. Aber ich stell trotzdem nicht mein Bild rein."

„Hast du bereits." Hope grinste sie an.

„Was?" Joy schnappte sich das Handy aus Hopes Hand und scrollte durch ihr Profil. Als sie das Bild sah, schaute sie auf und lächelte. „Auf dem sehe ich tatsächlich hübsch aus."

„Auf dem siehst du sexy aus." Hope nahm das Handy zurück und zeigte das Bild von Joy Grace. Es war ein Profil von Joy am Strand in einem Bikini mit einem Wickelrock, und ihre blonden Haare wehten in der Brise, als wäre sie in einer Shampoowerbung. Es war vor ein paar Jahren aufgenommen worden, aber Joy hatte sich kein bisschen verändert. Hope reichte das Handy zurück an Joy und sagte: „Du wirst schon bald unter den heißesten Typen vom Ort wählen können."

„Das ist gut." Joy nickte, fing aber allmählich an, unsicher zu wirken. „Es ist gut, weiterzuziehen, oder?"

„Aber natürlich." Grace griff herüber und drückte ihr die Hand. „Setz dich vielleicht nur nicht unter Druck."

„Grace hat recht", sagte Hope. „Es ist schon gut, zu

versuchen, ein neues Kapitel aufzuschlagen. Aber wir wollen nur, dass du dich um dich kümmerst und machst, was immer dich glücklich macht. Wenn ein Date mit jemandem das ist, was du brauchst, dann mach es. Hab Spaß. Du hast etwas Spaß verdient. Aber vielleicht willst du dir etwas Zeit lassen, bis du dich in etwas hineinstürzt."

„Du meinst, vier Stunden reichen nicht?", fragte Joy, die ein halbes Lachen, halbes Schluchzen ausstieß.

Hope und Grace erhoben sich beide und legten die Arme um Joy, hielten sie, während sie weinte.

Es dauerte nicht lang, bis Joy sie sanft abstreifte und sich die Augen abwischte. „Ich bin in Ordnung. Vielen Dank. Ich bin nur ... es hat mich völlig unvorbereitet getroffen, wisst ihr?"

„Wissen wir", sagte Grace, die ihr ein Taschentuch aus ihrer Handtasche reichte.

„Wisst ihr, was das Seltsame ist?"

„Was denn?", fragte Hope.

„Ich glaube nicht, dass ich ihn tatsächlich vermissen werde. Ich glaube, ich bin eher genervt, dass ich nicht rauskriegen konnte, wie ich es zum Funktionieren bringe." Joy stieß ein Seufzen aus. „Ich mache mir Sorgen um die Kinder. Sie werden sich aufregen."

„Das werden sie sicher", sagte Hope. „Aber sie sind erwachsen. Sie werden damit klarkommen." Joys Ältester war sechsundzwanzig und der Jüngste zweiundzwanzig.

Joy nickte. „Du hast vermutlich recht." Dann stieß sie ein tiefes Seufzen aus und sagte: „Genug davon. Ich will nicht mehr an Paul denken. Gehen wir ans Eingemachte. Was hast du für uns?"

Hope schaute zu Grace. Grace hob die Augenbrauen und

zuckte leicht die Schultern, als wolle sie sagen, wenn Joy bereit war, weiterzuziehen, war es auch Zeit, weiterzuziehen.

„Also okay. Grace, konntest du eine Liste mit neuen Bewohnern der Stadt auf die Beine stellen?", fragte Hope.

„Ihr wisst schon, dass ich Schwierigkeiten bekommen kann, wenn ich eine solche Liste aus der Datenbank entnehme?", fragte Grace, während sie die Namen von Leuten rüberreichte, die im Lauf der letzten Monate das Maklerbüro genutzt hatten, um entweder etwas in Premonition Pointe zu kaufen oder zu mieten.

„Ich will die Liste nur für Kreuzverweise darauf nutzen, wer bei Lucas' Tag der offenen Tür war. Und dann verbrennen wir sie, okay?", fragte Hope.

„Das ist fair." Grace schnappte sich einen weiteren Keks und lehnte sich mit ihrer Kaffeetasse zurück.

„Ich lese die Namen vor, und Hope, du kannst das Gästebuch prüfen", sagte Joy, die Graces Liste nahm. „Wir machen einen nach dem anderen."

„Klingt gut." Hope schnappte sich einen Stift, und sie machten sich an die Arbeit.

Eine Stunde später hatten sie die Liste auf drei Leute eingeschränkt: einen Inneneinrichter namens Vincent Valencia, eine freiberufliche Texterin namens Lanie Barnes und einen Künstler namens Crosby Quinn.

„Keiner dieser Leute schreit nach einem abgehärteten Drogendealer", sagte Hope mit einem Seufzen.

Grace schaute sich die Liste an. „Crosby habe ich geholfen, sein Atelier zu finden. Er ist ein süßer, schüchterner Typ, der zum Großteil Meereslandschaften malt. Seine Arbeit steht in der North Star Gallery."

„Und Lanie hat sich der Künstlerkooperative angeschlossen.

Als Vizepräsidentin ist es meine Aufgabe, jede Bewerbung durchzugehen", sagte Joy. „Sie macht bejahende Filz-Hexen. Sie sagen Dinge wie *Sei deine eigene Hexe* und *Zuversicht macht die Hexe stärker* und *Liebe deine innere Hexe*. Die sind echt süß."

Hope presste sich die Fingerspitzen an die Schläfen. „Vincent ist ein alter Freund von Lance. Er war schon ewig Inneneinrichter, und er ist hergezogen, um bei seinem Freund zu wohnen und mal langsamer zu machen und den Stand zu genießen. Wisst ihr, was das heißt?"

„Wir haben gerade eine Stunde damit verschwendet, anstatt rauszugehen und mit allen zu reden, die auf der Liste stehen?", fragte Grace.

„Ganz genau", sagte Hope. „Falls einer dieser drei etwas damit zu tun hat, Drogen zu schmuggeln, renne ich nackt die Hauptstraße runter und posaune heraus, wie genial sie sind. Ich meine, das nenne ich mal eine überzeugende Deckung."

„Pass bloß auf mit den Ankündigungen", sagte Joy, ihre Stimme war ganz schelmisch. „Man weiß ja nie. Vielleicht ist der Grund, weshalb sie unter dem Radar fliegen konnten, der, dass sie eben nicht mal eine annähernd kriminelle Ausstrahlung haben."

„Ja, einer von ihnen könnte der Drogenbaron von Kaliforniens Küstenstädtchen sein", fügte Grace an.

Hope verdrehte vor ihren Freundinnen die Augen. „Haha. Sehr lustig. Um euch zwei Witzbolde glücklich zu machen, können wir bei ihnen vorbeischauen, und ich versuche, ihre Gedanken abzuhören. Aber falls einer von ihnen sich als schmutziger Perversling erweist, der mich seiner Verkommenheit aussetzt, werde ich es euch vorwerfen."

„Falls es schmutzige Perverslinge sind, möchte man vielleicht noch mal genauer hinschauen", sagte Joy, die mit den Augenbrauen wackelte.

„Ich glaube, das überlassen wir dir", sagte Grace, die lachte, während sie ihre Tassen einsammelte und sie in die Küche brachte. „Vorerst sieht es aus, als würden wir in die Innenstadt müssen, um unsere beste Freundin ein paar Leute ausspionieren zu lassen."

KAPITEL NEUN

*H*ope ging voraus ins Magical Touch, einen Design-Studio-Co-Working-Space, der auf dem Platz gegenüber des Rathauses war. Der Ausstellungsraum war ganz in Weiß mit einem Hauch Türkis und blassem Gelb dekoriert. Alles an dem Laden strömte Strandeleganz aus.

„Einen schönen Nachmittag", sagte eine vertraut wirkende Rothaarige hinter dem Schreibtisch. „Wie kann ich euch Ladys heute helfen? Haben Sie einen Termin?"

„O nein. Wir sehen uns nur um", sagte Grace. „Unsere Joy hier sucht nach einer Neugestaltung zu Hause. Sie wissen schon, raus mit dem Alten, rein mit dem Neuen, und wir dachten, wir wollen mal sehen, ob Vincent und Walt ihr dabei helfen können."

„Na, das sind zwei Designer. Sie arbeiten normalerweise nicht bei Aufträgen zusammen, außer es sind besondere Umstände. Einer ist auf modernes Design spezialisiert, und der andere auf zeitgenössisches. Haben Sie eine Vorliebe?", fragte die Empfangsdame.

„Äh, ich weiß nicht. Mir gefällt irgendwie das Mobiliar bei

Against the Grain. Was immer mit diesem Look funktioniert", sagte Joy.

Hope lächelte vor sich hin. Sie liebte ihre Freundinnen einfach. Joy hatte nicht mal einen Augenblick verschwendet, bevor sie Lucas' Laden erwähnt hatte.

„Ach, Lucas' Kings Arbeit", sagte die Rothaarige, ihre Stimme wurde plötzlich rau, sodass es klang, als hätte sie gerne eine Affäre mit einem seiner Beistelltische. „Dieser Mann ist *äußerst talentiert.*"

Äh, was?, dachte Hope und konzentrierte sich sofort auf die Frau. Jetzt erkannte sie sie. Die Frau war eine von Gigis Nachbarinnen, und sie hatte Lucas bei der Eröffnung mehr oder weniger gestalkt, bis er sie abgestreift hatte. Die Erinnerung führte dazu, dass Hope der Frau ein gespieltes Lächeln zuwarf. „Ich höre, er ist nicht mehr auf dem Markt."

„Wirklich?", fragte sie überrascht. „Das ist mir neu, wenn man bedenkt, dass wir am Freitagabend ein Date haben."

„Oh", hauchte Grace.

„*Sie* sind mit Lucas zusammen?", fragte Hope atemlos, als hätte man ihr einen Schlag in den Magen verpasst. Hatte Lucas die Rothaarige tatsächlich gefragt, ob sie mit ihm ausging?

„Ja. Oh!", sagte sie, ihre Augen strahlten. „Vielleicht haben Sie Gerüchte über uns gehört und dachten deshalb, dass er nicht mehr auf dem Markt ist. Na ja, ich würde nicht sagen, dass es schon offiziell ist, aber nach Freitag, wer weiß da schon?" Sie zuckte mit einer Schulter und zwinkerte, um ihre Absichten ganz klarzumachen. „Die Göttinnen wissen, dass ich einen heißen Kerl verdient habe, nach dem Idioten, von dem ich mich letztes Jahr habe scheiden lassen. Er hat gut Geld verdient, aber für meinen Geschmack war er viel zu sparsam. Ich hoffe einfach, dass Lucas gut darin ist, sich um seine Frau zu kümmern, denn ich bin eigentlich nicht wirklich fürs Arbeiten gemacht. Wissen Sie, was ich meine?"

Hope war so angespannt, dass keine Chance bestand, auf ihre Telepathie zugreifen zu können. Nicht, nachdem sie erfahren hatte, dass die Rothaarige ihre Krallen in Lucas geschlagen hatte. Sie schaute auf das Namensschild der Frau. „Hören Sie mal, Serena, so toll es ist, etwas über Ihr Liebesleben zu erfahren, vielleicht können Sie uns einfach wissen lassen, ob die Designer da sind?"

„Ach, tut mir leid." Sie kicherte und plötzlich bekam Hope ein Bild, wie die Frau mit der Hand über Lucas' Brust hinabstrich, während er mit einer nicht zu interpretierenden Miene auf sie hinabschaute. Die Vision verschwand genauso schnell wieder, sodass Hope aufgebracht war und kurz davor stand, der Frau den Kopf abzureißen. „Sehen wir mal. Vincent ist da, aber er hat einen Kunden. Und Walt ist unterwegs auf einem Termin." Sie wandte sich an Joy. „Aber ich kann etwas reservieren, wenn Sie möchten."

„Kann ich mich mit beiden gleichzeitig treffen?", fragte Joy. „Nur damit ich ein Gefühl dafür bekomme, mit wem ich womöglich arbeiten möchte."

„Klar. Wie wäre es mit Freitag um zehn?"

Sie machten einen Termin aus, während Hope ihr Bestes gab, um zu sehen, ob sie in Serenas Gedanken eintauchen konnte. Aber sobald sie das tat, bekam sie nur Bilder von Lucas in verschiedenen Stadien der Nacktheit. Das Gute daran war, dass offensichtlich wurde, dass die Frau ihn noch nie ausgezogen gesehen hatte. Hope wusste, dass die Bilder nur der Vorstellung der Frau entsprangen, weil Lucas' Tattoo fehlte, und genauso die gezackte Narbe, wo ihm der Blinddarm entnommen worden war. Ganz zu schweigen davon, dass er ein Eightpack besaß, kein Sixpack.

Nachdem ihr klar geworden war, dass Serena und Lucas ihre Beziehung noch nicht über die Phase des Datens hinaus entwickelt hatten, lehnte sie sich an den Tresen und sagte: „Ich erkenne Sie wieder vom Tag der offenen Tür bei Against the Grain. Sie waren dort, oder?"

„Klar. Da haben Lucas und ich uns kennengelernt."

Aber natürlich. Wenn sie sich recht erinnerte, hatte er ihr nicht gerade viel Zeit geschenkt. Sie fragte sich, wie Serena die Einladung zum Abendessen herausgequetscht hatte. „Was halten Sie denn von seiner Galerie? Toller Laden, oder?"

„Klar." Serena runzelte die Stirn. „Ich schätze schon. Ich meine, seine Arbeiten sind schön, aber ich glaube, wir wissen alle, dass Lucas die Hauptattraktion ist. Der Mann ist einfach traumhaft."

Hope musste sich davon abhalten, die Augen zu verdrehen. Serena war viel zu sehr darauf konzentriert, Lucas die Hosen runterzulassen, als dass Hope ernsthaft in Betracht zog, dass sie zu dem Drogenhändlerring gehörte. „Das ist er auf jeden Fall", sagte Hope. „Viel Glück bei dem Date am Freitag." Sie wandte sich an Grace und Joy. „Bereit?"

Sie nickten beide.

„Es war schön, Sie kennenzulernen, Serena", zwang Hope hervor.

„Wir sehen uns am Freitag", fügte Joy an.

Grace winkte, und die drei gingen hinaus auf die Straße.

„Na, das war ...", setzte Grace an.

„Brutal", sagte Joy, die ihr das Wort abschnitt. „Hope, alles in Ordnung?"

„Bei mir ist alles perfekt", sagte Hope, die die Bürgermeisterin auf einer Bank unter einer Eiche sitzen sah, während sie an einem Eiscafé nippte. „Ich bin gleich wieder da."

Sie ließ ihre Freundinnen auf dem Bürgersteig stehen und überquerte den Platz dorthin, wo Iris Hartsen saß. „Bürgermeisterin", sagte Hope, die eine Hand ausstreckte. „Wie schön, Sie zu sehen."

Die Bürgermeisterin schaute auf und lächelte, während sie Hopes Hand nahm. „Ms. Anderson. Was bringt Sie denn heute mitten am Tag auf den Stadtplatz?"

Hope winkte ihren Freundinnen zu. „Wir helfen Joy, ein paar Entscheidungen bei der Renovierung zu treffen. Ich habe Sie hier gesehen und dachte mir, ich sage mal Hallo und danke Ihnen, dass Sie zum Tag der offenen Tür bei Against the Grain aufgetaucht sind. Ich weiß, dass Lucas die Unterstützung echt zu schätzen weiß."

Sie schenkte Hope ihr typisches warmes Lächeln, genau das, dass sie mit siebzig Prozent der Stimmen die Wahl hatte gewinnen lassen. „Das hätte ich nicht verpassen wollen. Es ist immer ein Vergnügen, neue Geschäftspartner in der Stadt zu begrüßen."

Besonders solche, die perfekt zu unseren Plänen passen.

Hope fragte beinahe: *Welche Pläne?* Aber dann wurde ihr klar, dass die Bürgermeisterin das nicht laut ausgesprochen hatte. Sie blinzelte. Sie konnte sich doch unmöglich darauf beziehen, Drogen zu schmuggeln, oder? Die Bürgermeisterin hatte ein paar Jahre vorher daran gearbeitet, ein kostenloses Drogenrehabilitationsprogramm in der Großstadt einzurichten. Sie konnte doch unmöglich daran beteiligt sein, irgendjemanden mit illegalen Substanzen zu versorgen.

„Dieser Schaukelstuhl, den ich gekauft habe, ist einfach zum Sterben schön. Wussten Sie, dass meine Tochter ein Kind bekommt?", fragte die Bürgermeisterin.

„Nein, das wusste ich nicht. Ich gratuliere. Das ist aufregend", sagte Hope. Bilder der Frau, die im Schaukelstuhl saß, flackerten in Hopes Gedanken, sodass sie lächelte. Wie hatte sie jemals annehmen können, dass sie an einem Drogenhändlerring beteiligt war? Allein schon der Gedanke gab ihr das Gefühl, töricht zu sein.

„Schon. Ich kann es gar nicht erwarten, das kleine Mädchen den Armen zu halten, während ich sie in diesem Stuhl schaukle. Lucas liefert ihn nächste Woche für das Kinderzimmer. Ich weiß, es ist ein bisschen extravagant, aber es ist für meine Enkeltochter, also wird es sich lohnen."

„Ich kann mir keinen besseren Grund vorstellen", sagte Hope.

Sie plauderte noch ein paar Minuten weiter, dann schloss sich Hope ihren Freundinnen wieder auf dem Bürgersteig vor dem Magical Touch an.

„Irgendwas Schmutziges über Iris?", fragte Grace, die ein Lachen nicht zurückhalten konnte. „Müssen wir die Drogenfahndung rufen, damit das Büro der Bürgermeisterin durchsucht wird?"

„Halt den Mund, Valentine. Es zahlt sich immer aus, sich gut mit der Bürgermeisterin zu stellen, besonders mit einer, die bald eine Eventmanagerin brauchen wird", sagte Hope.

„Gut." Grace schob sich ihre vom Wind zerzausten kastanienroten Haare aus den Augen und sagte: „Also, um es zusammenzufassen, wir haben eine verzweifelte ehemalige Hausfrau und die Bürgermeisterin verhört, die sehr wahrscheinlich in jedem Wettbewerb, den sie jemals bestreiten würde, den Sympathiepreis abstauben würde. Machen wir schon Fortschritte?"

Hope stöhnte. „Das wird ewig dauern. Es stehen etwa vierzig Leute auf dieser Liste, und nicht alle von ihnen haben einen Laden." Sie beäugte Joy. „Wie stehst du denn dazu,

Gabrielle zu befragen, die Lifestyle-Reporterin von der *Premonition Pointe News?"*

„Geht klar", sagte sie mit einem Schulterzucken. „Gabrielle und ich sind befreundet. Sie macht all die Artikel über die Auftritte vom Künstlermarkt in der Stadt. Wir reden mindestens ein paar Mal im Monat."

„Gut. Versuch mal, rauszufinden, ob sie irgendwelche Gerüchte wegen zunehmender Drogenaktivitäten in der Stadt gehört hat, und falls ja, finde raus, ob sie irgendwelche Kontakte drüben beim Büro des Sheriffs hat. Setz ihr vielleicht einen Floh ins Ohr, falls sie Interesse hat, ein wenig zu schnüffeln."

„Bin dabei." Joy zog ihr Handy heraus, und ein paar Sekunden später hatte sie die Reporterin in der Leitung. „Gabrielle, Hi! Hör mal, ich wollte rausfinden, ob du irgendwelche Infos über den jungen Mann hast, der gestern im *Pointe of View Café* eine Überdosis hatte. Hope und ich waren da, als es passiert ist, und ich kann einfach nicht aufhören, an ihn zu denken. Ich hoffe, ihm geht es gut." Sie ging ein paar Schritte weiter und blieb im Schatten eines Mauervorsprungs stehen.

„Sie ist gut", sagte Grace.

„Sehr gut", fügte Hope an. „Weißt du, mit wem wir als nächstes reden müssen?"

„Lucas?", fragte Grace, in ihren Augen funkelte Erheiterung.

Hope ignorierte ihre freche Antwort. Sie mussten nicht darüber reden, wie sehr sie die Erkenntnis nervte, dass Lucas ein Date hatte. Außerdem hatte Hope an diesem Wochenende zwei Dates. Sie hatte kein Recht, sich über irgendetwas zu ärgern, was Lucas tat. Sie räusperte sich. „Wir müssen uns mit Gigi treffen. Ihre ganzen Nachbarn waren dort."

„Reiche Nachbarn", fügte Grace an. „Jetzt, wo ich drüber nachdenke, hätten wir dort vermutlich anfangen sollen."

Hope nickte. „Das macht mehr Sinn, als die Gitarrenspielerin oder Kevin Landers zu befragen."

Grace warf den Kopf in den Nacken und lachte. „Kannst du dir Kevin als Drogenbaron vorstellen? Obwohl er so viele große Worte macht, glaube ich nicht, dass er schon jemals irgendwen gefeuert hat. Und er schiebt fast all seine Arbeit an seine Assistentin weiter. Der Mann hat eine Allergie gegenüber Papieren. Der wäre innerhalb von einer Woche gestürzt."

„Ich schätze, wir müssen auch mit dieser Gitarrenspielerin reden. Aber ich meine, wenn ich von ihr irgendwas mit meiner Telepathie aufgabele, wird es genauso sein wie Serenas Gedanken."

„Oh, bei den Göttinnen. War es so schlimm?", fragte Grace, ihr Gesicht vor Mitgefühl verzogen.

„War es, bis mir klar geworden ist, dass sie ihn noch nie nackt gesehen hat. Dann konnte ich diese Visionen einfach loslassen", gab Hope zu. „Ich muss aber sagen, es nervt echt so richtig, dass ich erfahren musste, dass er auf ein Date geht."

„Ich bin sicher, ihm geht es genauso." Grace deutete über den Platz auf zwei Männer, die vor dem Rathaus standen. „Sieht so aus, als hätte Lucas gerade von deinem Date mit Matt erfahren."

Hope folgte Graces Blick und sah die beiden Männer zusammen auf dem Bürgersteig stehen. Lucas schaute ihr in die Augen, verzog finster das Gesicht und wandte dann seinen Zorn Matt zu, der die Hände sofort zu einer Stopp-Geste hob und gleichzeitig langsam rückwärtsging.

„Ach, verdammt", murmelte Hope und machte sich auf den Weg zu ihnen.

KAPITEL ZEHN

„*D*en maßgeschneiderten Esszimmertisch können Sie vergessen." Lucas' Miene war stürmisch, und so, wie seine Fäuste geballt waren, wirkte er, als wolle er Matt eine verpassen.

„Hey, Mann. Machen wir mal langsam", sagte Matt, der sich mit einer Hand durch die silbernen Haare fuhr. „Ich wusste nicht, dass zwischen Ihnen und Hope was ist. Es ist nur ein Abendessen."

„Zwischen uns ist nichts", behauptete Hope, während sie neben Matt zum Stillstand kam. Was zum Teufel war denn hier los? Stritten sie wirklich um sie? Sie sah Lucas aus zusammengekniffenen Augen an. „Was genau hast du ihm gesagt?"

Lucas verlegte seine Aufmerksamkeit auf sie, um ihren Blick festzuhalten. „Vor ein paar Wochen, als er gefragt hat, was ich wieder hier in der Stadt mache, habe ich ihm erzählt, dass ich hier bin, um mich um meine Mutter zu kümmern und meine Beziehung zu dir wiederherzustellen."

„Lucas", sagte sie mit einem Seufzen. Aber bevor sie weitermachen konnte, unterbrach Matt sie.

„Sie haben gesagt mit Ihrer Ex. Sie haben Hopes Namen nicht erwähnt", behauptete Matt. „Himmel, ich wäre Ihnen doch niemals auf diese Art auf die Zehen getreten, hätte ich das gewusst."

Lucas schaute ihn mit gerunzelter Stirn an. „Wie kann man nicht wissen, dass Hope meine Ex ist? Das wissen alle."

Er zuckte mit den Schultern. „Ich bin neu in der Stadt, wissen Sie noch? Und ich habe die letzten paar Monate gerade mit meinen Kindern und ihren Familien am Strand verbracht. Woher sollte ich wissen, dass Hope Ihre Ex ist?"

„Äh, entschuldigt mal", ging Hope dazwischen. Sie hatte das heftige Verlangen, sie beide zu ohrfeigen. „Ich bin doch kein Besitztum, das jemand für sich beanspruchen kann."

„Natürlich bist du das nicht", sagte Lucas automatisch. Matt nickte zustimmend.

„Weshalb sollte es dann eine Rolle spielen, dass ich deine Ex bin?", fragte sie Lucas. Dann wandte sie sich an Matt. „Und weshalb hättest du mich nicht um ein Date gebeten, hättest du das gewusst? Wir sind nicht zusammen. Das waren wir nicht seit dem letzten Mal, als er an die Ostküste abgehauen ist. Das ist Jahre her." Sie wandte sich wieder um, diesmal stach sie den Finger in Lucas' Brust. „Ich habe die Freiheit, zusammen zu sein, mit wem auch immer ich will. Hörst du mich? Du. Bist. Von mir. Weggegangen. Zweimal. Wenn du glaubst, dass zwischen uns noch etwas ist, hast du dich heftigst geirrt."

Lucas legte seine Hand um ihre und zog sie dichter an sich. „Zwischen uns wird immer etwas sein, Hope. Und du lügst dir in die Tasche, wenn du was anderes glaubst."

Ihr stockte der Atem, und sie konnte nicht anders, als ihren Blick auf seinen Mund zu werfen. Obwohl sie wütend war, schnellte ihre Zunge vor, sodass voller Vorfreude ihre Lippen befeuchtet wurden. *Verdammt. Warum ist das so heiß?*

In seinen Augen blitzte Feuer, und er wollte den Kopf zu einem Kuss herabbeugen.

Sie legte ihm eine Hand auf die Brust und schob ihn zurück. „Du erzählst doch nur Mist. Glaub ja nicht, ich hätte nicht von deinem Date am Freitagabend gehört. Falls du so entschlossen bist, die Dinge mit mir wieder hinzubiegen, warum führst du dann diese wie-heißt-sie-noch, Serena, am Freitagabend zum Essen aus?" Sie deutete grob auf den Design-Laden auf der anderen Seite des Platzes.

„Was? Ich habe kein Date am Freitag. Und wer ist Serena?", fragte Lucas.

Hope verdrehte die Augen. „Stell dich nicht dumm. Die hübsche Rothaarige vom Tag der offenen Tür kürzlich? Sie hat dich damals angemacht. Leugne es nicht. Ich habe alles gesehen." Sie war so wütend auf ihn, dass sie es versäumte, zu sagen, dass sie gesehen hatte, wie er sie abserviert hatte. Aber hatte er das wirklich? Wenn er sie am Freitagabend ausführte, hatten sie wohl später noch geredet.

Er runzelte die Stirn. „Ich erinnere mich nicht an eine Rothaarige. Außer du redest von der Gitarrenspielerin. Aber die habe ich ganz bestimmt nicht auf ein Date gebeten." Er warf wieder einen Blick auf den Inneneinrichtungsladen, und Erkenntnis blitzte in seinem silbergrauen Blick auf. „Oh, jetzt weiß ich, von wem du redest. Die Assistentin der beiden Designer, oder?"

„Ja, die", sagte sie trocken. „Die Arme. Sie weiß ja nicht, worauf sie sich einlässt."

„Ich führe sie nicht am Freitag aus. Sie ist gestern in den Laden gekommen, um eine Bestellung aufzugeben, und während sie da war, hat sie erwähnt, dass es bei Abalone eine

Happy Hour gibt. Ich habe ihr für den Tipp gedankt und gesagt, das muss ich ausprobieren. Ich dachte, sie sagte irgendwas davon, dass sie vorbeischaut und vielleicht was trinkt, aber das ist doch verdammt noch mal kein Date. Nicht so eins, wie du es mit Mr. Strandhaus hier hast." Er nickte zu Matt hin.

„Ich glaube, dass das Date vielleicht keine so gute Idee ist", ging Matt dazwischen. „Hope, es wirkt wirklich, als könntest du etwas Raum brauchen, damit du und Lucas rausfindet, was immer zwischen euch ist. Ich bin nicht wirklich daran interessiert, mitten im Drama von irgendwem zu sein."

„Es ist doch nichts zwischen ...", setzte Hope an.

„Das ist eine tolle Idee, Matt", sagte Lucas, der ihr das Wort abschnitt.

„Tut mir leid." Matt lächelte Hope entschuldigend an. „Ich bin einfach nur klüger, als mitten in so was reinzulaufen." Er bot Lucas seine Hand, und als dieser sie schüttelte, sagte Matt: „Viel Glück, Mann."

„Danke." Lucas nickte ihm zu, wandte sich dann wieder an Hope und sagte: „Jetzt, wegen Freitag."

„Was ist damit?", spuckte sie aus, in ihr brodelte es bereits. „Sieht aus, als würde ich mir jetzt eine Pizza bestellen, anstatt Austern, Muscheln und Heilbutt zu essen. Danke aber auch. Wie kannst es wagen, dich bei mir ..."

„Lass dich von mir ausführen", sagte er. „Abalone, oder wo auch immer du sonst hin willst."

„Du willst, dass ich mit dir auf ein Date gehe?", fragte sie ungläubig, während sie sich ihre vom Wind verwehten Haare aus dem Gesicht schob. Die Meeresbrise hatte zugenommen, und der Geruch von Salz strömte über sie hinweg, sodass ein Ansturm von Erinnerungen auf einmal auf sie lospreschte. Das passierte immer, wenn der Wind auffrischte. Sie hatten eines

Nachmittags kurz vor einem Sturm am Strand ihren ersten Kuss gehabt. Ihr erstes Date war in seinem Pick-up an der Klippe gewesen, wo sie hinten in seinem Truck gelegen und die Sterne angeschaut hatten. Und die Nacht, bevor er zur Ostküste aufgebrochen war, hatten sie auf den Felsen gesessen, während das Wasser unter ihnen brandete und sie ihre letzten paar Minuten zusammen verbracht hatten.

„Ja. Ich will, dass du mit mir auf ein Date gehst. Da ich deine Pläne ruiniert habe, lass es mich wieder gutmachen." Er warf ihr das lockere Lächeln zu, das ihre Entschlossenheit schon so oft zunichtegemacht hatte. Diesmal wirkte es nicht. Sie war immer noch wütend, weil er dachte, dass er irgendwas dazu zu sagen hatte, mit wem sie zusammen war. Wie konnte er es wagen? Normalerweise hätte das schon längst ausgereicht, damit sie ihm sagte, er solle sich verpissen. Aber der Gedanke, dass er sich mit Serena zur Happy Hour traf, ließ sie ein Stöhnen schlucken. Der Gedanke an die beiden zusammen reichte schon, damit sich ihr der Magen umdrehte. „Also gut. Du kannst mir ein Abendessen am Freitag ausgeben, aber nur, weil du mir was schuldest. Es ist kein Date. Es ist eine Entschuldigung."

Sein Lächeln verbreitete sich zu einem Grinsen, in seinen Augen blitzte Erheiterung. „Du kannst es nennen, wie du willst, Hope. Ich hole dich um sieben ab." *Aber wir wissen beide, dass es ein Date ist.*

Hope fragte sich, ob er diesen letzten Gedanken besonders an sie gerichtet hatte, um an sie ranzukommen. Vermutlich, und das brachte sie dazu, dass sie ihm das selbstzufriedene Grinsen gleich vom Gesicht wischen wollte. „Du bist nervtötend."

„Ich weiß." Er beugte sich vor und küsste sie auf die Wange, dann schob er sich die Hände in die Taschen und ging, während er vor sich hin pfiff.

Hope drehte sich um, um zu ihren Freundinnen zurückzugehen, aber sie hatten bereits auf sie aufgeholt. Grace stieß einen leisen Pfiff aus. „Wow, Hope. Mit dem hast du ja die Hände voll zu tun. Er hat den ganzen Charme und Sexappeal wie früher, aber jetzt kann er so richtig aufdrehen. Ich kann nicht glauben, dass er dich nach alldem dazu gebracht hat, einverstanden mit einem Abendessen zu sein. Wie zum Teufel willst du durch dieses Minenfeld kommen?"

Hope warf die Hände in die Luft. „Ich habe keine Ahnung."

Joy tätschelte ihr den Rücken. „Zumindest wird er nicht bei Serena sein."

„Warum glaubt ihr denn, dass ich zugestimmt habe?", fragte Hope mit einem leisen, traurigen Lachen. „Ich bin komplett durch den Wind, oder nicht?"

„Ich würde sagen, nicht komplett", verbesserte Grace, die einen Arm durch den von Hope schob. „Vielleicht ein bisschen. Komm schon. Machen wir eine Pause von der Detektivarbeit und suchen was, was du am Freitag anziehen kannst. Wenn du dich von ihm ausführen lassen musst, müssen wir sicherstellen, dass du umwerfend hübsch bist."

„Grace, das ist nicht nötig", sagte Hope, noch während sie sich von ihrer Freundin zu ihrer Lieblingsboutique ziehen ließ.

„O doch, ist es", sagte Joy. „Außerdem gehen wir sowieso hin. Wenn ich Tinder eine Chance geben soll, werde ich was Besseres brauchen als meine langen Baumwollröcke und engen T-Shirts."

„Aber du siehst toll aus in diesen Röcken und T-Shirts", verkündete Hope.

„Ich glaube einfach nicht, dass Hippie Mom der Look ist,

den ich auflegen will", sagte Joy entschlossen. „Jetzt kommt schon. Es ist Zeit, den Sexappeal ein wenig hochzuschrauben." Hope und Grace wechselten einen besorgten Blick. Das war nicht die Joy, an die sie gewöhnt waren. Und Hope machte sich Sorgen, dass ihre Freundin sich mit dem Kopf voran in etwas stürzte, auf das sie nicht wirklich vorbereitet war.

Aber Joy ging voran, eindeutig entschlossen, eine neue sexy Garderobe zu finden, und wer waren denn Hope und Grace, dass sie sie aufgehalten hätten? Wenn sie ihren Sexappeal hochschrauben wollte, dann sollte es so sein. Hope würde nur sicherstellen, dass sie und Grace da waren, um die Scherben aufzuklauben, falls ihre Freundin sie brauchte.

KAPITEL ELF

*H*ope stellte ihren Toyota Highlander auf der gegenüberliegenden Straßenseite von Gigi Martins viktorianischem Haus am Seaside Drive auf Parken. Das Strandviertel war voller umwerfender Häuser, die meisten von ihnen gehörten reichen Familien aus größeren Städten. Nun, im frühen Herbst, schien nur die Hälfte von ihnen bewohnt zu sein, aber die Straße war trotzdem voller Autos.

„Gibt Gigi eine Party oder was?", fragte Joy, die sich die teuren Fahrzeuge ansah.

„Sie hat irgendwas von einem informellen Nachbarschaftstreffen gesagt", erklärte Grace. „Es hieß Cocktails um vier Uhr."

„Hat jemand Cocktails erwähnt?", fragte Hope, die bereit war, ein paar Margaritas wegzukippen. Sie hatten fast zwei Stunden in der Boutique auf der Hauptstraße verbracht, weil Grace und Joy drauf bestanden hatten, dass Hope jedes einzelne eng anliegende oder tief ausgeschnittene Kleid im Laden probiere. Allerdings hatte sie ein sexy schwarzes Wickelkleid gefunden, das ihr das Gefühl gab, fünfzehn Jahre jünger zu sein, darum waren sie da vielleicht schon etwas auf der Spur gewesen.

„Ich könnte nach diesem fürs Ego fatalen Experiment einen Drink brauchen", sagte Joy, während sie sich ihre langen blonden Haare ordentlich hochsteckte. Es verblüffte Hope immer wieder, wie Joy sich so schnell schick machen konnte, selbst wenn sie nur eine Yogahose und ein *Nicht heute, Satan*-T-Shirt trug. Sie hatte einfach diesen eleganten, anmutigen Look, um den sie Hope immer beneidet hatte.

„Du machst Witze, oder? Dein Hintern sieht toll aus in der Jeans, die du gekauft hast", sagte Grace. „Und diese Bluse? Sie ist romantisch und sexy. Dieses Tinder-Date, wer immer es wird, wird gar nicht wissen, was ihn da erwischt hat."

„Ja, die Bluse mag ich. Ich denke mir nur ... vielleicht sollte ich mal ins Fitnessstudio", sagte sie und drückte sich die Hände auf den Bauch.

Hope starrte sie an und schüttelte dann den Kopf.

„Was?"

„Nichts. Ich glaube nur, du bist ein wenig hart zu dir", sagte Hope. „Du siehst bereits toll aus. Aber ich unterstütze voll, ins Fitnessstudio zu gehen, um in Form zu kommen. Tatsächlich komme ich mit dir. Indoorcycling, Yoga, Pilates. Was sagst du?"

„Holla die Waldfee! Ich habe eigentlich nur an etwas Yoga und vielleicht Ergometer gedacht. Indoorcycling? Hast du das je gemacht?", fragte Joy.

„Ich schon", sagte Grace. „Das zieht dir die Socken aus." Sie lachte. „Ich bin einmal hingegangen und dann nie wieder. Jetzt nutze ich nur noch den Pool."

„Der Pool ist eigentlich auch mehr meins", sagte Hope, die voraus hinauf zu Gigis Haus ging. „Schade, dass keine von uns einen hat. Könnt ihr euch uns drei nicht super an unserer

Cabana vorstellen, während der Poolboy um uns herumschweift?"

Vielleicht sollte ich einfach einen Pool bauen lassen. Pauls Geld nehmen und meinen eigenen Poolboy anheuern. Vielleicht will der sexy Nachbar ein paar Türen weiter einen Teilzeitjob. Dann würde ich kein Tinder-Date brauchen, dachte Joy.

Hope unterdrückte ein Kichern, aber sie drehte sich um und reckte zwei Daumen hoch.

„Hope!", rief Joy. „Hör auf, meine Gedanken zu lesen. Das ist einfach nur …" Sie kniff die Augen zusammen und schüttelte den Kopf. „Verdammt."

„Oh, ich will wissen, was für schmutzige Dinge sie gedacht hat", sagte Grace, in deren Augen Aufregung glitzerte. „Ging es um einen Poolboy?"

Hope nickte, diesmal machte sie sich nicht die Mühe, ihr Lachen zurückzuhalten. „Ja. Sie denkt daran, einen Pool mit Pauls Geld zu bauen und einen sexy Nachbarn anzuheuern, um ihren … äh, Pool zu warten."

Grace kicherte. „Ich komme jeden Tag um sechs Uhr vorbei. Und als Bezahlung stocke ich deine Bar auf."

„Hört auf", sagte Joy, die mit ihnen lachte. „Ich bin mir sicher, der Poolboy wäre so ein leicht übergewichtiger Familientyp in den Fünfzigern, also drehen wir mal nicht durch. Aber ich denke echt über den Pool nach. Ich wollte schon immer einen, aber Paul sagte, das wäre zu viel Arbeit. Jetzt, da er ausgezogen ist, hat er nichts mehr zu sagen."

„Gut für dich", sagte Hope, während sie bei Gigi an die Tür klopfte.

„Ja. Lass mich wissen, wenn der erste Spatenstich getan ist", sagte Grace. „Dann feiern wir."

„Darauf kannst du wetten." Joy hielt den Kopf hoch

erhoben und hatte wieder diesen entschlossenen Ausdruck auf.

Hope liebte es, das zu sehen. Paul hatte sie viel zu lange kleingehalten. Joy verdiente es, etwas zu tun, was sie glücklich machte.

Die Tür schwang auf, und Gigi Martin grinste. „Grace! Du hast es geschafft." Sie zog Grace in ihr wunderbares Haus. „Hey, Hope. Joy. Folgt mir. Ich habe Getränke draußen auf der Terrasse." *Den Göttern sei es gedankt. Leute, die mich vor diesen Arschgeigen retten,* dachte Gigi.

Hope beugte sich vor und flüsterte Joy zu: „Sie hasst ihre Nachbarn."

„Echt?", flüsterte Joy mit aufgerissenen Augen zurück.

„Ja. Mischen wir doch die Party ein bisschen auf."

„Bin dabei." Joy rauschte durch die Terrassentüren hinaus auf die Veranda und ging direkt zum Alkohol.

Hope schaute sich um und sah eine Handvoll mittelalter Männer in Dockers und Poloshirts. Sie stellte sich vor, dass sie über nichts als Börsenportfolios und Golf-Handicaps redeten. Ach, wie wunderbar. Das würde eine todlangweilige Party werden. Joy machte das schon richtig.

„Was ist das?" Hope deutete auf Joys rosa Drink.

„Ich habe keine Ahnung. Schmeckt nach Wodka und Himbeere. Willst du einen?"

„Klar."

Joy schenkte einen der Pinktinis ein, und dann noch einen für Grace, die ganz von Gigi beansprucht wurde. Grace nahm das Glas und sagte tonlos *Danke*, bevor sie ihre Aufmerksamkeit wieder ihrer Gastgeberin zuwandte.

„Legen wir los", sagte Hope und beäugte eine Gruppe aus fünf Männern.

„Wo sind denn all die Frauen?", fragte Joy. „Mir war nicht

klar, dass wir in eine Würstchenparty laufen. Kein Wunder, dass Gigi unbedingt Östrogennachschub gebraucht hat."

Hope kicherte. Joy war heute aber in Form. Hope war beeindruckt, wie sie sich zusammengerissen hatte, nachdem sie erfahren hatte, dass ihr Mann auszog. Es war vermutlich echt gut für sie, etwas anderes zu haben, auf das sie sich konzentrieren konnte. „Ich glaube, das finden wir gleich raus."

„Na, hallo auch, die hübschen Damen." Ein hochgewachsener Mann, der wie ein Footballer gebaut war, begrüßte sie. Er hatte kurze blonde Haare und so ein schmieriges Lächeln, das direkt sagte, dass er eine Loser war. Er musterte Joy, und seine Miene verwandelte sich in die Art Starren, die Hope bei fast jedem Studentenverbindungstypen gesehen hatte, den sie je auf einer Collegeparty getroffen hatte. *Yogahose. Ich würde ja gern mal ihren herabschauenden Hund sehen,* dachte er.

Hope wollte würgen. Ja, das waren hundert Loser-Punkte.

„Hallo, ich bin Joy, und das ist Hope", sagte Joy, die die Hand ausstreckte. „Und wer magst wohl du sein?"

„Dein Date am Freitagabend." Sein Grinsen war zu dreist, und alles an dem Typen verpasste Hope eine Gänsehaut.

„Ach, echt? Ich habe gar nicht gemerkt, dass ich gefragt wurde", sagte Joy, ihr Tonfall war plötzlich eisig.

Stolz schwoll in Hopes Brust. Joy war heute zu Boden gegangen, aber sie war noch nicht aus dem Spiel. Und ganz gewiss würde sie sich den Müll dieses Typen nicht gefallen lassen.

Der Mann lachte, als wäre er es gewöhnt, dass sich Frauen gegen ihn zur Wehr setzten. „Du gefällst mir. Tolles Shirt übrigens. Ich bin Brent Card, der Besitzer des Hauses drei Türen weiter. Das mit dem Maserati vorne. Komm jederzeit mal vorbei, wenn du interessiert daran bist, mal in meinem Whirlpool zu paddeln."

„Weshalb sollte ich das tun, wenn Gigi gleich hier einen hat?" Joy wedelte mit der Hand zu dem Whirlpool in der Ecke der Terrasse.

„Ach, so ist das, ja?", fragte er und hob eine Augenbraue.

„Wie denn?", schoss Joy zurück.

„Du spielst gern die Unnahbare. Kein Problem. Der Herausforderung stelle ich mich." Er begann, über seinen VP-Sales-Job bei einer Pharmafirma in der Bay Area zu reden. Hope konzentrierte sich auf ihn und tat ihr Bestes, ihre Gedanken für ihn zu öffnen. Seine Gedanken gingen hundertprozentig darum, wie toll er war. Dann, als er Joy noch einmal musterte, dachte er: *Klar, sobald ich ihr mein Haus zeige und die Aussicht aus dem großen Schlafzimmer, wird sie dahinschmelzen wie alle anderen auch.*

Hope wollte würgen und dachte ernsthaft darüber nach, ihn über das Verandageländer zu wuchten. Aber es gab zu viele Zeugen, und er war es nicht wert, sich mit dem Gefängnis herumzuschlagen. Er war so oberflächlich und bis oben hin mit Scheiße angefüllt, dass Hope sich fragen musste, weshalb seine blauen Augen noch nicht braun geworden waren.

Hope beugte sich hinüber und flüsterte Joy zu: „So unangenehm der Typ auch ist, ich bekomme nicht das Gefühl, dass er auf illegale Drogen steht. Ist es für dich okay, wenn ich gehe und mit den anderen rede?"

Joy nickte und machte sich wieder daran, sich mit Brent zu befassen. Hope war sicher, sie würde es hinkriegen, nach der Überdosis in der Stadt zu fragen, um zu sehen, ob er etwas dazu zu sagen hatte.

„Entschuldige mich", sagte Hope zu ihm. „Es war schön, dich zu treffen, aber ich mische mich mal unters Volk."

Der Mann nahm kaum zur Kenntnis, dass Hope etwas gesagt hatte, und wandte seine Aufmerksamkeit wieder Joy zu.

Hope ging an den anderen Studentenverbindungs-Nostalgikern vorbei und begab sich zu den zwei Männern, die am Verandageländer lehnten und über etwas lachten, das einer von ihnen gerade gesagt hatte. Einer trug Jeans und ein kurzärmliges Hemd, der andere hatte zerrissene Jeans und ein enges T-Shirt an, und der dritte eine Cargohose und ein langärmliges Baumwollhemd. Sie wirkten sehr viel geerdeter und leichter in ein Gespräch zu verwickeln. „Hallo. Ich bin Hope Anderson. Eine Freundin von Gigi."

„Ach, du bist aber süß", sagte der kleinste von ihnen mit der zerrissenen Jeans, der sie beäugte. „Dieser Haarschnitt ist fantastisch. Von wem ist er?"

Hope lächelte ihn an. Er hatte ein aufrichtiges Lächeln und leuchtend grüne Augen, die im Sonnenlicht glitzerten. Hope mochte ihn sofort. „Lance drüben beim Liminal Space Day Spa. Kennst du ihn?"

„Nein. Peter und ich haben uns das Ferienhaus letzten Herbst gekauft, aber das ist die erste Gelegenheit, die wir haben, mal richtig Zeit hier zu verbringen." Er ließ den Arm um den sexy zwei Meter großen Typen neben ihm gleiten, der einen gut gestutzten Bart und dunkle Augen hatte. „Wir sind erst vor ein paar Tagen hergekommen, und Gigi war so nett, dieses Treffen zu organisieren."

„Hi, ich bin Pete", sagte der Typ mit dem Bart. Er nickte zu seinem Partner hin. „Und das ist mein Mann Skyler."

„Hi, schön euch beide kennenzulernen." Sie schüttelte ihnen die Hände und schaute dann zu dem dritten Typen, der die Cargohose trug. Er war hochgewachsen und schmal mit starkem Kinn und freundlichen blauen Augen.

„Hi, ich bin Troy", sagte er.

„Hope. Ich nehme an, ihr wohnt alle in dieser Straße?", fragte sie.

Sie nickten. „Pete und Skyler haben das moderne graue Haus am Ende", sagte Troy. „Meins ist das dreistöckige mit den verschiedenen Terrassen gleich daneben."

Hope war beeindruckt. Neben Gigis viktorianischem Haus waren das die beiden schönsten Häuser in der Gegend, und sie konnte nicht anders, als sich zu fragen, was sie arbeiteten, dass sie sich so etwas am Strand leisten konnten.

„Von uns wohnt keine hier", sagte Hope, die zu ihren Freundinnen deutete. „Grace ist die Maklerin, die das Haus an Gigi verkauft hat. Joy ist die Vizepräsidentin des Künstlermarkts, und ich bin Eventplanerin. Wenn ihr also jemanden braucht, um einen Geburtstag, ein Jubiläum, eine Festtagsparty oder irgend so was zu organisieren, gehöre ich ganz euch."

„Ach, echt", sagte Skyler, der näherkam und seinen Arm durch ihren schob. „Wir müssen auf jeden Fall reden."

„Jetzt geht's los." Pete verdrehte die Augen und wandte sich an Troy. „Willst du wetten, dass es um eine Hundehochzeit geht?"

„Du meinst, er hat es ernst gemeint, dass Polly und Drew den ewigen Bund eingehen sollen?", fragte Troy, der interessiert wirkte. „Das hatte ich für einen Witz gehalten."

„War es auch, aber du weißt ja, wie er ist. Wenn ihm was in den Kopf kommt, eskaliert immer alles", sagte Pete, der den Kopf schüttelte.

„Wenn wir schon Hunde haben, dann glaube ich auch, dass sie eine Zeremonie verdient haben", beharrte Skyler. „Oder nicht, Hope?"

„Klar." Hope lachte leise. „Woran denkst du denn? Strandhochzeit?"

„Ach, Himmel, nein." Skyler legte sich eine Hand auf die Brust und wirkte empört. „Hast du jemals einen Shih Tzu am Strand gesehen? Der Sand geht gar nicht. Ich dachte eigentlich an eine Zeremonie auf der Klippe, wo man übers Meer hinausblickt. Vielleicht mit einem Pavillon oder einem Zelt. Oder, oh, ich weiß es, wie wäre es mit ganz vielen Hundsveilchen?"

„Alles anständige Möglichkeiten", sagte Hope, die völlig amüsiert war. Sie hatte schon alle möglichen Partys organisiert, aber noch nie eine Hundehochzeit. „Warum machen wir nicht einen Termin und treffen uns und sehen, was dabei rauskommt?"

„Ja, so machen wir es." Er zog sein Handy aus der Tasche und öffnete den Kalender. Dann lachte er. „Ich bin so an Meetings und Deadlines gewöhnt, dass ich vergesse, dass ich gar nichts geplant habe, während wir den nächsten Monat oder so hier sind. Sieht so aus, als hätte ich jeden Tag frei."

„Außer Freitagabend, weißt du noch?", sagte Pete, der mit dem Daumen über Skylers Nacken strich.

Skyler wurde rot, als er zu seinem Mann aufsah und ihm ein zartes Lächeln schenkte. „Freitage nicht, stimmt."

„Kein Problem. Ich arbeite normalweise am Freitagabend auch nicht." Sie zwinkerte ihnen zu. „Man braucht auch mal Zeit zum Spielen, oder?"

Skyler nickte. „Date-Abend. Wo ich daran denke, was empfehlt ihr denn für gute Meeresfrüchte?"

„Abalone", sagte Troy sofort. „Ist ein neuer Laden, alles ganz frisch. Der Heilbutt mit Parmesankruste ist mein Liebling, aber sie haben auch tolle Fish & Chips."

Hope nickte. „Ich habe auch nur Gutes darüber gehört. Reserviert aber unbedingt. Das ist dieser Tage ein heißer Laden."

Skyler tippte sich eine Notiz in sein Handy. „Abalone. Verstanden."

Sie machten einen Termin für Montag aus, um die Einzelheiten für die Hundehochzeit zu besprechen, und dann standen die vier unbehaglich da, bis Hope sagte: „Also. Ihr wisst jetzt, dass ich eine Event-Planerin bin. Was macht ihr drei denn so für euren Lebensunterhalt?"

„Pete ist ein privater Finanzberater, und ich bin Designer", sagt Skyler. „Ich habe einen Laden in San Francisco und einen in Los Angeles. Frauenmode und ein paar maßgeschneiderte Ballkleider."

„Skyler arbeitet sehr schwer, aber ich habe ihn endlich überzeugt, ein bisschen Zeit freizunehmen. Während wir also im Oktober hier sind, wird es keine Arbeit geben", sagte Pete. „Nur Strände, Hunde und Freude an der Natur, oder, Liebling?"

„Natürlich. Habe ich versprochen, oder nicht?" Skyler lehnte sich an und umarmte seinen Mann.

„Das ist echt cool", sagte Hope. „Hast du einen Online-Shop? Den würde ich mir gern anschauen."

Skyler reichte ihr eine Visitenkarte. „Wenn du schon dabei bist, schau dir auch unbedingt mal Troys Zeug an. Er ist Fotograf, und seine neuen Bilder von der Küste sind unfassbar."

„Echt?" Hope wandte sich an Troy. „Stellst du deine Fotos professionell aus?"

„Ja", sagte Troy mit einem bescheidenen Schulterzucken. „Es gibt ein paar Galerien in der Stadt, wo man sie ausgestellt sieht. Aber ich habe online ziemlich viele Follower und verkaufe eine Menge Drucke über meine Webseite. Das ist leichter, als sich mit Galerien rumzuschlagen."

Hope wollte unbedingt seine Geschichte erfahren. Wie

konnte er sich ein dreistöckiges Haus am Strand von Premonition Pointe leisten, wenn er Drucke über seine Webseite verkaufte?

„Oh. Mein. Gott!", rief Skyler. „Sei doch nicht so bescheiden." Er verdrehte die Augen vor dem Fotografen. „Troys Arbeiten waren in jedem Magazin von hier bis Paris. Er fotografiert Berühmtheiten für landesweite Magazincover. So haben wir uns kennengelernt. Meine Kleidermarke wurde beim *Off the Rack*-Magazin gezeigt, und Troy hat die Fotos gemacht. Er ist sogar der Grund, weshalb wir letztlich ein Haus in Premonition Pointe gekauft haben. Wir haben die Fotos am Strand gemacht und uns in die Stadt verliebt."

„Das ist fantastisch. Also, Troy, du bist schon eine Weile hier. Ich bin überrascht, dass ich noch dich nie gesehen habe", sagte Hope.

„Ich verbringe eine Menge Zeit in der Natur hinter meiner Kameralinse", sagte er.

„Da sagt er was Wahres." Skyler schüttelte den Kopf. „Aber keine Sorge. Wir kriegen ihn schon unter die Leute. Vielleicht suchen wir ein Date für ihn. Kennst du irgendwelche verfügbaren Ortsansässigen, mit denen wir ihn verkuppeln können?"

„Sky… ", sagte Troy mit einem Seufzen.

„Äh … männlich oder weiblich? Oder spielt es keine Rolle?", fragte Hope.

„Oh, auf jeden Fall weiblich", sagte Pete. „Wir haben den Fehler gemacht, letztes Jahr zu versuchen, ihn mit einem unserer Freunde zu verkuppeln, und sagen wir einfach, das ist nicht gut gelaufen."

„Das liegt daran, dass ihr mir gesagt habt, es wäre für ein Fotoshooting", erwiderte Troy, der Pete finster anschaute.

„Hättet ihr mich vorher gefragt, hätte ich euch gesagt, dass ich auf Frauen stehe."

Pete warf die Hände in die Luft. „Woher hätte ich das denn wissen sollen? Du hattest diese ganzen Fotos von halb nackten Männern."

„Das waren Arbeiten für ein LGBTQ-Magazin", erklärte Troy Hope.

„Klingt, als wäre deine Arbeit sehr vielseitig", sagte Hope, die echt fasziniert war.

„Das hat man mir schon öfter gesagt." Troy konzentrierte sich auf Pete. „Wie läuft deine Arbeit? Nimmst du dir auch frei, während du hier bist?"

Pete erklärte, dass er immer noch für seine Kunden zur Verfügung stand, aber dass er vorhatte, soviel Zeit wie möglich freizunehmen. Dann zogen sie weiter zu einem Gespräch über Finanzmärkte.

Hope tat so, als würde sie sich dafür interessieren, während sie versuchte, sich auf ihre Gedanken zu konzentrieren. Sie fühlte sich schon ziemlich übergriffig, dass sie aktiv versuchte, sie auszuspionieren, aber der Gedanke, dass jemand noch eine Überdosis nahm, war schlimmer.

Sie konzentrierte sich auf Troy, während Skyler sich beschwerte, wie viel Zeit Pete am Computer verbrachte. Das Bild eines jungen Mannes, der auf einem Balkon posierte, blitzte in ihren Gedanken auf. Er trug kein Oberteil, seine Haare waren windzerzaust und seine Augen verschlafen, als wäre er gerade erwacht. Das Bild wurde durch das einer jungen Frau ersetzt, die auf einem Felsen posierte und nichts trug bis auf ein übergroßes Sweatshirt. Weitere Models gingen ihm durch die Gedanken, und Hope entschied, dass er vermutlich vor ihm liegende Fotoshootings plante.

Sie verlagerte ihre Aufmerksamkeit auf Pete und wurde mit

Gedanken daran belohnt, wie er Skyler zurück zu ihrem Haus trug, wo sie allein sein würden. Sie schloss ihre Telepathie sofort ab und sagte ihnen, wie schön es gewesen war, sie kennenzulernen, und dass sie und Skyler sich nächste Woche sehen würden.

Sie verbrachte einige Zeit damit, mit Brents Begleitern zu reden. Sie erfuhr, dass sie Freunde waren und bei ihm zu Hause wohnten, und sie waren genau solche Loser wie er. Als sie zum Spaß die Idee aufbrachte, dass sie doch mal ihre Studentenverbindungstage neu aufleben lassen sollten, und scherzte, dass sie sich auf Alkohol und Drogen stürzen sollten, lachten sie mit ihr. Dann hatte einer von ihnen sie gefragt, ob sie schon vergeben war. Bis sie sie verließ, musste sie einen abwehren, der handgreiflich wurde, und von einem anderen die Forderung nach ihrer Nummer ablehnen. Aber so problematisch sie waren, es gab keine Hinweise darauf, dass sie Teil eines Drogenrings waren.

„Hope, da bist du ja", sagte Grace, als Hope sie in der Küche beim Plaudern mit Gigi und Joy fand. Die Männer waren letztlich gegangen, und es waren nur noch die vier Frauen, die im Haus verblieben.

„Ihr drei habt mich allein mit dieser Würstchenparty gelassen", sagte Hope, die mit dem Finger auf sie deutete. „Nicht cool. Überhaupt nicht cool. Was ist mit eurem Versprechen, dass kein Mädchen zurückgelassen wird?"

„Ich habe versucht, deine Aufmerksamkeit zu kriegen, aber du warst zu sehr damit beschäftigt, mit Ken zu flirten", sagte Joy.

Hope schnaubte. „Okay, zunächst mal, ich habe mit niemandem geflirtet. Und dann … Ken? Nehmt ihr mich auf den Arm? Einer dieser Studentenverbindungstypen hieß Ken?"

Gigi lachte. „Ja. Ken, Brent, Rip, Todd und Dawson. Unglaublich, oder?"

Hope schüttelte den Kopf. „Ja und Nein."

Sie lachten alle.

„Ich ziehe den Hut vor dir, Gigi", sagte Hope. „Das ist schon was, dass du eine Party gibst, wenn du weißt, dass diese Typen auftauchen werden."

Sie schnaubte. „Ich habe Skyler, Pete und Troy eingeladen. Brent hat es mitgehört und sich selbst eingeladen. Dann hat er seine Bros mitgebracht." Gigi erschauerte. „Der Göttin sei gedankt, sie sind weg. Die Geister dieses Hauses waren auch nicht allzu angetan von ihrer Anwesenheit. Deshalb habe ich sie nach draußen verfrachtet."

Na, das war interessant. In Gigis Haus spukte es, aber die Geister, die es bewohnten, hatten Gigi in die Arme geschlossen. Sie waren sogar zur Hilfe gekommen, als ihr Ex gewalttätig geworden war. Also war Hope geneigt, ihrer Beurteilung zu vertrauen. „Was ist passiert?"

Gigi zuckte mit den Schultern. „Als Brent und seine Jungs hier ankamen, frischte der Wind auf, sodass die Tür zuknallte, und dann begann das Haus zu knarzen. Es ist eine Warnung, dass sie gleich mit irgendwas loslegen, falls derjenige, den sie nicht mögen, nicht geht. Ich habe rasch alle nach draußen gebracht. Seither habe ich keinen Mucks mehr gehört."

Hope nahm sich vor, noch tiefer bei Brent und seinen Jungs einzusteigen. Die Geister wussten eindeutig etwas, das sonst niemand wusste. Sie planten, dass sie nächste Woche zusammen Mittagessen würden, dankten Gigi für die Cocktails und begaben sich nach draußen.

„Danke für die Unterstützung", rief Gigi, während sie unterwegs zu Hopes Auto waren.

„Jederzeit", sagte Hope, die es ernst meinte. Sie mochte Gigi wirklich, und sobald sie im Highlander saßen, wandte sich Hope an ihre Freundinnen. „Ich glaube, es ist Zeit, sie in den Zirkel einzuladen. Was meint ihr? Wollen wir beim Mittagessen mit ihr darüber reden?"

„Ich bin dabei", sagte Grace. „Ich mag Gigi."

Joy holte tief Luft. „Ich mag sie auch, bin mir da aber nicht so sicher. Sobald wir sie reinnehmen, kann man sie nicht mehr von der Insel verbannen."

Hope nickte. Joy hatte ein sehr gutes Argument vorgebracht. Der Zirkel war ihr geheiligter Kreis. Es war eine große Sache, jemanden einzuladen. Sie mussten ihr implizit vertrauen. Keiner wollte den Kreis stören.

„Ich bin mir sicher", sagte Grace. „Ich glaube, sie passt zu uns, und noch wichtiger, ich glaube, sie braucht unseren Zirkel. Nach allem, was mit ihrem Mann passiert ist, als sie dieses Haus gekauft hat, und wie geschmeidig sie damit umgegangen ist, habe ich so viel Respekt und Bewunderung für sie."

„Ich auch", sagte Hope. Gigis Mann hatte sie gleich dort im neuen Haus angegriffen, als sie ihm gesagt hatte, sie würde es kaufen. Sie hatte sofort die Scheidung eingereicht und ihn direkt aus ihrem Leben geworfen.

„Okay. Sehe ich auch so", sagte Joy mit einem Lächeln. „Ich wollte nur sicherstellen, dass alle genau darüber nachgedacht haben. Wir laden sie nächste Woche ein."

KAPITEL ZWÖLF

„Ich bin echt aufgeregt", sagte Joy, die die Hände aneinanderrieb. Sie hatte sich in ihre beige Hose mit den weiten Beinen und eine eng anliegende Seidenbluse gekleidet. Ihre Haare waren stilvoll hochgesteckt, und Hope dachte, sie sah aus wie ein ganz anderer Mensch als der, der vor ein paar Tagen in Yogahosen bei ihr Zuhause aufgetaucht war.

„Du siehst toll aus", sagte Hope, während sie über den Platz zum Magical Touch gingen.

„Ich glaube, ich habe ein paar Tage gebraucht, um mich an meine neue Wirklichkeit zu gewöhnen. Es ist ja nicht, als wäre Paul immer viel zu Hause gewesen, oder? Jetzt muss ich ihm kein Abendessen mehr machen oder seine Wäsche. Ehrlich, es ist eine Erleichterung, um die Wahrheit zu sagen."

Hope beäugte sie argwöhnisch. Es war offensichtlich, dass sie versuchte, sich etwas einzureden, und Hope würde sie nicht davon abbringen. Wenn sie das brauchte, um sich an ihre neue Wirklichkeit anzupassen, dann war Hope ganz dafür. „Hast du schon beschlossen, was du umbauen willst? Nur das Schlafzimmer?"

Joy schüttelte den Kopf. „Nein. Ich nehme mir das Wohnzimmer, das Esszimmer und mein Schlafzimmer vor. Paul und ich haben die Möbel, die ich jetzt habe, vor fünfzehn Jahren ausgesucht, und du weißt, dass ich das dunkle Hartholz immer gehasst habe. Am Strand sollte keiner dunkles Holz nehmen."

„Das sehe ich auf jeden Fall auch so." Hope schloss sich ihr an, damit sie versuchen konnte, sich über Vincent Valencia klar zu werden, den neuen Designer in der Stadt, und solange sie da war, würde sie auch gleich seinen Partner Walt Waterman auschecken. Falls dabei keine Alarmglocken schrillten, würde sie Joy da lassen und weiter zu den nächsten zwei Leuten auf ihrer Liste ziehen, Lanie Barnes, die freiberufliche Texterin, und Crosby Quinn, den Maler. Sie dachte immer noch, dass es Zeitverschwendung war, aber es war ein paar Tage her, seit sie irgendwie daran gearbeitet hatte, die Quelle der Drogen in Premonition Pointe zu finden. Und da sie nicht aufhören konnte, an den jungen Mann zu denken, der im Café eine Überdosis gehabt hatte, hatte sie das Gefühl, dass sie etwas tun musste.

„Hey, bist du gespannt auf dein Date heute Abend, oder flippst du aus?", fragte Joy.

Hope seufzte. „Ich habe keine Ahnung." Sie blieb draußen vor dem Magical Touch stehen. „Glaubst du, ich habe den Verstand verloren, weil ich das mit Lucas mache? Zweimal hat er mir das Herz gebrochen. Ich bringe mich doch nur in die Position, dass ich erneut verletzt werde, oder nicht?"

Joy nahm ihre Hand und hielt sie zwischen ihren beiden. „Ich glaube nicht, dass du den Verstand verloren hast. Wenn du mich fragst, sind du und Lucas Seelenverwandte. Ich weiß nicht, ob das bedeutet, dass es euch bestimmt ist, zusammen zu sein oder nicht, aber ich weiß, dass ihr immer im Leben des anderen sein werdet, so oder so. Es ist in Ordnung, zu erkunden, wie das aussehen könnte."

Hope stieß einen Atemzug aus. „Ich glaube, ich würde sterben, wenn ich sehen müsste, wie er mit jemand anderem zusammen ist."

„Wenn er das macht, gib ihm einfach einen Tritt in die Kronjuwelen, sodass er defekt ist. Das würde ihm eine Lehre sein", sagte Joy mit einem Grinsen.

„Das wäre eine Art, damit umzugehen", stimmte Hope mit einem Nicken zu. „Hast du das mit Paul gemacht, nachdem er dir erzählt hat, dass es aus ist?"

„Ha! Hätte ich, aber er ist ja bereits defekt. Also habe ich meine Energie nicht verschwendet." Sie zog die Tür auf und ging hinein.

Hope folgte ihrer Freundin in das Studio und wusste nicht, ob sie weinen sollte oder lachen. Es machte sie so wütend, wie Paul ihre Freundin behandelt hatte. Hätte er einer Therapie zugestimmt oder auch nur versucht, ihr auf halbem Weg entgegenzukommen, wäre es anders gewesen. Aber er hatte sie und ihre Ehe einfach aufgegeben. Joy hatte Besseres verdient.

„Ach, Hallo", sagte Serena, die Hope anfunkelte. „Mir war nicht klar, dass Sie heute hier sein würden." *Wäre Vincent nicht schon von mir angepisst, würde ich diese Männerdiebin gleich in den Hintern treten,* dachte die Rothaarige.

Hope lächelte breit, und mit schmerzhaft süßlicher Stimme sagte sie: „Es tut mir so leid wegen Ihres Dates heute Abend. Ich schätze, Lucas hat einfach nicht gemerkt, dass Sie mit ihm ausgehen wollten. Mehr Glück beim nächsten Mal, was?"

Serena packte ihren Bleistift so fest, dass sie ihn tatsächlich zerbrach.

„Ich habe einen Termin um zehn", sagte Joy.

„Ah, hier ist sie", flötete ein Mann hinter ihnen. „Walt hat mir bereits gesagt, Sie wären wie ein Sonnenstrahl. Sieh sich das mal einer an, so schick. Ich kann gar nicht erwarten, zu sehen, was wir für Sie tun können." Er hielt Joy eine Hand hin. „Ich bin Vincent. Und es ist ein Vergnügen, Sie kennenzulernen."

„Sie sind ein Charmeur, was? Ich bin Joy Lansing, und das ist meine Freundin Hope Anderson." Sie schüttelten sich alle die Hände, und dann lotste Vincent sie in einen Konferenzraum, wo Walt schon mit ein paar Sektflöten auf sie wartete.

„Guten Morgen, die Damen. Ist schon eine Weile her, oder, Hope?", fragte er, griff bereits nach der Sektflasche.

„Schon. Wie geht's?" Hope hatte schon ein paar Weihnachtsevents für Walt organisiert.

„Gut. Mimosa?" Er hob die Sektflasche.

„Wenn du auch einen trinkst", sagte sie.

„Natürlich." Er wandte sich an Joy. „Für Sie auch?"

„Auf jeden Fall." Sie grinste, und dieses eine Mal kaufte ihr Hope ab, dass sie wirklich glücklich wirkte. „Heute geht es ums Feiern von Neuanfängen."

Walt schenkte ihnen drei Gläser mit Mimosas ein. Nachdem er zwei der Gläser an Hope und Joy weitergereicht hatte, hob er seines und sagte: „Auf Neuanfänge."

Sie stießen mit ihm an, während Vincent mit einem unsichtbaren Glas so tat, als würde er es heben.

„Für Sie keinen Mimosa heute Vormittag, Vincent?", fragte Hope.

„Keinen für mich", erwiderte er fröhlich. „Seit sechzehn Jahren trocken. Ich feiere später, wenn wir die Cupcakes rausholen."

„Cupcakes? Wo?", wollte Hopp wissen und schaute sich um.

Er lachte, öffnete eine Bäckereischachtel und reichte ihr einen schicken pinken Cupcake mit einer Zuckerblume darauf.

„Sie sind mein neuer bester Freund", sagte Hope, die den Cupcake nahm und den Mimosa stehen ließ.

„Sie sind genau mein Mädchen", sagte Vincent, der sich seinen eigenen Cupcake schnappte und sich ihr anschloss. Sobald er in den Happen biss, verdrehte er die Augen und dachte: *Das ist perfekt. Design, neue Freunde und Zucker. Es ist die perfekte Art, einen Arbeitstag zu starten.*

Hope mochte ihn sofort. „Ich habe nicht gescherzt, als ich gesagt habe, mein neuer bester Freund. Jetzt haben Sie mich am Hals", sagte sie.

Er lachte leise. „Und da dachte ich schon, ich würde nie den Weg in das Herz einer Frau finden." Er zwinkerte Walt zu, der ihn anlächelte. „Ich habe daran gearbeitet, in den letzten zwei Jahren den hier zufriedenzustellen."

„So lange sind Sie zusammen? Romantisch, meine ich?", fragte Joy.

„Ja", sagte Walt. „Vor ein paar Monaten habe ich ihn letztlich überzeugt, hier rauf zu ziehen, und das Leben war noch nie besser. Wandern im Wald, Spazierengehen am Strand, Stoff einkaufen am Sonntagvormittag. Wenn ich ihn jetzt noch zu dem King Charles Spaniel überreden kann, den ich immer wollte, wäre das Leben perfekt."

„Ach, Vincent, lass dem Mann doch einen Hund", sagte Hope, die ihn mit ihrem besten Welpenblick anschaute.

Vincent stöhnte. „Sie können nicht meine neue beste Freundin sein, wenn Sie da auf Walts Seite stehen. Ich wollte doch nur Zeit, um mich einzuleben, bevor wir einen Welpen dazuholen."

Sie plauderten weiter über Hunde, bis Joy schließlich

unterbrach und darauf bestand, dass sie sich an die Arbeit machten, ihr Haus zu renovieren.

Es dauerte nicht lang, bis Hope zu dem Schluss gekommen war, dass die beiden älteren Designer ungefähr so wahrscheinlich in Drogengeschäfte involviert waren wie Joy. Nachdem sie ihre Meinung zu ein paar Entscheidungen von Joy abgegeben hatte, entschuldigte sie sich und drehte die Runde durch die Stadt.

Der Maler Crosby Quinn erwies sich als stiller Mann, der einen Raum über einer Garage gemietet hatte, und zusätzlich zu den Landschaften für die North Star Gallery zeichnete er am Wochenende auch Karikaturen auf dem Platz, um noch etwas dazu zu verdienen. Lanie Barnes war eine junge Frau in den Zwanzigern, die im Secondhand-Kleiderladen einkaufte und Coupons ausschnitt, um sich ihre Miete zu verdienen, während sie sich ein Portfolio als freiberufliche Texterin aufbaute.

Als Hope nach Hause kam, hatte sie null Fortschritte bei ihrer Drogenermittlung gemacht, aber sie hatte eines von Crosbys Bildern gekauft und Lanie eine Hundert-Dollar-Geschenkkarte für das *Pointe of View Café* im Austausch für Informationen gegeben, die sie über mögliche Drogendealer auftun konnte, die Premonition Pointe infiltrierten.

„Hope, bist das du?", fragte Angela in dem Augenblick, als Hope durch die Eingangstür kam.

„Wer sollte es denn sonst sein?", rief Hope zurück, während sie in die Küche ging, um sich eine Tasse Kaffee zu machen.

Angela erschien im Eingang der Küche und verschränkte die Arme vor der Brust. „Du musst doch nicht gleich schnippisch sein. Ich wollte dich nur begrüßen."

Schuldgefühle strömten über Hope hinweg, wie es so oft der Fall war, wenn sie mit ihrer Mutter zu tun hatte. Sie wusste nicht, wie sie ihren Ärger auf Angela eindämmen sollte. Es schien, als müsste ihre Mutter nur da sein, um Hope zu nerven. „Du hast recht, Mom. Das war unnötig."

Angela ging in die Küche und griff nach dem Keksglas. „Keine Sorge deswegen. Ich weiß, dass wir uns immer noch anpassen."

Ein Teil des Problems war, dass Hope nicht wusste, woran genau sie sich anpassten. „Äh, Mom?"

„Ja?" Angela biss von ihrem Schoko-Cookie ab und stützte die Ellbogen auf den Tresen.

„Was ist dein Plan?"

„Plan für was?", fragte sie.

Hope verdrehte die Augen. Sie wusste inzwischen, dass ihre Mom fast immer bei ihren Gedanken mitlauschte.

„Ich glaube, du musst es sagen, Hope. Oder wir werden niemals über dieses Stadium hinauskommen. Nimm nicht an, dass ich immer weiß, was du denkst. Ich höre vielleicht manche Dinge, aber ich höre nicht alles, und ich will nichts vorwegnehmen."

„Also gut", stieß Hope hervor. „Wie lange bleibst du?"

„In Premonition Pointe oder hier in deinem Haus?", fragte sie.

„Beides."

Ein flackernder Schmerz blitzte in den Augen ihrer Mutter auf, aber sie erhob sich und sagte: „Ich bin für immer zurück in Premonition Pointe. Und wie lange ich hierbleibe, das hängt ganz von dir ab."

Hope stöhnte. „Kannst du mir nicht mal eine geradlinige Antwort geben? Was hängt von mir ab?"

„Ich bin hier, bis du mich nicht mehr brauchst" Sie lächelte Hope beruhigend an und ging in Richtung Wohnzimmer. „Oh, eines noch."

„Was denn?", fragte Hope, die schon fast kochte. Was zum Teufel bedeutete *bis du mich nicht mehr brauchst* überhaupt?

„Ich war heute Vormittag in der *Bird's Eye Bakery* und habe etwas mitgehört, von dem ich denke, das interessiert dich vielleicht."

Hope hob eine Augenbraue und wartete auf sie.

„Ich habe nicht gesehen, wer es war, denn dort war es sehr voll. Aber ich habe gehört, wie sich jemand Sorgen wegen der Überdosis macht, dann sagte der- oder diejenige, er oder sie wolle eine Möglichkeit finden, aus dem Geschäft auszusteigen. Das klingt sehr danach, dass, wer immer diese Person ist, nicht darin verwickelt sein will, und vielleicht erpresst wird oder dazu gezwungen."

Hope blinzelte und versuchte, zu verarbeiten, was ihre Mutter gerade gesagt hatte. „Du hast das gehört, hast aber keine Ahnung, wer es war?"

„Genau." Sie ging ins Wohnzimmer, und Hope war sicher, dass sie ihren nächsten Gedanken an sie aussandte. *Wenn du willst, dass ich helfe, das aufzudecken, musst du nur darum bitten.*

Hope setzte sich auf einen ihrer Küchenhocker und wusste, dass sie ihre Mutter gleich in diesem Ausblick zurückrufen sollte. Obwohl Angela ihre Fähigkeit hasste und es eher eine Behinderung als eine Bereicherung für sie war, stimmte es, dass sie außerordentlich begabt war. Im Lauf der letzten Wochen hatte Hope gelernt, dass es Arbeit machte, die Gedanken der Leute zu hören. Nachdem sie aktiv ihren Gedanken gelauscht hatte, fühlte sie sich sogar ausgelaugt.

Aber ihre Mutter? Sie schien es gar nicht versuchen zu müssen. Tatsächlich war es für sie ganz das Gegenteil. Sie musste aktiv die Gedanken blockieren, oder sie wurde überwältigt.

· · ·

„Ach, Teufel", murmelte Hope tonlos. Dann rief sie: „Mom?"

„Ich bin unterwegs zum Strand", rief Angela zurück.

Hope schüttelte den Kopf und konnte das schwache Lächeln nicht unterdrücken, das um ihre Lippen spielte. Ihre Mutter ließ sie also hart arbeiten. „Willst du Gesellschaft?"

Ihre Mom erschien wieder im Eingang. „Bietest du mir tatsächlich an, mit mir spazieren zu gehen?"

„Ja." Hope nickte, verabscheute es, dass ihre Mom überrascht und so hoffnungsvoll aussah. War Hope wirklich so schlimm gewesen, dass es eine Überraschung war, wenn sie bereit war, überhaupt Zeit mit ihrer Mutter zu verbringen? Da bestand keine Frage. Die Antwort lautete Ja. Sie hatte ihre Ressentiments die Oberhand gewinnen lassen und hatte sich nicht die Zeit genommen, zu versuchen, auch nur zu verstehen, was aus der Sicht ihrer Mutter passiert war. Sie hatte es nicht gewollt; sie war immer noch zu verletzt gewesen.

„Also gut. Bereit?"

„Ja." Hope stellte ihre Kaffeetasse ab, schnappte sich einen Pulli und schloss sich ihrer Mutter bei ihrem Spaziergang am Strand an. Sie blieben still, bis sie barfuß am Ufer entlang gingen. Hope zog den Reißverschluss ihres Pullis hoch, versuchte, in der kühlen Brise warm zu bleiben, und sagte: „Ich schulde dir eine Entschuldigung."

„Nein, tust du nicht, meine Liebe", sagte Angela, die den Arm durch den von Hope schob.

„Das ist zwar großzügig von dir, aber wir wissen, dass es nicht stimmt. Ich hätte dir von den Drogenproblemen in der Stadt erzählen sollen, anstatt dich einfach nur meine Gedanken lesen zu lassen, und ich hätte um deine Hilfe bitten sollen."

Angela blieb abrupt stehen. „Du willst meine Hilfe?"

„Ja. Du hörst alles. Wenn irgendjemand das knacken kann, dann du."

Ihre Mom lachte leise. „Du weißt, dass ich von Gedanken überwältigt werde, oder? Es ist nicht, als könnte ich den ganzen Tag rausgehen und allen zuhören. Da würde ich wahnsinnig werden."

„Aber du könntest es eine Stunde am Tag machen? Im Café oder der Bäckerei? Einfach nur im Geiste die Ohren spitzen?", fragte Hope.

Angela lächelte ihre Tochter ganz langsam an und zog sie dann fest in die Arme. „Das würde ich gerne tun, Hope. Für mein Mädchen doch alles."

KAPITEL DREIZEHN

*D*ie Nervosität brachte Hope dazu, aufgebracht im Wohnzimmer herumzutigern. Es waren noch fünf Minuten bis sieben Uhr. Fünf Minuten, bis Lucas auftauchen und sie zum Abendessen ausführen sollte. Was hatte sie sich denn gedacht, als sie diesem Date zugestimmt hatte? Ihre Vorgeschichte bewies doch, dass sie sich von ihm nicht fernhalten konnte. Als er zum letzten Mal zurückgekommen war, waren sie nach nur vierundzwanzig Stunden zusammen im Bett gelandet. Zumindest hatte sie diesmal einen Hauch Selbstkontrolle an den Tag gelegt. Aber wie lange würde das halten? Sie hatte bereits bewiesen, dass sie keine andere Frau den Platz an seiner Seite einnehmen lassen wollte.

Sie seufzte und strich über den Stoff ihres schwarzen Wickelkleids. Es wirkte Wunder, wenn es darum ging, ihre Kurven zur Schau zu stellen, und gab ihr das Gefühl, sexy und selbstbewusst zu sein. Zumindest würde sie sich keine Sorgen darum machen, wie sie aussah, oder um die paar zusätzlichen Pfunde, die sich im Lauf der Jahre angesammelt hatten. Für gewöhnlich machte sie sich niemals Sorgen um diese Dinge. Aber er hatte sie gekannt, seit sie ein Teenager gewesen war, und als eine strahlende, aktive Zwanzigjährige, und mit sechsundvierzig würde sie auf keinen Fall an ihr ehemaliges jugendliches Aussehen herankommen.

Das Klopfen an der Tür riss sie aus ihren Gedanken. Sie holte einmal tief Luft und ging los, um die Liebe ihres Lebens zu begrüßen.

Hope öffnete die Tür, und sie fand Lucas, der auf ihrer Veranda stand, in schwarzen Jeans und einem Blazer über einem schwarzen Nirvana-T-Shirt. Als hätte das nicht schon gereicht, hielt er auch noch einen Strauß Margeriten in der Hand. Erinnerungen strömten auf sie ein, an den Abend, als er sie zu ihrem ersten Date ausgeführt hatte. Er war genau in diesem Outfit aufgetaucht, hatte die gleichen Blumen gehalten, und er hatte ihr an diesem Abend gesagt, dass er sie eines Tages heiraten würde.

In ihren Augen brannten Tränen, und sie zwang sich, sie wegzublinzeln, noch während ihr Herz sich in eine schleimige Pfütze auflöste. Das war zu viel.

„Guten Abend, Hope", sagte er, beugte sich vor und gab ihr einen Kuss auf die Wange. „Du siehst fantastisch aus. Sogar noch besser als mit siebzehn."

Sie schüttelte schwach den Kopf, bemühte sich sehr, sich seinem Bann irgendwie zu entziehen. „Du spielst mit schmutzigen Tricks, King." Sie wedelte mit der Hand von oben nach unten, deutete auf sein Outfit, und dann beäugte sie die Blumen. „Hältst du das für charmant?"

Ja, und du auch, dachte er, während er nickte.

Verdammt. Er hatte recht. Es war wirklich verflixt charmant. Sie wollte sich direkt in seine Arme schmiegen und ihn küssen wie verrückt. Stattdessen nahm sie ihm die

Margeriten ab und wirbelte auf dem Absatz herum, ohne sich die Mühe zu machen, ihn nach drinnen zu bitten.

Hinter ihr hörte sie seine Schritte und war nicht überrascht. Sie waren weit über diese Förmlichkeiten hinaus. „Lass mich die mal schnell ins Wasser stellen, dann können wir los."

„Es eilt nicht. Ich habe erst für halb acht reserviert."

Während sie eine Vase mit Wasser füllte, beobachtete sie ihn aus dem Augenwinkel. Er war über fünf Jahre lang nicht in ihrem Haus gewesen. Sie fragte sich, was er sah. Fielen ihm die Veränderungen auf, die sie vorgenommen hatte? Das Häuschen hatte nicht viel hergemacht, als sie es vor gut zehn Jahren gekauft hatte, und sie hatte langsam, aber sicher umgebaut und es erneuert. Sie war stolz auf ihre kleine Bleibe nur ein paar Blöcke vom Strand entfernt. Natürlich hatte sie immer ein Haus mit Grund gewollt, aber das würde sie sich in Premonition Pointe nicht leisten können, während sie ein Geschäft als Eventplanerin betrieb.

„Deine Küche ist gemütlich, Hope", sagte er und schaute sich um. „Mir gefallen diese Bauernhausspüle und die hölzerne Arbeitsfläche. Ich habe schon überlegt, ob ich was Ähnliches in mein Haus einbaue."

Sie neigte den Kopf und musterte ihn. „Du renovierst es, was? Arbeitest du viel an deinem Haus?"

Er zuckte mit den Schultern. „Wenn es meine Heimat für immer wird, dann ja. Falls nicht, werde ich nur tun, was nötig ist, um es wieder zu verkaufen."

„Falls?" Hope spannte sich an. „Also, wie lange bleibst du denn diesmal in Premonition Pointe?" Die Worte kamen abgehackt und klangen sehr viel angriffslustiger, als sie beabsichtigt hatte.

Er verzog das Gesicht und schob sich die Hände in die

Taschen. „Ich dachte, dir wäre klar, dass ich vorhabe, für immer hierzubleiben. Weshalb sonst sollte ich denn ein Ladengeschäft eröffnen?"

„Aber du hast gerade gesagt, dass du nicht weißt, ob das Haus deine Heimat für immer sein würde. Weshalb sollte es das denn nicht sein? Es ist wunderbar." Tatsächlich hatte Hope die ganze Zeit genau das Haus gewollt, das er sich gekauft hatte. Hätte sie die Mittel gehabt, hätte sie es sich höchstpersönlich geschnappt.

Er schaute auf sie herab und lächelte sie dann träge an. „Ich glaube, wir wissen bereits beide, dass ich das Haus deinetwegen gekauft habe."

Es war an ihr, das Gesicht zu verziehen. Er hatte recht. Sie wusste, dass er das Haus ihretwegen gekauft hatte. Wie oft hatten sie darüber gesprochen, dort zu wohnen, als sie noch jünger gewesen waren? Sie war ja nicht dumm. Es gehörte alles zu seinem Plan, wieder mit ihr zusammen zu kommen. Aber das würde sie nicht zur Kenntnis nehmen. Nicht jetzt. Noch nicht. Sie war nicht bereit. „Du hast es gekauft, weil du Platz für dich und deine Mutter gebraucht hast." Er war zurück in die Stadt gezogen, weil seine Mutter Demenz im frühen Stadium hatte. „Wie geht es Bell denn?", fragte Hope, die sich wie ein Rüpel vorkam, dass sie nicht schon eher danach gefragt hatte.

Er schaute sie an, um ihr zu zeigen, dass er genau wusste, was sie tat, aber genau wie sie ließ er es vorerst durchgehen. „Es geht ihr ziemlich gut. Der Arzt hat ihr neue Medikamente gegeben, die ihr helfen, ziemlich klar zu bleiben. Sie gärtnert und malt derzeit eine Menge. Und wir haben einen Golden Retriever. Sie gehen auf dem Grundstück spazieren. Ihre Freundin Hattie bleibt ziemlich oft bei ihr, wenn ich nicht zu Hause bin. Heute Abend haben sie einen Mädelsabend."

„Das ist gut. Ich muss mal vorbeischauen und mich mit ihr treffen", sagte Hope. Bell King hatte ein paar Blocks entfernt von Hopes Haus gewohnt, und sie hatten sich mehrmals pro Monat auf Bells Veranda entspannt, während sie beim Kaffee getratscht hatten. Aber seit sie zu Lucas gezogen war, hatte Hope sie nur einmal gesehen. Und sie vermisste sie. Sie hatten einander immer nahe gestanden, seit Lucas die Stadt verlassen hatte. Mrs. K war für Hope eine zweite Mutter gewesen. Diese Schuldgefühle waren wieder da, nagten an ihrem Gewissen. Weshalb hatte sie ihre Gefühle für Lucas die Beziehung zu seiner Mutter trüben lassen?

„Ich bin sicher, das würde sie freuen. Sie fragt eine Menge nach dir. Will immer wissen, wie es deinem Geschäft geht, und mit wem du zusammen bist."

Hope schnaubte. „Sie fragt dich, mit wem ich zusammen bin?"

Er nickte und schürzte die Lippen, was nahelegte, dass er nicht erheitert war. „Offensichtlich hast du ein sehr robustes Liebesleben. Sie vermisst deine Geschichten."

„Auf so viele Dates gehe ich auch wieder nicht", murmelte Hope. Das war eine Lüge. Hope hatte keine ernsthaften Freunde. Zumindest nicht seit Lucas. Aber Dates nur zum Spaß hatte sie eine ganze Menge. Oder hatte sie zumindest gehabt, bis Lucas zurück in die Stadt gekommen war.

„Was immer du sagst, Hope." Er nahm sie an der Hand. „Bereit zum Essen?"

Ein Prickeln war die direkte Folge davon, dass er sie berührte, und es begann in den Fingerspitzen und lief ihren Arm hinauf. Sie bebte leicht und zog sich zurück. „Ja. Gehen wir, bevor wir noch unseren reservierten Tisch sausen lassen." Hope nahm sich ihren Pulli und ging voran hinaus zu Lucas' Truck.

Er öffnete ihr die Tür, und sobald sie auf dem Weg in die Stadt waren, hing Stille zwischen ihnen.

Hope zog in Betracht, ihre Gedanken zu öffnen und zu belauschen, was er dachte, stoppte diesen Einfall aber schnell. Das fühlte sich immer wie eine Grenzüberschreitung an, und um ehrlich zu sein, sie war nicht sicher, ob sie überhaupt wissen wollte, was er dachte. Nicht nach diesem Kommentar über ihre Dates. Sie war sicher, er hatte auch nicht aufgehört mit den Dates. Es war immerhin fünfzehn Jahre her, seit sie das letzte Mal zusammen gewesen waren.

„Du denkst zu viel", sagte er, während er mit seinem Truck auf den Parkplatz bei Abalone fuhr.

„Ach ja? Ich könnte dasselbe über dich sagen", erwiderte sie.

Er schaute zu ihr herüber. „Wüsste ich es nicht besser, würde ich sagen, du belauschst meine Gedanken."

„Was bringt dich denn auf die Idee, dass ich das nicht mache?", fragte sie.

Er lachte leise. „Wenn du das tun würdest, bin ich sicher, wärst du nicht so still."

Die Neugier brachte sie beinahe um, aber ihre Entschlossenheit gewann. Sie wollte sich keinen Zugang zu seinen privaten Gedanken schaffen, denn sie wusste, dass er sie nur aufzog. Was immer er dachte, er wollte, dass sie darauf lauschte. Aber sie würde diesen Köder nicht schlucken. Falls er wollte, dass sie etwas erfuhr, würde er es schon selbst ausspucken müssen.

Lucas legte ihr eine Hand auf den Rücken, während er sie in das Restaurant führte. Es war gleich am Strand, mit einem herrlichen Ausblick auf die Sonne, die über dem Pazifik unterging, doch das Restaurant selbst war nicht sonderlich überkandidelt. Die meisten Gäste trugen Jeans, obwohl sie sich mit Hemden oder Blusen ein bisschen schick gemacht hatten. Das Gebäude war aus dem frühen zwanzigsten Jahrhundert und hatte alte Holzböden und rustikale Laternen als Beleuchtung.

Nachdem sie ihren Platz bekommen und Getränke bestellt hatten, warf Hope einen Blick zu Lucas. „Wie läuft das Geschäft? Gibt es irgendwelche Aufträge nach dem Tag der offenen Tür?"

„Tatsächlich ja. Einige. Ich habe einen Makler ein paar Orte weiter, der einen Vertrag zur Miete von Möbeln für Vorführhäuser unterschrieben hat, und der Einkäufer von Lux and Comfort hat heute Vormittag einen Vertrag rübergeschickt. Sieht aus, als würde das ein interessantes Arrangement werden. Und der Mann der Bürgermeisterin ist vorbeigekommen, um einen Beistelltisch zu kaufen, und während er da war, hat er mir gesagt, seine Firma könnte sich um das Sägemehl aus der Werkstatt kümmern. Das werden sie pressen und zu Anzündern machen oder so was. Win-Win für uns beide."

„Gut! Das freut mich", sagte Hope und meinte es ernst. Sie wollte wirklich, dass er Erfolg hatte, ganz gleich, was zwischen ihnen passierte.

„Das liegt nur an deiner harten Arbeit, also danke dir." Er griff über den Tisch und strich ihr eine Strähne ihrer dunklen Haare aus den Augen. „Das ist wahrscheinlich unprofessionell, dass ich meine Eventsplanerin zum Abendessen ausführe, oder?"

Sie lachte leise. „Ganz bestimmt, aber wir haben doch noch nie viel von solchen Regeln gehalten, oder?"

Wieder verlagerte sich die Stimmung zwischen ihnen, und die plötzliche sexuelle Anspannung war zu viel. Wie er sie ansah, als wolle er sie verschlingen, war überwältigend. Sie musste wegschauen, damit sie sich nicht gleich am Tisch auf ihn warf.

„Bist du glücklich, Hope?", fragte Lucas.

Sie riss den Kopf hoch und starrte ihn an. Schließlich fragte sie: „Warum?"

„Ich habe mich immer gefragt, ob du glücklich mit deiner Entscheidung warst, in Premonition Pointe zu bleiben. Ob du dich je gefragt hast, was passiert wäre, wenn du vor fünfzehn Jahren mit mir gekommen wärst."

Zorn brodelte in ihrer Brust. Das war keine Frage, die sie beantworten wollte. Es war nicht mal eine, die sie bereit war, sich selbst zu stellen. Das schmerzte zu sehr. „Natürlich bin ich glücklich. Ich habe ein erfolgreiches Geschäft, tolle Freundinnen, ein schönes Haus. Es ist ein gutes Leben."

Er nickte. „Das sehe ich. Ich könnte dasselbe über das Leben sagen, das ich mir im Osten aufgebaut habe, aber etwas hat immer gefehlt."

Hope wandte den Blick ab und nahm sich ein Sauerteigbrötchen aus dem Brotkorb, der auf den Tisch abgestellt worden war. „Du wolltest eine Ehefrau?"

„Nein."

Als er nicht fortfuhr, schaute sie ihm widerstrebend in die Augen. Die Intensität, mit der er ihren Blick erwiderte, machte sie nervös, und sie entschied sich für einen Witz, anstatt diese Unterhaltung noch zu ermutigen. „Einen Privatjet? Damit du Mitglied im Mile High Club werden kannst?"

Er lachte, genau, wie sie es geahnt hatte. Darüber hatten sie schon Witze gerissen, als sie Kinder gewesen waren. Er hatte gesagt, er würde so viel Erfolg haben, dass er ein Haus am Strand kaufen würde. Und sie hatte gesagt, dass sie das nicht brauchte. Nur einen Jet, damit sie sich dem Mile High Club anschließen konnten, ohne sich in das Klo eines normalen Linienflugs quetschen zu müssen. „Das würde ich nur wollen, wenn wir noch zusammen wären. Ich kann mir nicht vorstellen, mit jemand anderem als dir zum Mile High Club zu gehen.“

Ach, verdammt. Weshalb musste er denn genau das sagen? „Jetzt schleimst du dich doch einfach nur ein.“

„Du hast recht. Das tue ich.“ Er griff über den Tisch und nahm ihre freie Hand. „Hope, du bist das, was in meinem Leben gefehlt hat. Als ich dich zum ersten Mal verlassen habe, war ich jung, und du auch. Wir waren beide am College, und ich weiß, dass ich ein Versprechen gebrochen habe, als ich gesagt habe, ich würde hierbleiben und mit dir an die staatliche Uni gehen, aber ich konnte doch nicht meine Chance sausen lassen, an die Uni meiner Träume zu gehen. Das weißt du, oder?“

Sie nickte. „Natürlich.“ Sie war nicht so egoistisch, dass sie erwartet hätte, dass er sein Stipendium aufgab, nur weil er versprochen hatte, bei ihr in Premonition Pointe zu bleiben. „Aber das heißt nicht, dass du mir nicht das Herz gebrochen hast, als du gegangen bist und gesagt das, wir würden eine Fernbeziehung führen, und dann hast du es dir zwei Monate später anders überlegt.“

Er verzog das Gesicht. „Das war doch nur mein zwanzigjähriges Ego. Als du beschlossen hast, nicht mit mir zu kommen, da war ich einfach … ich war wütend, und ich habe dich tierisch vermisst, okay? Ich gebe zu, dass ich das nicht sonderlich gut verarbeitet habe.“ Nachdem sie beide die Highschool abgeschlossen hatten, waren sie zusammengezogen und beide ans kommunale College gegangen. Der Plan war gewesen, für das erste Universitätsjahr an die staatliche Uni zu gehen. Aber dann hatte Lucas ein akademisches Stipendium bei einer kleinen Privatschule drüben im Osten bekommen. Eine, die für Hope viel zu schwierig zu schaffen war, ohne sich höllisch zu verschulden. Obwohl er sie also gefragt hatte, ob sie mit ihm kommen würde, hatte sie abgelehnt und war in Premonition Pointe geblieben, hatte gedacht, sie könnten zwei Jahre lang eine Fernbeziehung führen, dann würde er nach Hause kommen.

„Kannst du mir nur wegen einer Sache die Wahrheit sagen?", fragte sie, fühlte sich bereits geschlagen. Sie wollten nicht wieder diesen Streit führen, aber da waren sie, über zwanzig Jahre danach, kauten noch immer ihre Vergangenheit durch.

„Natürlich. Ich habe dich niemals belogen."

Sie schaute in seinen unnachgiebigen Blick und beschloss, dass er die Wahrheit sagte. Aber sie musste trotzdem fragen. „Hast du dich damals getrennt, weil du jemand anderen getroffen hast?"

Lucas schnappte heftig nach Luft, und Hope hatte das Gefühl, ihr Herz würde zerspringen. Wie konnte sie noch immer nicht über etwas hinweg sein, was vor sechsundzwanzig Jahren passiert war? Das lag daran, dass es Lucas war, und sie niemals über ihn weggekommen war. „Ja und nein."

Hope verdrehte die Augen. „Das ist keine Antwort."

„Ich weiß. Hier ist die Wahrheit. Ich habe jemanden kennengelernt. Sie hat mich gefragt, ob ich mit dir ausgehe, und ich war so einsam, dass ich das wollte. Du und ich, wir haben einander alles bedeutet. Und damals hast du gearbeitet und bist Vollzeit zur Uni gegangen. Unsere Terminpläne waren völlig voneinander getrennt, und ich brauchte einfach jemanden in meinem Leben. Also habe ich dir gesagt, dass es vielleicht besser wäre, wenn wir einander gestatten, uns mit anderen zutreffen, während ich zur Uni ging."

„Und ich bin ausgeflippt", sagte Hope, die immer noch den Nachhall der Schmerzen spürte, die sie damals empfunden hatte.

„Ja. Ich habe versucht, es zurückzunehmen, aber es war zu spät. Du hast mir gesagt, ich soll mein Leben leben, und du würdest deins leben. Und falls ich jemals wieder zurückkommen würde, sollte ich nicht darauf setzen, dass du zur Verfügung stehst." Er stieß ein leises Lachen aus. „Verdammt, Hope. Du warst damals so ein Sturschädel. Ich habe erwartet, dass du jemanden findest und heiratest, und zwar vielleicht nur, um mich in die Pfanne zu hauen."

Sie hatte es in Betracht gezogen. Aber sie hatte sich niemals in sonst jemanden verliebt. Außerdem war es sowieso niemals ihr Ziel gewesen, zu heiraten. „Und das Mädchen, mit dem du zusammen sein wolltest? Wie ist das für dich gelaufen?"

„Wir sind nicht zusammengekommen. Wir sind einmal zum Essen gegangen und echt gute Freunde geworden. Das war's", sagte er.

„Das war's? Echt? Du bist nicht mit ihr ins Bett gegangen?"

Er schüttelte den Kopf. „Oh, ich bin mit niemandem ins Bett gegangen, außer mit dir, während ich studiert habe."

„Du verarschst mich doch?", fragte sie schockiert. „Ernsthaft?"

„Meinst du, ich würde dich anlügen, besonders jetzt, da ich weiß, dass du meine Gedanken lesen kannst?", fragte er mit einem leisen Lachen.

„Ich lese deine Gedanken nicht", erwiderte sie. „Tatsächlich vermeide ich aktiv, in deine Privatsphäre einzudringen."

Er nahm ihre Hand fester und schüttelte leicht den Kopf,

wirkte erheitert. „Genau das ist einer der Gründe, weshalb ich nie über dich hinweggekommen bin."

„Warum denn das? Weil ich irgendwie ethisch drauf bin?" Denn falls das der Grund war, hätte er ihr zu viele Vorschusslorbeeren gegeben, wenn man bedachte, dass sie die halbe Woche damit verbracht hatte, die Bewohner der Stadt zu belauschen.

„Weil du ein gutes Herz hast und immer das Richtige machst. Du liebst leidenschaftlich und bist eine wilde Beschützerin derer, die du liebst. Das vermisse ich. Ich vermisse dich."

Sie wollte unbedingt ihren Blick abwenden, doch das tat sie nicht. Es schien wichtig zu sein, dass sie ihm die Wahrheit sagte. „Ich vermisse dich auch."

Erleichterung trat in seine Augen, und seine Schultern schienen sich ganz leicht zu entspannen. „Du weißt ja offensichtlich, dass ich mir die Hoffnung mache, wieder aufleben zu lassen, was wir gehabt haben. Das musst du doch wissen, seit dem Augenblick, als dir klar wurde, dass ich unser Haus gekauft habe."

Sie nickte nur, denn zu leugnen, was zwischen ihnen war, war sinnlos. Irgendwann würden sie beide entscheiden müssen, ob sie es noch einmal versuchen würden oder für immer weggingen. Aber sie konnten nicht für alle Ewigkeit umeinander herumtänzeln.

„Glaubst du, wir können das ausprobieren? Sehen, wie es läuft?", fragte er.

Die Kellnerin erschien und unterbrach sie, um ihre Bestellung aufzunehmen. Hope bestellte die Linguine mit Muscheln, während Lucas die Jakobsmuscheln nahm. Nachdem die Kellnerin gegangen war, nahm Hope einen Schluck Wein, hielt ihn hin.

Lucas lehnte sich in seinen Stuhl zurück und wartete. Sein Blick war auf sie gerichtet, als wäre er derjenige, der gerade versuchte, ihre Gedanken zu lesen.

Endlich sagte sie: „Ich weiß es einfach nicht. Ich will Ja sagen, aber ich vertraue dir nicht, dass du mich nicht noch einmal verlässt."

Da war sie. Die nicht zu leugnende Wahrheit, die sie immer wieder auseinanderriss. Zweimal hatte sie sich ihm inzwischen völlig hingegeben, und er war gegangen. Wie konnte sie das noch einmal durchmachen?

„Ich habe nicht vor, wieder zu gehen", sagte er.

„Das hattest du die letzten beiden Male auch nicht", entgegnete sie.

Er beugte sich vor. „Kann ich dich was fragen?"

„Klar." Sie hatte nichts zu verstecken. Aber falls er anfing, sie wegen der Männer zu befragen, mit denen sie zusammengekommen war, würde es sehr schnell sehr unbehaglich werden.

„Weshalb war ich dir nicht wichtig genug, dass du das Risiko eingehst, diese Stadt zu verlassen? Ich habe dich beide Male gefragt, ob du mit mir kommst."

Gefragt war milde ausgedrückt. Er hatte sie eigentlich angefleht, beim zweiten Mal mit ihm zu kommen. Lucas hatte eine prestigeträchtige Lehrstelle bei einem weltbekannten Schreiner angeboten bekommen. Es gab keinen Zweifel daran, dass der Grund, weshalb er jetzt so erfolgreich war, an dieser Ausbildung und den Geschäftskontakten lag, die er geknüpft hatte. „Du warst wichtig. Du *bist* wichtig. Aber genauso ich. Erst einmal musste ich meine Ausbildung bekommen." Hope hatte einen betriebswirtschaftlichen Abschluss mit einem Schwerpunkt auf Marketing. Das hatte ihr gut geholfen. „Als du deine Lehrstelle bekommen hast, hatte ich gerade eine

DEANNA CHASE

Kunstgalerie eröffnet. Da hatte ich nicht nur eine Schar Künstler, die sich auf mich verlassen haben, sondern sie ist gerade richtig durchgestartet. Wie hätte ich das einfach aufgeben und einem Mann durchs ganze Land folgen können?"

„Einem Mann?", fragte er mit finsterem Gesicht. „Also bin ich jetzt einfach so ein Mann?"

„Nein. Aber sieh es dir doch aus meiner Perspektive an. Hättest du gerade erst einen Laden eröffnet und er würde durchstarten, und ich würde dich bitten, wegen einer Ausbildung ohne Plan umzuziehen, was würdest du tun?"

Stille.

„Das dachte ich mir." Sie nahm ein weiteres Stück Brot und verstrich Butter darauf. Normalerweise versuchte sie, nicht mehr als ein Stück Brot zu essen, damit sie nicht zu voll für den Hauptgang sein würde, aber diese Unterhaltung trieb sie dazu, sich Kohlehydrate reinstopfen zu wollen. Verstand er denn nicht, dass sie eigenständig sein musste? Dass sie nicht alle ihre Träume fallen lassen konnte und wollte, für jemand anderen?

„Ich glaube, ich hätte es für dich getan", sagte er schließlich.

Hope ließ ihr Brötchen auf den kleinen Teller fallen. „Ernsthaft? Wenn ich dir gerade jetzt sagen würde, dass ich einen Job drüben in Denver oder Chicago übernehme, würdest du deinen Laden schließen und einfach mit mir kommen?"

„Falls wir es hinbekämen, dass meine Mom mit uns kommen könnte, und dass sich gut um sie gekümmert wird, dann ja, das würde ich."

Sie sah ihn aus zusammengekniffenen Augen an. „Aber damals bist du nicht geblieben."

„Ich weiß. Das Leben ist jetzt anders."

„Wie kann es denn anders sein?", fragte sie genervt.

Weshalb ließ er es klingen, als wäre sie die Selbstsüchtige? Sie war niemals vor ihm weggelaufen. Tatsächlich war sie ihr ganzes Leben lang einfach in Premonition Pointe geblieben. Wäre er so darum bemüht gewesen, bei ihr zu sein, hätte er gewusst, wo er sie fand.

„Mir ist klar geworden, was am wichtigsten ist. Als ich jünger war, hatte ich etwas zu beweisen. Jetzt ..." Er zuckte mit den Schultern. „Ich will einfach nur ein Leben, das mich glücklich macht. Du machst mich immer glücklich."

Aber wie lange denn, konnte sie nicht verhindern, dass sie insgeheim dachte. Wie lange, bis etwas Besseres auftauchte, und er wollte, dass sie ihr Leben für ihn auf den Kopf stellte? „Ich weiß einfach nicht, Lucas. Du weißt, dass ich dich immer geliebt habe, aber es ist sehr lange her, seit wir zusammen waren, und es hat viel zu lang gedauert, dass ich beim zweiten Mal über dich hinweggekommen bin. Ich weiß einfach nicht, ob das für einen von uns eine gute Idee ist."

„Es ist eine gute Idee, Hope. Tatsächlich garantiere ich, es ist die beste Idee, die ich jemals hatte. Ich werde auf jeden Fall nirgendwo hingehen. Und ich werde den Rest meiner Tage hier auf Erden damit verbringen, dir das zu beweisen. Ich bitte nur darum, dass du es dir überlegst, dass du in Betracht ziehst, wieder mit mir zusammenzukommen. Ich bitte dich heute Abend nicht um die Ewigkeit. Aber ich möchte dich vorwarnen, das ist mein Ziel."

Verdammt. Weshalb saß er ihr gegenüber und sagte all die Dinge, die sie vor fünfzehn Jahren hätte hören wollen? Sie wollte unbedingt Ja sagen, aber das Wort kam ihr einfach nicht über die Lippen. In ihren Augen brannten unvergossene Tränen, während sie sagte: „Ich brauche einfach etwas Zeit."

„Zeit ist etwas, das ich im Überfluss habe. Nimm dir, soviel du brauchst, und wenn du bereit bist, werde ich hier sein und darauf warten, dich von den Füßen zu fegen."

Das war genau das Ding. Sie wollte nicht von den Füßen gefegt werden. Sie wollte Stabilität. Dauerhaftigkeit. Vertrauen. Konnte sie das bei Lucas finden? Oder würde er sie immer aus dem Gleichgewicht werfen?

KAPITEL VIERZEHN

„*W*ie wäre es mit einem Strandspaziergang?“, fragte Lucas, als er sie vom Abalone nach Hause fuhr.

Sie schaute aus dem Fenster auf den riesigen Vollmond und das Licht, das sich auf dem Wasser spiegelte. Es war einer dieser seltenen perfekten Abende, wenn der Wind abgeflaut hatte und die Zeit stillzustehen schien. „Ein Strandspaziergang wäre toll.“

Er fuhr mit seinem Truck auf einen Parkplatz am öffentlichen Strand und lief dann herum, um die Tür für sie zu öffnen.

„Danke“, sagte sie, ließ sich von ihm herab helfen.

„Gern geschehen.“ Er nahm seine Hand in ihre, und als sie auf dem Sand standen, zogen sie beide die Schuhe aus und gingen weiter zum Wasser.

„Weißt du noch das eine Mal, als wir hier runtergekommen sind und diese Leute beim Nacktbaden gesehen haben?“, fragte Lucas aus heiterem Himmel.

Sie schaute zu ihm und fing an zu lachen. „Du meinst diese alten Leute?"

„So alt waren die nicht. Ende dreißig. Höchstens Anfang vierzig."

„Ja, für Achtzehnjährige ist das alt", sagte sie. Dann fuhr sie fort: „Weshalb hast du darüber nachgedacht?"

„Na ja ... es ist eine echt schöne Nacht. Wenn du Interesse hast, könnte man mich vermutlich dazu überreden." Er warf ihr ein freches Grinsen zu, bei dem sie den Kopf schütteln musste.

„Du willst, dass ich mich ausziehe und in den Pazifik springe? Den eiskalten Pazifik? Hast du den Verstand verloren?"

„Nein." Er blieb stehen und schaute hinaus auf das Meer. „Ich erinnere mich nur noch, wie viel Spaß sie hatten. Sie haben gelacht und gespielt und schienen echt nur im Moment zu leben. Es ist lange her, seit ich dieses Gefühl hatte, und ich dachte ... Na ja, ich wollte das wirklich mit dir zusammen erleben."

Ach, verflixt. Hopes Herz hämmerte an ihr Brustbein, während sie sein Profil musterte. Im Mondlicht konnte sie seine langen Wimpern sehen, und etwas in ihrem Inneren verlagerte sich. Der Widerstand, an den sie sich so geklammert hatte, ließ nach, und sie konnte vor sich die eine Sache nicht mehr leugnen, die sie immer gewollt hatte. Wieder mit Lucas verbunden zu sein.

„Es wäre ziemlich dreist, hier einfach alles auszuziehen, meinst du nicht?", fragte sie ihn.

Sein Blick verlagerte sich auf ihren, ein träges Lächeln spielte um seine Lippen. „Was meinst du denn? Sollten wir zur Bucht weiter?"

„Wenn wir an einem Hauch unserer Würde festhalten

wollen, ist das bestimmt eine gute Idee. Ich meine, wenn man bedenkt, dass wir beide Geschäfte in der Stadt haben, sollten wir wohl …"

„Gehen wir." Er nahm sie an der Hand und lief los hinab zum Strand.

Hope stieß ein Quietschen aus, passte sich seiner Geschwindigkeit aber rasch an, und bis sie um den großen Felsvorsprung in die geschützte Bucht kamen, japste sie schon nach Luft, weil sie so heftig lachte.

Lucas zog seinen Blazer aus und nahm dann das untere Ende seines T-Shirts. „Ich bin bereit, wenn du es bist."

Sie hörte auf mit dem Lachen und starrte ihn an, wollte unbedingt, dass er das T-Shirt loswurde. Wie lange war es her, seit sie seine Brust und seine Bauchmuskeln gesehen hatte? Hatte er überhaupt noch Bauchmuskeln?

„Hey, Anderson. Augen hier hoch." Er deutete mit zwei Fingern auf sein Gesicht.

„Bitte. Als würdest du in dem Augenblick, wenn ich mit dem Ausziehen anfange, nicht auch starren?", fragte sie.

„Also gut. Aber ich weiß, wie du tickst, und ich werde nicht der Einzige sein, der sich nackig macht. Entweder machen wir es zusammen, oder es ist abgeblasen."

Sie legte den Kopf in den Nacken und lachte. Das würde ihr geradezu ähnlich sehen – so tun, als würde sie sich ihm anschließen, und im letzten Augenblick einen Rückzieher machen, während er ins eisige Wasser tauchte.

„Siehst du. Ich wusste es." Er schnappte sich ihre Hand und zog sie vor, bis sie an seine Brust gepresst war. Seine felsenfeste Brust. Sie lehnte sich an ihn, sog die Wärme auf, die von ihm ausstrahlte. „Bist du da auch wirklich dabei, Hope? Kann ich dir vertrauen?"

Einen Augenblick lang war sie nicht sicher, ob er über das

Nacktbaden oder ihre Beziehung sprach. Aber dann fügte er an: „Denn ich ziehe mich nicht aus, außer du machst es auch."

Sie tätschelte ihm die Brust und lächelte zu ihm auf. „Ich bin dabei. Auf drei?"

Er nickte und trat einen Schritt zurück. „Auf drei."

Sie zählte rückwärts, und als sie zu eins kam, schälte sie sich aus ihrem Pulli und fing an, ihr Wickelkleid zu öffnen.

„Verdammt, du machst das er wirklich", sagte er, seine Stimme rau.

Hope hielt inne. „Nur, wenn du jetzt auch langsam mal Haut zeigst."

Grinsend griff er hinter seine Schulter und nahm die Rückseite seines Shirts, um es sich über den Kopf zu ziehen. Hope stockte der Atem. Wie war es möglich, dass er sogar noch schöner war, als sie ihn in Erinnerung hatte?

Seine Hände hielten auf seiner Gürtelschnalle inne. „Bist du noch bei mir?"

„Hmm." Rasch schlüpfte sie aus ihrem Kleid, stand in ihrem BH und der Unterhose da.

Jetzt war es an Lucas, sie anzuschauen.

„Ich glaube, du sabberst womöglich", sagte sie.

„Ganz bestimmt." Mit ausladender Geste wischte er sich den Mund mit dem Handrücken ab, und dann stieg er rasch aus seiner Jeans, sodass sie beide nur noch Unterwäsche trugen.

„Gehen wir so rein, oder lassen wir alle Hüllen fallen?", fragte sie.

„Es wäre doch kein Nacktbaden, wenn wir noch was anhaben", sagte er, seine Stimme eine Herausforderung.

„Nein, wäre es nicht." Ohne zu zögern, öffnete sie ihren BH und ließ ihn auf das Kleid fallen.

„Heilige Mutter der Sünde", flüsterte er, während sein Blick sich auf ihre Brust senkte. Er macht einen Schritt vor, griff nach ihr, doch Hope trat zurück aus seiner Reichweite.

„Nein. Wir gehen in dieses Wasser rein. Und wenn du mit so was anfängst, wissen wir beide, was passieren wird."

„Das ist für mich auf jeden Fall in Ordnung." Seine Stimme war angestrengt, als würde er sich mit Mühe und Not zurückhalten.

Hope stimmte ihm völlig zu, aber sie hatte noch genug Verstand, dass sie sich nicht gleich hier an einem öffentlichen Strand mit ihm wälzen würde. Nacktbaden war eines. Aber sich im Sand herumzurollen, sodass er überallhin kam, wo er nichts verloren hatte, stand gar nicht zur Debatte. Außerdem, falls sie jemand beim Nacktbaden erwischte, wäre es eine witzige Geschichte. Geschlechtsverkehr in der Öffentlichkeit war eine ganz andere Sache.

„Dazu wird es nicht kommen. Aber wenn du mal die Hose runterlässt, lasse ich dich vielleicht mal tatschen, sobald wir weiter im Wasser sind." Sie schlüpfte aus ihrem Spitzenhöschen.

Lucas riss seine Boxershorts nach unten, und nachdem er wieder ihre Hand gepackt hatte, liefen sie beide mit voller Geschwindigkeit ins eiskalte Wasser.

„Ach, heilige Scheiße!", brüllte Hope, als Lucas sie in die Brandung zog und sie beide untertauchte. Rasch kam sie wieder nach oben, keuchte und bebte wegen des eiskalten Meereswassers.

„Verdammt, das ist sehr viel kälter, als ich mich erinnere", sagte Lucas in ihr Ohr, während er die Arme um sie legte, seine Hände auf ihren Brüsten.

Als sich sein harter Körper von hinten an ihrem presste, war ihr plötzlich die Kälte völlig egal. Sie wollte nur im Wasser stehen, während er sie für immer hielt.

„Alles in Ordnung?", flüsterte er.

„Ja." Sie nickte und legte den Kopf an seine Schulter, während sie ihre Hände über seine legte. „Ich bin mehr als nur in Ordnung. Das könnte sogar perfekt sein."

Er stieß ein leises Knurren aus und wölbte den Hals, um ihr Küsse den Nacken hinab zu geben. Ein Beben, das überhaupt nichts mit der Kälte zu tun hatte, wogte durch sie hindurch. Und bevor sie es sich besser überlegen konnte, drehte sie sich um, schlang ihm die Arme um den Hals und küsste ihn mit allem, was sie hatte.

Sein Mund öffnete sich für sie, und sie ließ zu, dass sie sich darin verlor. Er schmeckte nach einem Hauch Schokolade und Kaffee und nach Liebe und Heimat. Sie ließ eine Hand in seine nassen Haare gleiten und bewegte die andere, um sie nach unten über seinen nackten ...

„Ah!" Eine Woge traf sie und warf sie beide wieder um in die Brandung, zerstörte die Magie.

„O mein Gott, es ist so verdammt kalt hier drin." Ihre Zähne fingen an zu klappern, und ohne ein Wort hob Lucas sie auf und trug sie zurück an den Strand.

Sobald sie ihre Kleider erreichten, stellte er sie wieder auf die Füße und fing an, mit den Händen über ihre Arme zu streifen, um sie zu wärmen.

„Alles in Ordnung?", fragte er.

Sie nickte, ihre Zähne klapperten noch immer, und sie kämpfte damit, ihre Unterwäsche wieder anzuziehen. „Wir hätten echt mal an Handtücher denken sollen."

„Das hätte die Spontanität zerstört", sagte er und grinste sie breit an.

„Es hätte uns davor bewahrt, unsere Kleider anzuziehen, während wir klatschnass sind", grollte sie.

„Hier." Er reichte ihr sein Nirvana-T-Shirt. „Trockne dich

damit ab."

Sie nahm ihm das T-Shirt ab, nutzte es aber nicht. „Ohne das erfrierst du doch."

„Ich habe meinen Blazer. Trockne dich ab, damit du wieder zurück in dein Kleid kannst." Er kam näher und gab ihr sanft einen Kuss auf die Stirn. „Ich verspreche es, ich komme klar."

Sie lächelte ihn dankbar an und trocknete sich ab, dann reichte sie ihm das T-Shirt zurück. Er machte es genauso, und rasch zogen sich beide an. Hope schlang sich ihren Pulli um die Schultern und stieß ein erleichtertes Seufzen aus. „Das ist so viel besser."

Gekleidet in Jeans und Blazer, knüllte Lucas sein nasses T-Shirt in einer Hand zusammen und legte den Arm über Hopes Schulter, während sie zurück zu seinem Truck gingen.

„Vielen Dank dafür", sagte sie, lehnte sich an ihn, um seine Wärme aufzusaugen.

„Du musst mir nicht danken. Das würde ich jeden Tag machen, wenn du dafür zu haben bist."

Sie lachte. „Vielleicht versuchen wir nächstes Mal den Whirlpool."

„Es wird ein nächstes Mal geben?", fragte er hoffnungsvoll.

„Ja", sagte sie leise. „Es gibt auf alle Fälle ein nächstes Mal."

Plötzlich blieb Lucas stehen, wirbelte sie herum und drückte seine Lippen auf ihre. Der Kuss war besitzergreifend und voller Feuer und viel zu schnell vorbei, sodass sie atemlos stehen blieb. Lucas zog sich leicht zurück und sagte: „Ich wollte das mit einem Kuss besiegeln."

Sie lächelte zu ihm auf, völlig verzaubert und leicht überwältigt. Deshalb hatte sie immer wieder zu ihm zurückgefunden.

Der Gedanke krachte in sie hinein und ließ sie ein Stück

zurücktreten, um etwas Raum zwischen sie zu bringen. Sie räusperte sich. „Wir sollten vermutlich los."

Er sah sie ganz lange an, dann nickte er. „Du hast vermutlich recht." Er hielt ihr eine Hand hin, obwohl sie zögerte, schlang sie trotzdem die Finger um seine und ließ sich von ihm zurück zum Truck führen.

Die Fahrt zurück zu ihrem Haus ging nur ein paar Minuten, aber die Stille zwischen ihnen sorgte dafür, dass es sich nach einer Ewigkeit anfühlte. Als er schließlich vor dem Haus stehen blieb, war sie bereit, rauszuspringen und hinein zu laufen. Aber er schaltete den Motor ab, und wie er es immer getan hatte, öffnete er für sie die Tür und ging mit ihr zu ihrer vorderen Veranda.

„Ich hatte heute Abend eine wunderbare Zeit", sagte er.

„Ich auch." Sie lachte leise. „Ich kann nicht glauben, dass wir Nacktbaden waren."

„Ich schon." Er strich über ihre feuchten Haare und fragte: „Wann kann ich dich wieder treffen?"

Hope wollte sagen, morgen Abend. Doch etwas nagte an ihr, dass sie vielleicht Pläne hatte. War es mit Grace oder Joy? Sie konnte sich nicht ganz erinnern. Daher sagte sie: „Wie wäre es mit Brunch am Sonntag? Wir könnten uns an dieser Farm mit Ausschank treffen. Blueberries?"

„Klingt perfekt. Ich hole dich um zehn ab." Bevor sie antworten konnte, zog er sie noch einmal an sich und streifte ihre Lippen in einem weichen, süßen Kuss, während seine Hände über ihren Rücken hinabstrichen und sie in den Hintern kniffen.

Hope schmiegte sich an ihn, und wäre ihre Mutter nicht da gewesen, was sie sicher war, sie hätte die Tür geöffnet und ihn gleich direkt ins Schlafzimmer gezerrt.

Lucas ließ sie los und machte einen Schritt zurück. „Gute Nacht, Hope."

Sie legte sich die Fingerspitzen an die Lippen und flüsterte: „Gute Nacht."

Mit einer Hand am Türknauf stand sie auf ihrer Veranda und wartete, dass er in den Truck stieg, bevor sie schließlich nach drinnen ging und leise die Tür hinter sich schloss.

„Sieht so aus, als hätte da jemand einen tollen Abend erlebt", sagte Angela von der Stelle, wo sie sich auf dem Sofa eingeigelt hatte.

„Schon. Aber ich weiß nicht, ob das was Gutes ist."

„Du kannst doch nicht ewig vor ihm weglaufen, Häschen."

Hope warf ihrer Mutter einen neugierigen Blick zu. „Warum? Ich sehe nicht, dass du dich an irgendjemanden gebunden hast."

Die Miene ihrer Mutter wurde traurig, während sie den Kopf schüttelte. „Da hast du recht. Das ist für mich nicht drin. Ich brauche zu viel Raum, als dass eine Beziehung funktionieren würde, aber jeder, der Augen hat, kann doch sehen, dass du und Lucas zusammengehört. Wärt ihr nicht beide so stur gewesen, hättet ihr doch bereits eine Möglichkeit gefunden, um zusammen zu sein."

„Du glaubst wirklich nicht, irgendwo da draußen gäbe es für dich einen stillen Mann oder eine Frau?", fragte Hope, der das Herz für ihre Mom schwer wurde. Hope hatte sich so auf ihre eigenen Gefühle des Verlassenwerdens konzentriert, dass sie sich nicht die Zeit genommen hatte, um womöglich zu verstehen, was der Fluch für ihre Mutter bedeutet hatte.

Sie zuckte mit den Schultern. „Ich war mit einigen zusammen. Allein bin ich besser dran. Mit vierundsiebzig werde ich mich jetzt nicht mehr ändern. Es wäre sehr schwierig für mich, in meinem Leben Platz für einen Partner zu machen." Angela stand auf und kam zu ihrer Tochter. Sie drückte ihr einen Kuss auf die Wange und sagte: „Ich bin froh, dass du Spaß hattest. Ich gehe ins Bett."

„Danke. Gute Nacht, Mom."

Angela ging an ihr vorbei durch den Gang. Kurz bevor sie in ihr Schlafzimmer verschwand, fügte sie an: „Nächstes Mal versucht den Strand auf der Nordseite der Stadt. Der hat mehr Privatsphäre."

KAPITEL FÜNFZEHN

*H*ope erwachte, als ihr die Sonne übers Gesicht strömte. Sie rieb sich den Schlaf aus den Augen und stöhnte, als sie sah, dass es schon nach zehn war. Ihre Gedanken waren vernebelt, weil sie zu lange geschlafen hatte, und ihr Kopf tat weh, weil sie kein Koffein bekommen hatte.

Nachdem sich aus dem Bett gerollt und sich in einen weichen Bademantel gehüllt hatte, schlurfte sie in die Küche, wollte unbedingt einen Kaffee.

„Guten Morgen, Häschen." Ihre Mom war angezogen und saß am Tisch, die Beine auf einen der anderen Stühle gestützt, und nippte an einer Tasse.

„Morgen", murmelte sie, völlig fokussiert auf ihre Mission, sich Koffein zu beschaffen.

„Ich bin heute Vormittag Maggie Peters begegnet, während ich im *Pointe of View Café* war und den Leuten gelauscht habe. Sie sagt, sie hätte dich für eine Wedding Shower nächsten Monat gebucht", sagte Angela.

„Ja. Das stimmt. Ihre Tochter heiratet im Oktober." Hope schenkte den Rest des Kaffees in ihre Tasse und nahm einen großen Schluck, bevor sie sich an die Arbeit mit einer frischen Kanne machte. Eine Tasse würde einfach nicht reichen.

„Sie wollte, dass ich dir eine Nachricht weitergebe."

Hope schaute zu ihrer Mutter auf. „Was denn? Will sie schon wieder den Veranstaltungsort ändern?"

Angela schüttelte den Kopf. „Nein. Tatsächlich hat sie gesagt, sie müsste absagen. Irgendwas, dass die Termine sich überschneiden."

„Absagen? Warum?" Weshalb zum Teufel sagte denn eine ihrer Kundinnen ihrer Mutter, dass sie absagen wollte? Weshalb hatte Maggie nicht einfach angerufen, damit sie was Neues vereinbaren konnte?

„Sie hat mir gesagt, da gäbe es sich überschneidende Termine, aber ich glaube, es ist eigentlich was anderes." Angela reichte ihr einen Heidelbeer-Muffin aus der Bäckerei-Schachtel auf dem Tisch.

Hope nahm ihn und wartete darauf, dass ihre Mutter fortfuhr.

„Während wir da standen, habe ich gehört, wie sie über jemanden namens Peggy nachdenkt, und wie dankbar sie für die Vorwarnung war."

„Vorwarnung vor was?" Peggy Pitsman war Hopes Konkurrentin. Was genau hatte sie Maggie erzählt?

„Ich habe keine Ahnung. Kennst du Peggy?"

Hope nickte. „Sie fängt gerade erst damit an, Events zu organisieren. Vor allem Showers und Geburtstagsfeiern."

Angela kniff die Augen zusammen. „Sabotiert sie dein Geschäft?"

Es klang auf jeden Fall danach. „Ich weiß es nicht, ich werde Maggie anrufen und herausfinden, was los ist … nach dem Kaffee." Hope wollte schon wieder in ihr Schlafzimmer gehen, weil sie hoffte, eine Dusche würde gegen ihre

Kopfschmerzen helfen. Aber kurz bevor sie die Küche verließ, schaute sie zurück zu ihrer Mutter. „Danke, Mom."

Angelas Miene hellte sich auf, während sie ihre Tochter fröhlich anlächelte. „Gern geschehen."

NACH EINER DUSCHE und ein paar Schmerztabletten ging Hope in ihr Büro und rief Maggie an. Es ging direkt auf die Mailbox.

„Toll", murmelte sie und hinterließ eine Nachricht, sie so bald wie möglich zurückzurufen, wegen der Einzelheiten zu der Absage. Dann machte sie sich an die Arbeit, ein paar Möglichkeiten für Skylers Event mit der Hundehochzeit auf die Beine zu stellen. Sie verbrachte eine gute Zeit im Internet, schaute sich Trends an und machte sich ein paar Notizen, und dann schaute sie auf einer Hundekuchen-Webseite nach, um zu sehen, welche Art Leckerbissen für eine Hundehochzeit angemessen wären. Nachdem sie Bilder der verschiedenen Optionen ausgedruckt hatte, ging sie dazu über, die Einzelheiten der großen Eröffnung für eine Galerie mit handgemachtem Glas zu überprüfen. Das Event hatte noch ein paar Wochen, und Hope hatte immer noch keine Antwort bekommen, ob Yasmeen die Mini-Käsekuchen oder die Mini-Muffins wollte. Sie würde es die Bäckerei aber bald wissen lassen müssen.

Ein weiteres Mal griff sie zu ihrem Handy.

„Oh, Hope. Gut, dass du anrufst", sagte Yasmeen zur Begrüßung.

„Guten Morgen, oder sollte ich Nachmittag sagen?", fragte Hope, die ihre Wanduhr beäugte. Es war kurz nach Mittag, und der Tag entglitt ihr bereits.

„Äh … Hör mal", sagte Yasmeen zögerlich. „Ich glaube, es ist am besten, wenn wir die Pläne für die Eröffnung abblasen."

„Was ist passiert? Willst du, dass wir das Datum verschieben?", fragte Hope.

„Nein. Das ist es nicht. Ich habe einfach nur beschlossen, dass etwas Kleineres für uns vermutlich besser ist."

Hope war kurzzeitig verblüfft. Etwas Kleineres? Was hatte das zu bedeuten? Hope hatte etwas ähnliches geplant wie das, was sie bei Lucas' Tag der offenen Tür veranstaltet hatte, was bedeutete, ein paar Getränke und Essen, ein paar Künstler, die etwas vorführten, und jede Menge Presse. „Wenn es um die Kosten geht, können wir sicher was …"

„Das ist es nicht", sagte sie rasch und seufzte dann schwer. „Hör mal, Hope, ich habe gerade jetzt wirklich nicht viel Zeit. Ich weiß, dass ich meinen Vorschuss damit aufgebe. Belassen wir es einfach dabei."

„Ja, okay. Es tut mir leid, dass es nicht funktioniert hat", sagte Hope.

„Mir genauso." Yasmeen beendete den Anruf, und Hope warf ihr Handy auf den Schreibtisch und versuchte, zu verarbeiten, was gerade passiert war. Zwei Absagen an einem Tag? Es war selten, dass ihr auch nur ein Kunde absagte, und wenn das der Fall war, dann buchten sie einfach neu, anstatt ganz zu verzichten.

Hope öffnete ihre E-Mails und fand sofort eine von der Senioren-Wohltätigkeitsgruppe der Stadt. In der Betreffzeile stand: *Absage nötig.* Hopes Herz fing an zu rasen. Sie klickte auf die E-Mail und knirschte mit den Zähnen. Das Ereignis, um Geld für den Fahrradweg der Stadt einzutreiben, sollte ein Tombolaabend werden, den sie Hope gebeten hatten, zu organisieren. Offensichtlich lief das Ereignis auch noch, aber Hopes Beteiligung wurde nicht mehr gebraucht. Norma, die

Präsidentin der Gruppe, hatte keinen Grund genannt, nur gesagt, falls Hope bisher schon irgendwelche Ausgaben getätigt hätte, sollte sie sie dem Kassenwart der Gruppe übermitteln.

„Das ist lächerlich!", rief Hope, die aus ihrem Stuhl sprang. Etwas ging vor, und sie musste dem auf dem Grund gehen. Sie versuchte, noch einmal bei Maggie durchzukommen, und als sie keinen Erfolg damit hatte, versuchte sie es bei der Präsidentin der Wohltätigkeitsgruppe. Abermals wurde der Anruf nicht beantwortet.

Während sie auf und ab ging, beschloss Hope, dass sie zwei Möglichkeiten hatte. Sie konnte Peggy Pitsman zur Rede stellen, oder Maggie oder Norma suchen und Antworten bekommen. Da Yasmeen ihr nicht entgegengekommen war, als sie geredet hatten, beschloss Hope, dass sie vorerst ein verlorener Posten war. Sie wusste nicht, wo man Norma fand, da sich ihre Gruppe nur zweimal monatlich in der Bibliothek traf. Aber Maggie hatte einen Fahrradladen nicht weit vom Stadtplatz entfernt.

Nachdem sie sich ihre Schlüssel geschnappt hatte, stürmte Hope aus dem Haus und fuhr in die Stadtmitte. Es war ein wunderbarer Tag mit klarem blauen Himmel und einer leichten Brise, die vom Meer hereinwehte. Es schien, als wäre die ganze Einwohnerschaft von Premonition Pointe unterwegs, um den Herbsttag zu genießen. Aber das ging alles an Hope vorbei. Sie hatte nur ein Ziel. Ihr Geschäft stand plötzlich in Flammen, und sie musste das Feuer löschen.

Es erwies sich als unmöglich, einen Parkplatz in der Nähe des Stadtplatzes zu finden, darum nahm Hope einen Platz ein paar Blöcke entfernt von Lucas' Laden. Sie war so entschlossen, Maggie zu finden, dass sie kaum auch nur einen Blick in den Laden warf. Sie erkannte den Umriss von ein paar

Leuten und nahm an, dass er mit einem Kunden arbeitete. Es gab sowieso keine Zeit, um ihn zu begrüßen.

Hope ging so schnell, dass sie fast außer Atem war, als sie schließlich an Maggies Fahrradladen ankam. Sie ging um das halbe Dutzend Räder, die draußen aufgereiht standen, und duckte sich in den Laden.

Ein junger Mann, der nicht älter sein konnte als zwanzig, schaute dort auf, wo er ein Fahrrad zusammenschraubte. „Kann ich Ihnen helfen?"

„Ist Maggie hier?", fragte Hope, die den Kopf schief legte, um nach hinten schauen zu können.

„Nein. Sie ist zum Essen aus. Sie sollte in dreißig Minuten oder so wieder da sein. Wollen Sie Ihre Telefonnummer hinterlassen?"

„Nein. Ich komme wieder. Vielen Dank." Hope vertraute nicht darauf, dass Maggie sich bei ihr melden würde. Nicht nach der Art, wie sie abgesagt hatte, indem sie ihrer Mutter die Nachricht überbracht hatte. Hope trat wieder nach draußen und suchte im Umfeld nach irgendeinem Ort, an dem sie sich hinsetzen konnte, um zu sehen, wann Maggie wiederkam. Aber als sie die Gegend musterte, hoben sich Maggies leuchtend rote Locken im Park ab, wo sie an einem Picknicktisch saß.

Hope straffte die Schultern und ging über den Platz zu dem grasbewachsenen Bereich, und ohne um eine Einladung zu bitten, setzte sie sich gegenüber von Maggie hin und sagte: „Hallo."

Maggie riss den Kopf nach oben, eindeutig verblüfft, und da fielen Hope die Kopfhörer auf, die in ihren Ohren steckten. Die Frau zog sie heraus und sagte: „Hope. Was machst du denn hier?"

„Ich habe nur ein paar Besorgungen gemacht und dich hier

gesehen. Ich dachte, ich schaue mal vorbei. Ich störe dich doch nicht beim Essen, oder?" Hope nickte zu dem halb gegessenen Burger hin, der vor ihr stand.

„Na ja, ich habe eigentlich ein bisschen gelesen, bevor ich zurück an die Arbeit gehe." Ihre entschuldigende Miene machte klar, dass sie erwartete, Hope würde wieder gehen, aber dazu würde es nicht kommen.

Hope ignorierte die Andeutung und lehnte sich vor. „Hör mal, ich habe gehört, du bist heute Vormittag meiner Mutter im Café begegnet."

„Ja, was das angeht … Ich, äh …" Ihr Gesicht wurde rot, und sie schaute weg. *Was macht sie denn hier?*, dachte Maggie so laut, dass Hope beinahe zusammenfuhr.

Hope folgte ihrem Blick und sah einen Mann mit einem Mikrofon, der vor dem neuen Hundepark stand und anscheinend etwas für den lokalen Fernsehsender aufnahm. „Sie hat gesagt, du hättest dich verplant, darum dachte ich, wir könnten das Datum einfach verschieben. Ich bin sicher, wir kriegen das hin. Ich brauche nur Einzelheiten."

„Ich halte das für keine gute Idee." Maggie stand auf und warf den Burger in eine Mülltonne in der Nähe. Dann dachte sie: *Vor so einer muss ich mich nicht erklären.*

‚So einer'? Was zum Teufel bedeutete das denn? „Ach? Gab es ein Problem mit meiner Arbeit?"

„Nein." Ihre Sprache war jetzt abgehackt. „Ich habe es mir nur anders überlegt, okay? Muss ich denn einen Grund haben?"

„Falls das irgendwas mit Peggy Pitsman zu tun hat, schon", forderte Hope sie heraus, die nicht mehr so tat, als würde sie bei dem, was da gerade passierte, nett bleiben. Ihr Geschäft stand auf dem Spiel, und sie musste der Sache auf den Grund gehen.

„Peggy hat mich nur davor gewarnt, was bei deinen letzten Events passiert ist. Und dieses Risiko kann ich nicht eingehen, darum belasse ich es einfach dabei."

Ihr letztes Event? Das war Lucas' Tag der offenen Tür gewesen. Maggie wollte schon gehen, aber Hope griff vor und schnappte sich ihr Handgelenk, hielt sie auf. „Was meinst du denn? Bei Against the Grain ist doch nichts Ungewöhnliches passiert."

Maggie starrte auf Hopes Hand und sagte: „Lass mich los."

Hope ließ ihre Hand sofort sinken. „Tut mir leid. Ich will es nur verstehen. Lucas' Event war doch ein Erfolg."

Maggie schnaubte abwertend. „Ja. *Das* habe ich gehört."

Jetzt war Hope allmählich angepisst. „Was *genau* hast du gehört?"

„Ach, komm schon, Hope. Du lässt es mich doch nicht aussprechen, oder?"

„Was aussprechen?" Hope warf die Hände in die Luft, war völlig fertig mit dieser Unterhaltung, die so schnell nirgendwohin kommen würde. „Spuck es einfach aus, okay? Ich habe echt keine Ahnung."

„Die Tatsache, dass das einfach eine alltägliche Sache für dich ist, als wäre das etwas Normales, macht es nur noch schlimmer", zischte Maggie. „Ich hätte nie gedacht, du würdest sexuelle Gefälligkeiten gewähren, um voranzukommen."

„Was?" Hope zuckte zurück, als hätte man ihr eine Ohrfeige verpasst, und starrte die Frau völlig schockiert an. „Sexuelle Gefälligkeiten? Was zum Teufel hat Peggy dir denn erzählt?"

„Das ist nicht der richtige Ort, Hope. Falls ich du wäre, würde ich zurückweichen."

„Nein. Ich gehe nirgendwohin, bis du mir gesagt hast, was Peggy dir erzählt hat." Hope stemmte die Hände auf die Hüften, entschlossen, dem auf dem Grund zu gehen. „Mit wem genau habe ich denn angeblich geschlafen, um einen Auftrag zu bekommen?"

Um sie herum wurde es lauter, aber Hope war messerscharf auf Maggie konzentriert, und sie passte nicht genau auf.

„Na, zum einen Lucas. Jeder weiß, was ihr beiden letzte Nacht getrieben habt. Die ganze Stadt redet drüber. Und es gibt Gerüchte wegen anderer. Weshalb sonst sollte Pauly Pitsman von dir seine jährliche Feiertagsparty planen lassen, und nicht von seiner Nichte?", fragte sie. Dann kamen Maggies Gedanken laut und klar durch. *Ich wette, du hast dem Mann die Zeit seines Lebens beschert, dass er so viel Geld ausgibt.*

Vielleicht heuerte er Peggy nicht an, weil Paulys Nichte keine Ahnung hatte, wie man das elegante Event auf die Beine stellte, das er jedes Jahr für seine ganzen Geschäftskontakte plante. Aber das sagte sie nicht. Diese Behauptung entbehrte jeder Grundlage. Stattdessen stieß sie hervor: „Lucas und ich sind nur mal ins Meer getaucht. Daran ist doch nichts falsch. Für nichts wurden hier sexuelle Gefälligkeiten bezahlt."

„Ihr wart nackt!", rief Maggie. „Du erwartest, dass ich glaube, das wäre unschuldig gewesen?"

„Na und? Wir waren nackt baden. Wer hat das denn in dieser Stadt noch nicht gemacht?", rief Hope.

Der Lärm um sie herum ließ nach, und Hope löste endlich den Blick von Maggie, um zu sehen, dass der Nachrichtentyp, der vorhin drüben am Hundepark etwas gedreht hatte, jetzt gleich neben ihr stand.

Rasch schob er ihr das Mikrofon vors Gesicht. „Ms. Anderson, möchten Sie auf den Vorwurf etwas erwidern, dass Sie sexuelle Gefälligkeiten gegen Verträge austauschen?"

Hopes ganzer Körper war wie betäubt, während sie verarbeitete, was da passierte.

„Das braucht sie nicht", behauptete Maggie. Die Arme

waren vor ihrer Brust verschränkt, und sie machte ein so finsteres Gesicht, dass sie aussah wie eine Lehrerin, die Hope und Lucas gerade beim Knutschen in der Putzkammer erwischt hatte. „Sie hat ihr unangemessenes Verhalten mit Lucas King, dem Besitzer von Against the Grain Inneneinrichtung, bereits bestätigt. Ich bin sicher, wenn Sie etwas wühlen, finden Sie heraus, dass all ihre derzeitigen Kundinnen ihre Geschäftsbeziehungen zu ihr einstellen. Niemand will mit so einer was zu tun haben."

Der Nachrichtentyp nickte und drehte sich dann um, um in die Kamera zu sprechen. „Und da habt ihr es, Leute. Hope Andersons Geschäft als Eventplanerin ist in Schwierigkeiten. Moral und Anstand haben in Premonition Pointe wieder einmal gesiegt."

KAPITEL SECHZEHN

*H*ope kochte. Sie war so wütend, dass sie nicht mal reden konnte. Worte blubberten unzusammenhängend aus ihrem Mund, während sie beobachtete, wie der Reporter sich wieder zu seinem Nachrichten-Van zurückzog. Nachdem er sein unfassbar vorurteilsbehaftetes Statement vor der Kamera abgegeben hatte, hatte sie ihm die Leviten gelesen, aber es war zu spät. Die Sendung war vorbei, und die ganze Stadt würde nun denken, dass sie durch die Betten hüpfte, um sich Aufträge zu sichern. Und um alles noch schlimmer zu machen, waren die meisten ihrer männlichen Kunden verheiratet.

Einfach perfekt. Man hatte ihr das Etikett einer Ehebrecherin verliehen. Hope wettete, wenn sie über den Stadtplatz ging, würde sie alle möglichen unangenehmen Gedanken über sich hören. Sie verzog das Gesicht und beschloss, ihr bester Weg voran wäre es, nach Hause zu gehen und eine Presseerklärung abzugeben, die sich mit der Nachrichtensendung befasste, und zu hoffen, dass ihre ehemaligen Kunden diese unsäglichen Gerüchte leugnen würden.

Hope wirbelte herum und krachte sofort in die solide Gestalt eines halb nackten Mannes. „Uff."

„Ganz vorsichtig, Hübsche."

Sie wollte einen Schritt zurückmachen, stellte aber fest, dass sie von äußerst vertrauten Armen umfangen wurde. Sie kannte diese Arme. Und es waren nicht diejenigen, von denen sie wollte, dass sie sie hielten. Hope drückte Benji die Hand auf die Brust und schob ihn sanft zurück. „Hey. Was machst du denn hier?"

Er hob eine Augenbraue. „Ich dachte, ich hätte heute Abend ein heißes Date."

Heilige … Sie hatte völlig vergessen, dass sie sich mit ihrem Gelegenheitsfreund verabredet hatte. Aber das erklärte noch immer nicht, weshalb er halb nackt auf dem Stadtplatz war. „Nein, ich meine, warum bist du hier? Und wo sind deine Klamotten?"

Benji strich sich die dunklen Locken aus den Augen und lachte. „Ich habe beschlossen, heute Vormittag ein bisschen zu surfen. Die Wellen waren krass, bis der Wind nachgelassen hat. Dann dachte ich mir, ich schnappe mir was zu essen, bevor ich wieder in mein Hotel gehe. Stell dir meine Überraschung vor, als ich gesehen habe, wie du mit dieser Vorzeige-Mom geredet hast, und dann hörte, wie du sagst, dass du gestern Nacht Nacktbaden warst. Und jetzt will ich wissen, weshalb wir nicht schon mal so völlig entblättert im Meer rumgeplanscht sind." Seine Lippen wölbten sich zu diesem sexy schwachen Lächeln, und er schaute sie an, als wollte er sie gleich hier und jetzt vernaschen. „Willst du heute Nacht eine Wiederholung hinlegen?"

Das konnte sie nicht. Nicht nach ihrem Abend mit Lucas,

und nicht nachdem sie herausgefunden hatte, dass Peggy Pitsman versuchte, ihr Geschäft zu sabotieren. Hope wollte schon den Kopf schütteln, weil sie vorhatte, die Einladung abzulehnen, und dann eine geschmeidige Art finden, einen Rückzieher von dem Date zu machen, aber sie wurde unterbrochen, als sie eine weitere vertraute männliche Stimme sagen hörte: „Hope ist heute Abend beschäftigt."

„Lucas?" Sie wirbelte wieder herum und stellte fest, dass er mit geballten Fäusten dastand und Benji anstarrte. Hätte ihr Leben sich noch nicht angefühlt, als würde es zusammenbrechen, hätte sie die Szene vielleicht sogar zu schätzen gewusst. Benji war gebräunt und fit in seinen Surfer-Shorts und wirkte mit seinen zerzausten Locken, die ihm in ein Auge hingen, liebenswert, während Lucas eine Jeans, ein weißes T-Shirt und einen blauen Blazer trug. Er wirkte ganz wie ein erfolgreicher, stilvoller Geschäftsbesitzer. Verdammt, sie waren beide heiß. Aber sie wollte nur einen von ihnen.

„Wer ist der Typ, Hope?", fragte Lucas, der sie heftig anstarrte.

„Ach, Mann. Entspann dich. Ich bin nur ein Freund", sagte Benji, und Hope hätte ihn küssen mögen, weil er nicht erwähnt hatte, dass sie Freunde mit gewissen Vorzügen waren.

„Klingt für mich nach etwas mehr als Freunden", sagte Lucas, der sich mit einer Hand durch sein grau meliertes Haar fuhr.

„Na, Freunde können von Zeit zu Zeit ein bisschen Spaß haben, oder, Kleine?", sagte Benji, der Hope zuzwinkerte.

Hope stöhnte und wandte sich an Lucas. „Kannst du uns mal kurz geben? Dann kläre ich dich auf?"

Er starrte auf sie herab, das Kinn angespannt, und den Blick voller … Wut? Frust? Schmerz? Sie war sich nicht ganz sicher. Aber in Wahrheit hatte er doch kein Recht, wütend auf sie zu sein. Sie hatten ein Date gehabt und noch nicht über irgendwelche Zusicherungen gesprochen. Sie war immer noch frei, zusammen zu sein, mit wem sie wollte, oder? Nur weil sie sich am Vorabend geküsst hatten, bedeutete das gar nichts.

Lügnerin, dachte sie. Sie wollte einfach nicht aussprechen, was wirklich zwischen ihnen geschah.

Lucas hob die Hände und ging.

„Was hat der denn für ein Problem?", fragte Benji, der ihr eine Hand auf den Nacken legte. Normalerweise hätte sie sich in so eine Berührung geschmiegt. Aber stattdessen trat sie von ihm weg, fühlte sich, als würde er versuchen, sie für sich zu beanspruchen oder so was.

„Das ist mein Ex", sagte sie.

Benjis Blick huschte hinüber, wo Lucas auf einer Bank saß und sie anstarrte. „Welcher?"

Hope hatte eine ganze Reihe Exen. Mit den meisten war sie nur kurz zusammen gewesen, und dann hatten sie sich angefreundet. Tatsächlich hatten sie zwei von ihnen zur Patentante ihrer Kinder gemacht. Beide waren in die Stadt gezogen, also sah sie sie nicht oft, aber sie schickte Karten und Geschenke für die Kinder, damit verschwanden sie nicht ganz aus ihrem Leben. Lucas war so ziemlich der einzige Ex, mit dem sie nach der Trennung den Kontakt abgebrochen hatte. Es war einfach zu schmerzhaft gewesen. „*Der* Ex. Der Grund, weshalb das" – sie wedelte mit der Hand zwischen ihnen – „niemals mehr als nur oberflächlich war."

„*Der* Ex?", wiederholte er. „Ach. Interessant." Er lächelte auf sie herab, und die Gedanken drangen aus seinem Kopf. *Ich wette, ich kann dafür sorgen, dass sie ihn vergisst. Ich brauche nur ein paar Minuten und einen privaten Ort.*

„Das wird länger dauern als ein paar Minuten."

„Äh, was?", fragte er lachend. „Habe ich das laut ausgesprochen?"

Verdammt! Hatte er nicht, oder? Anstatt seine Frage zur Kenntnis zu nehmen, sagte sie: „Hör mal, Benji, das tut mir echt leid, aber ich muss absagen. Der letzte Abend mit Lucas war … Na ja, ich weiß nicht, was es war, aber ich habe einfach das Gefühl, dass es nicht richtig ist, mit jemand anderem auszugehen. Nicht, bis ich rausbringe, wie ich zu ihm stehe, und dazu, dass er wieder in mein Leben kommt."

Er trat näher an sie und drückte ihr die Hand auf die Wange, strich mit dem Daumen über ihren Wangenknochen. Normalerweise prickelte ihre Haut, wenn er sie so berührte. Jetzt fühlte sich ihre Haut angespannt an, vielleicht sogar kratzig, und sie wollte nur zurücktreten und wieder Platz für sich haben. Sie blieb allerdings stehen, ließ zu, dass er etwas sagte. „Du weißt, dass ich der Bessere für dich bin, oder?"

Hope stieß ein überraschtes lautes Lachen aus. „Ist das so? Wie das?"

„Ich bin locker. Ich gebe dir ein gutes Gefühl. Und es gibt keine Erwartungen. Kein Drama. Nur eine gute Zeit. Ich kann dafür sorgen, dass du ihn vergisst. Das weißt du."

Es hatte eine Zeit gegeben, als all das gestimmt hatte, aber die Dinge hatten sich verändert. „Du warst immer ein guter Freund, Benji. Es tut mir leid, dass ich dich versetze. Verzeihst du mir das?"

Er schaute noch einmal hinüber zu Lucas, dann zu ihr zurück. „So ist das also? Du willst es mit ihm probieren?"

Sie zuckte mit den Schultern. „Um dir die Wahrheit zu sagen, ich habe keine Ahnung, was ich mache, aber ich weiß, dass es für keinen von uns fair ist, wenn ich heute Abend mit dir ausgehe. Besonders nicht für dich, weil ich wirklich mit ihm zusammen sein will."

„Es klingt, als hättest du bereits deine Entscheidung getroffen."

„Ich schätze schon. Es tut mir leid, dass du hier raufgefahren bist und Geld für ein Hotel verschwendet hast." Sie schob sich die Hände in die Tasche ihrer Jeans.

„Mach dir keine Sorgen um mich. Das Surfen macht das doch alles wett. Und ich bin sicher, ich finde heute Abend an der Bar irgendwelche Schwierigkeiten."

Sie lachte. „Der bin ich mir auch sicher."

„Tust du mir einen Gefallen?", fragte er.

„Was denn?"

„Ruf mich an, falls das nicht funktioniert." Er beugte sich herab und streifte mit einem Kuss ihre Wange, dann ging er über den Platz davon.

Hope sah ihm nach, und als sie schließlich den Nerv hatte, drehte sie sich um zu Lucas und stellte fest, dass der Platz leer war. Entsetzen kam ihrer Magengrube auf, während sie sich umschaute und nach ihm suchte. Als ihr klar wurde, dass er gegangen war, schnaubte sie laut und begab sich auf den Weg zu Against the Grain.

KAPITEL SIEBZEHN

„Was meinst du damit, er ist einfach gegangen?", fragte Grace, während sie ein Glas Eistee für Hope einschenkte.

„Ich meine, einen Augenblick lang war er da, und sobald Benji gegangen ist, war er verschwunden", sagte Hope genervt. „Ich bin sogar zurück zu seinem Laden, aber die Tür war verschlossen, und das Schild stand auf *geschlossen*. Und er beantwortet meine Anrufe nicht."

Grace schnappte sich zwei Gläser Tee und wies mit dem Kopf auf ihr Wohnzimmer. „Setzen wir uns da rein. Es ist gemütlicher als auf diesen Esszimmerstühlen."

Hope folgte ihrer Freundin und warf sich auf ihre Polstercouch, fragte sich, wie sie es geschafft hatte, so rasch mit Lucas zusammenzukommen. Hatte sie sich nicht gesagt, dass sie das nicht wieder machen würde?

„Willst du, dass ich ihn anrufe?", fragte Grace, die mit übereinandergeschlagenen Beinen Hope auf dem Sofa gegenüber saß. „Ihn aufspüre, damit du ihm sagen kannst … was immer du ihm sagen musst?"

„Bei den Göttern, nein." Hope warf ihr einen Blick zu, der nahelegte, dass sie ihre Freundin für verrückt hielt. „Was bin ich denn? Dreizehn Jahre alt?"

Grace lachte und grinste ihre Freundin an. „Na, wenn es doch passt."

„Hör auf, Valentine. Ich scheine mich daran zu erinnern, dass du vor nicht allzu langer Zeit wegen eines gewissen jüngeren Typen die Wände hochgekrabbelt bist. Und wer war da, um dir zu helfen, das hinzukriegen?"

„Du. Dafür danke übrigens. Er ist … einfach das, was ich gebraucht habe", sagte Grace.

Hope schnaubte. „Da möchte ich wetten."

Es fühlte sich gut an, bei Grace zu Hause zu sein, selbst wenn der Grund, aus dem Hope bei ihrer Freundin hereingeplatzt war, daran lag, dass sie einen Zusammenbruch wegen der Männer in ihrem Leben hatte. Oder schon genauer einem Mann in ihrem Leben.

„Okay, also erzähl mir noch mal, was passiert ist. Er war einen Augenblick da und im nächsten nicht, oder? Was ist in dieser Zeit passiert?", fragte Grace.

„Ich weiß es nicht. Ich habe nur mit Benji geredet, unser Date abgesagt, das ich eigentlich ganz vergessen hatte, und dann, nachdem Benji weg war, habe ich gemerkt, dass auch Lucas weg ist", sagte Hope, die ihren Eistee umklammerte.

„Hast du Benji zum Abschied umarmt oder ihn berührt oder so was?", fragte Grace mit zusammengekniffenen Augenbrauen.

„Nein. Habe ich nicht, aber … ach, Mist." Hope schloss die Augen und sank zurück an das Sofa. „Benji hat mich berührt. Er hat mir die Wange gestreichelt und mir dann zum Abschied einen Kuss gegeben."

„Er hat dich geküsst! Und du fragst dich, weshalb Lucas

weg ist?" Der Unglauben ihrer Stimme ließ Hope zusammenfahren.

„Er mich auf die Wange geküsst. Es ist ja nicht so, als hätte ich mit dem Typen geknutscht", behauptete Hope. „Himmel. Hat das echt gereicht, dass er wegläuft? Nach allem, was passiert ist, ist das der Tropfen, der das Fass zum Überlaufen bringt?"

„Hope", sagte Grace, die den Kopf schüttelte. „Ernsthaft? Du hast mir gerade erzählt, dass dein Date mit ihm magisch war. Dann habt ihr einander gesagt, ihr würdet es noch mal versuchen. Und dann, genau am nächsten Tag, findet er heraus, dass du ein Date mit deinem Ersatz-Lover hast, und er sieht zu, wie der Typ dich küsst. Würde dich das nicht vertreiben? Wie würdest du dich fühlen, wenn du ihn mit irgend so einer anderen Trulla siehst, mit der er offensichtlich rumgehangen hat, bevor du zurück in sein Leben gekommen bist?"

„Das ist …" Hope stöhnte. Sie hatte gerade leugnen wollen, dass sie sich aufgeregt hätte, wäre die Situation umgedreht gewesen, aber das wäre eine offene Lüge gewesen. Sie wäre auch abgehauen. Es war sogar wahrscheinlich, dass sie abgeblasen hätte, was immer sie da angefangen hatten. „Das ist ein echter Schlamassel. Ich hätte schon früher absagen sollen, aber ich habe es völlig vergessen."

„Das richtet die Liebe mit einem an", sagte Grace.

„Sag dieses Wort nicht." Hope vergrub das Gesicht in den Händen. Als sie schließlich auftauchte, um Luft zu holen, sagte sie: „Da gibt's noch was anderes."

„Echt?", fragte Grace überrascht.

Bevor Hope fortfahren konnte, sprang die Tür auf und Lex kam herein, Graces Nichte.

„Hey!" Sie hielt eine Tüte mit Einkäufen in einer Hand und

winkte mit der anderen. „Was habt ihr beiden denn vor? Sieht aus, als würdet ihr tratschen."

„Stimmt auch", sagte Grace. „Stell die Lebensmittel weg und komm zu uns. Hope kann dir alles über ihre Dreiecksgeschichte erzählen."

„Ich habe doch keine Dreiecksgeschichte", beharrte Hope, die die Augen verdrehte.

„Na ja, nicht mehr", sagte Grace lachend.

Hope schaute hinüber, wo Lex in die Küche verschwunden war. „Weshalb übernimmt Lex deine Einkäufe? Ich dachte, sie wäre mit ihrer Freundin zusammengezogen."

„Ist sie auch. Sie hilft mir, das Abendessen zu machen. Owen kommt vorbei, und ich habe ihm gesagt, ich würde kochen."

Hope lachte. „Also rettet Lex dich, damit es essbar wird?"

„Genauso ist es", sagte Lex, während sie zurück ins Zimmer marschierte und sich neben Hope setzte, ihr die Arme um die Schultern legte. „Ich habe über dich heute einige verrückte Sachen gehört."

Hope seufzte. „Wie schlimm ist es?"

„Schlimm genug, dass die ganze Stadt darüber redet", sagte Lex mit einer Grimasse. „Du hast doch nicht wirklich mit Pauly Pitsman geschlafen, nur um jedes Jahr seine ausgefallene Weihnachtsparty organisieren zu können, oder?"

„Moment. Was?", rief Grace, während sie sich aufrichtete.

„Natürlich nicht", sagte Hope, und dann setzte sie zu einer Erklärung an, fing mit ihren Kundinnen an, die abgesagt hatten, und schloss mit dem, was auf dem Stadtplatz mit Maggie und dem Reporter passiert war. „Ich weiß, dass das alles auf Peggy Pitsman zurückgeht. Glaubt sie wirklich, dass ihr alle diesen Müll abkauft?"

„Vielleicht", sagte Grace. „Du hast vor der Kamera bestätigt, dass du Nacktbaden mit Lucas was, der einer deiner Kunden ist."

„Aber Pauly Pitsman? Und andere Leute in der Stadt? Kommt schon!", rief Hope. „Alle wissen, dass Lucas und ich in der Vergangenheit schon öfter mal zusammen waren. Es ist doch nicht so schockierend, dass wir wieder zusammen sind."

„Aber natürlich nicht." Grace tätschelte ihr das Knie. „Aber denk mal darüber nach. Es gibt eine Menge neue Leute in der Stadt, seit du und Lucas zum letzten Mal zusammenwart. Nicht jeder kennt eure Geschichte. Und du hast viele Typen hintereinander gedatet. Sie sind nicht daran gewöhnt, dich mit nur einem Mann zu sehen."

„Es bedeutet doch alles nicht, dass sie eine Hure ist, Tante Grace", tadelte Lex, die eindeutig für Hope frustriert war.

„Das weiß ich, Liebling. Ich habe nur das Szenario ausgemalt, an das sich einige der Tratschtanten in der Stadt klammern werden, um Hopes Leben elend zu machen. Wir müssen das vorwegnehmen. Je eher, desto besser", sagte Grace.

„Da stimme ich zu, aber bis auf eine Presseankündigung, die womöglich keiner lesen wird, bin ich nicht sicher, was ich da machen soll", sagte Hope.

„Überlass das mir." Lex schob sich vom Sofa.

„Was hast du denn vor?" Hope beäugte sie argwöhnisch.

„Mach dir deswegen keine Sorgen. Ich übernehme das. Du kümmerst dich nur um Lucas und wie du den Schlamassel beseitigst, in dem du steckst." Sie beugte sich nach unten und umarmte Hope.

Sie beobachteten, wie Lex sich in die Küche begab.

„Was glaubst du denn, dass sie vor hat?", fragte Hope Grace.

„Ich wette, sie lässt ihre Bekannten daran arbeiten, Peggy Pitsman bloßzustellen", sagte Grace. „Peggy war eine fiese Mutter, als Lex in der Schule war. Sie war die Präsidentin des

Elternbeirats, bevor sie beschloss, zur Eventplanerin zu werden. Auf jeden Fall hat sie immer versucht, sicherzustellen, dass ihre Tochter im Mittelpunkt von allem stand, selbst wenn es bedeutete, anderen Kindern Chancen wegzunehmen. Ich wette, dass Lex und Jackson es lieben würden, einen Grund zu finden, sie auf ihren Platz zu verweisen."

So nett das auch klang, Hope wollte nicht, dass die Lage noch schlimmer wurde. Sie stand auf und schloss sich Lex am Küchentresen an. „Hi, ich will nur sicherstellen, dass wir uns einig sind wegen dieser Vorwürfe, die man mir entgegenschleudert."

„Okay. Leg los." Lex, die ausgebildete Köchin war, machte sich daran, Gemüse für das Abendessen zu schneiden, das sie für Grace und Owen zubereitete.

„Du machst aber nichts Verrücktes, oder? Etwa Rache an Peggy Pitsman zu nehmen, weil sie so eine krasse Zicke war?"

Lex stieß ein lautes Lachen aus. „Sagst du, du willst nicht, dass Peggy mit Zeter und Mordio untergeht?"

„Nein. Das würde ich nur zu gerne sehen. Ich will nur nicht, dass die Lage sich verschlimmert. Ich kann nicht anders, als mir vorzustellen, dass wir beide in einer Nachmittagstalkshow enden, wo wir erklären, wie wir festgenommen wurden, weil wir uns wegen irgendwas Dummem gerauft haben, wie dem letzten Heliumtank im Laden mit Partyausstattung."

Lex hielt inne beim Schneiden und warf Hope ein fieses Lächeln zu. „Vertrau mir, Hope. Bis wir mit Peggy fertig sind, wird sie es nicht mehr wagen, deinen Namen auszusprechen, ganz zu schweigen davon, sich mit dir wegen etwas Helium über einen schmutzigen Kachelboden zu rollen."

„Hölle auch." Hope schloss die Augen und holte tief Luft. „Bitte sorgt nur dafür, dass ich nicht wieder in den

Nachrichten lande. Und um der Göttin willen, mach bloß nicht auf Tonya Harding."

„Tonya Harding?", fragte Lex, die verwirrt wirkte.

„Du weißt schon. Die Eiskunstläuferin, deren Mann dafür gesorgt hat, dass eine andere Eiskunstläuferin vor einem großen Wettbewerb am Knie verletzt wird? Sie waren beide bei Olympia." Als Lex nicht antwortete, sagte Hope: „Ach, egal. Offensichtlich zeigt sich mein Alter. Die Regeln sind: keine körperlichen Angriffe auf sie, keine Lügen, mach nichts, was dafür sorgt, dass ich wieder in den Nachrichten auftauche. Verstanden?"

„Keine Lügen? Echt?", fragte Lex, die genervt klang. „Nach den Lügen, die sie über dich verbreitet hat?"

„Das ist nicht meine Art", sagte Hope. „Macht was bekannt, das sie tatsächlich getan hat. Keine Fake News."

Lex' Augen glitzerten, während sie Hope angrinste. „Wenn die Schmutzwäsche auf dem Tisch darf, musst du dir über nichts Sorgen machen. Wir haben da schon vorgesorgt. O Mann, das wird toll. Sie hat mich und Jackson richtiggehend gehasst, als wir in der Schule waren. Es wird sich gut anfühlen, sie ein wenig zurechtzustutzen."

„Ich glaube, ich habe ein Monster geschaffen", murmelte Hope. Sie zog sich ins Wohnzimmer zurück, fand Grace dort, wo sie sie zurückgelassen hatte. „Was soll ich wegen Lucas unternehmen?"

„Ist das nicht offensichtlich?", fragte Grace.

„Äh, ganz offensichtlich nicht. Ansonsten würde ich nicht in deinem Wohnzimmer stehen und dich um Rat fragen."

„Geh ihn suchen. Entschuldige dich. Mach, was du tun musst, damit er dich heute Abend wieder ausführt, und dann mach dich wieder nackig. Nur dass du es diesmal in einem Bett tust, und nicht im Pazifik."

Hope wollte widersprechen, aber Grace hob die Hand, um sie aufzuhalten.

„Wenn du das richtigstellen willst, musst du dich entschuldigen. Das mit dem Nackigmachen ist optional, je nachdem, wie es läuft."

Sie hatte recht. Nicht mit dem Nackigmachen, sondern wegen der Entschuldigung. Sie musste gehen und mit ihm reden. Und je eher, desto besser.

„Ich glaube, ich weiß, wo er ist", sagte Hope, eher zu sich als zu ihrer Freundin.

„Gut. Geh und hol ihn dir." Grace erhob sich. „Jetzt muss ich meiner Nichte helfen, diese Mahlzeit zubereiten, damit ich nicht lüge, wenn ich Owen sage, ich hätte gekocht."

Hope lachte leise, und dann ging sie, um ihren Mann zu suchen.

KAPITEL ACHTZEHN

*E*s dauerte nicht lange, bis Hope Lucas fand. Er war genau dort, wo er immer hinging, wenn er Sorgen hatte. Der Wind fuhr ihr in die Haare, während sie die Holztreppen hinaufstieg, die zum Leuchtturm von Premonition Pointe an der Südseite der Stadt führten.

Er lehnte am Geländer, sah hinaus auf die aufgewühlte See. „Ich habe mich gefragt, ob du kommen würdest, um mich hier zu suchen."

„Wo sollte ich denn sonst hin?", fragte Hope.

Er zuckte mit den Schultern. „Auf dein Date mit dem Surfer?"

„Nach gestern Abend? Das wäre doch nie passiert." Hope sah den Kopf eines Seelöwen aus dem Wasser ragen, und sie deutete wortlos darauf.

Er nickte, was nahelegte, dass er das Tier gesehen hatte. Dann schaute er zu ihr. „Er schien nicht zu wissen, dass das Date abgesagt war."

„Das war meine Schuld." Sie lächelte ihn schwach an. „Ich habe nicht nur vergessen, ihm abzusagen, ich habe völlig vergessen, dass ich dem Date überhaupt zugestimmt hatte. Ich bin sicher, das macht mich zu einem schrecklichen Menschen, aber siehst du, der Typ, mit dem ich gestern zu Abend gegessen habe, hat einfach meine Gedanken für sich beansprucht."

Lucas stieß ein Knurren aus und dachte: *Was würde ich nur geben, um zu hören, was in deinem Kopf los ist.*

Hope legte ihre Hand über seine und drückte sie. „Bist du dir da sicher?"

Er schaute nicht mal zu ihr, als er antwortete: „Ja."

Bei den Göttern, sie war froh, dass es ihn nicht nervte, dass sie manchmal seine Gedanken hören konnte. Ein Gefühl des Friedens strömte über sie hinweg. Wie hatte sie solches Glück gehabt, Leute in ihrem Leben zu haben, die ihre neue, grenzüberschreitende Fähigkeit einfach akzeptierten? Leute, die sie so bedingungslos liebten, dass diese Veränderung in ihrem Leben sie überhaupt nicht beeinträchtigt hatte. „Erst einmal bedaure ich meine Entscheidung, gestern Nacht Nacktbaden gewesen zu sein, anstatt dich einfach zu mir mitzunehmen."

Er drehte die Hand um und spannte die Finger über ihren an. „Liegt das daran, dass die ganze Stadt über unsere Sperenzchen redet?"

Hope lachte leise. „Nein. Mir ist es echt egal, ob sie wissen, dass ich nackt mit dir herum geplanscht habe. Aber es hätte mein Leben leichter gemacht, und ich wäre vermutlich entspannter." Sie zwinkerte ihm zu.

„Nicht vermutlich", sagte er mit einem Lachen. „Was geht dir denn sonst noch durch den Kopf? Ich kann doch geradezu spüren, wie angespannt du bist."

Sie seufzte schwer. „Es scheint, als würde ein hässliches Gerücht die Runde machen, dass ich sexuelle Gefälligkeiten für Geschäftsgelegenheiten eintausche. Heute haben mir drei Kunden abgesagt. Also stell dir vor, wie enttäuscht ich bin über die Tatsache, dass ich zwar dafür belangt werde, aber nie was davon hatte."

„Es gibt ein Gerücht, dass du was tust?" Lucas' Miene ging von schockiert auf richtiggehend angepisst über. „Wer hat denn dieses Gerücht in die Welt gesetzt?"

„Ich bin ziemlich sicher, das war Peggy Pitsman. Sie ist verbittert, weil die meisten aus der Stadt zu mir kommen, um ihre Events organisieren zu lassen. Diese versehentliche Pressekonferenz heute hat überhaupt nicht geholfen."

„Verdammt, Hope. Es tut mir so leid." Er drehte sich um und legte die Arme um sie, zog sie dicht heran. „Ich hätte gestern Abend niemals das Nacktbaden vorgeschlagen, hätte ich gewusst, dass das passieren würde."

„Ist nicht deine Schuld. Ehrlich, ich glaube nicht, dass das irgendjemanden interessiert hätte, wäre nicht dieses verdammte Gerücht." Sie lehnte den Kopf an seine Schulter.

„Was kann ich tun?", fragte er, streifte mit den Lippen ihre Wange.

„Mich heute Abend ausführen? Wie es sich erweist, ist mein Kalender plötzlich frei."

Sein Griff um sie verfestigte sich, und er schob ihren Kopf unter sein Kinn. „Nur zu gern. Wann soll ich dich denn abholen?"

„Um sechs."

„Alles klar." Er senkte den Kopf, und als seine Lippen auf ihre trafen, schmolz Hopes ganzer Körper richtiggehend in ihn hinein. Der Rest ihres Lebens mochte ja um sie herum zerfallen, aber die Sache mit Lucas? Aus welchem Grund auch immer fühlte sie sich einfach richtig an. Als würden sie vielleicht endlich herausfinden, wie sie das zum Funktionieren brachten.

～

LUCAS HIELT HOPES HAND, während sie die Hauptstraße von Premonition Pointe entlanggingen. Sie hatten bereits in einem kleinen italienischen Restaurant gegessen, und sie hatten beschlossen, zum Nachtisch zur *Birds Eye Bakery* zu gehen. Hope sehnte sich nach einer Johannisbär-Pie, und Lucas wollte sich unbedingt ein Stück Key Lime holen.

„Wie fühlt es sich denn an, wieder in deiner Heimat zu sein, nachdem du so lange in der Stadt gelebt hast?", fragte ihn Hope.

„Ehrlich gesagt ist es eine Erleichterung." Seine Augen legten sich vor Erheiterung in Falten. „Ist es nicht witzig, wie sich das, was du glaubst zu brauchen, oft als völlig irrelevant erweist?"

Hope schaute ihn finster an. „Ich bin mir nicht sicher, ob ich verstehe, was du damit sagen willst."

„Nur, dass ich mir vorgestellt habe, mein Leben würde erst dann komplett sein, wenn ich endlich bewiesen habe, dass ich es als Möbeldesigner schaffe. Oder als ich zum ersten Mal in einem Designmagazin gezeigt wurde. Oder sogar, als ich anfing, Einladungen für exklusive Partys mit bekannten Köchen und nicht ganz so bekannten Schauspielern zu erhalten."

„Willst du, dass ich mich wegen irgendwas schlecht fühle oder so?", fragte Hope mit einem Lachen. „Denn mir ist buchstäblich nichts davon passiert."

„Du hast es als Galeriebesitzerin geschafft, und dann erneut als Eventplanerin", erwiderte er.

„Na, aber das ist nicht genau dasselbe. Jeder könnte das tun, wenn er oder sie sich dahinter klemmt."

„Aber du hast es geschafft, beides sehr gut zu machen. Wir wissen beide, wie schwer es ist, zu wachsen und ein erfolgreiches Geschäft langfristig zu behalten. Du bist herausragend in dem, was du tust, Hope, und da ich ein Kunde bin, weiß ich das."

Sie verdrehte die Augen. „Ich finde, du bist trotzdem parteiisch. Auf jeden Fall erzähl doch mal weiter, was du sagen wolltest. Du hast es geschafft, und du bist ein wichtiger Möbeldesigner. Du stehst hoch im Kurs bei wichtigen Leuten, und doch hast du das Gefühl, dein Leben wäre nicht komplett. Warum? Was fehlt?"

„Jemand, mit dem ich es teilen kann." Er warf ihr einen Blick zu und schenkte ihr ein sexy schiefes Lächeln, das immer ihre Knochen zum Schmelzen brachte.

„Das ist ein ziemliches Klischee, findest du nicht?", fragte sie und versuchte, zu verhindern, dass sie den Verstand verlor. Diese Unterhaltung war in eine Richtung abgebogen, die sie nicht erwartet hatte. Obwohl sie das vielleicht hätte tun sollen. Es war ja nicht, als hätte er mit seinen Absichten hinterm Berg gehalten, seit er wieder in der Stadt angekommen war.

„Es ist die Wahrheit." Er blieb vor der Bäckerei stehen und drehte sich zu ihr um. „Ich sage nicht, dass es die falsche Entscheidung war, dass ich das Städtchen verlassen habe, oder dass es falsch war, dass du hiergeblieben bist. Wir treffen alle Entscheidungen, die dazu führen, dass wir werden, wer wir sind. Ich weiß nicht, was für ein Leben ich führen würde, wenn ich hiergeblieben wäre. Vielleicht wäre ich verbittert oder in einem Job gelandet, den ich hasse. Oder vielleicht hätte ich dich geheiratet, und wir hätten vier Kinder und würden gerade das letzte zum College wegschicken."

„Kinder?" Hope schüttelte den Kopf, und ihr Magen fühlte sich an, als hätte sie einen Felsbrocken verschluckt. „Ich habe es ernst gemeint, als ich dir gesagt habe, dass ich kein Interesse an Kindern habe. Das hat sich nicht geändert. Willst du darauf hinaus? Bedauerst du, dass du keine Familie gegründet hast?"

„Nein. Überhaupt nicht. Ich sage nur, dass unsere Lebenserfahrungen uns formen, darum will ich kein Leben führen, das ich bedaure. Aber ich bin zu dem Schluss gekommen, dass der ganze Erfolg, den ich mir aufgebaut habe, sich schrecklich leer anfühlt, wenn es niemanden gibt, der ihn mit mir teilt. Ich habe dich höllisch vermisst, Hope. Und falls das nicht klar ist, ich habe total vor, diese Beziehung zu reparieren und sie dann niemals wieder loszulassen."

Sie bekam keine Luft mehr, während sie ihn verblüfft anstarrte. Er hatte gerade alles aufs Spiel gesetzt. Nun war sie am Ball, und sie wusste nicht, was sie damit tun sollte. Tief im Herzen erkannte sie, dass sie dasselbe wollte. „Ich weiß nicht, was ich dazu sagen soll."

„Du musst gar nichts sagen, Hope. Sei nur vorbereitet. Denn ich gebe nicht auf."

Ein träges Lächeln trat auf ihr Gesicht, während sie erwiderte: „Okay."

„Okay? Was soll das denn heißen?"

„Es heißt, ich werde vorbereitet sein." Sie ging auf die Zehenspitzen und küsste ihn sanft auf die Lippen. „Jetzt gehen wir rein. Du hast mir Kuchen versprochen."

Er lachte leise. „Das stimmt." Er öffnete ihr die Tür und fügte an: „Nach dir."

KAPITEL NEUNZEHN

*B*is es Montag wurde, hatten Hope zwei weitere
Kunden abgesagt. Der lokale Nachrichtensender
hatte den Clip gezeigt, in dem sie zugab, mit Lucas, einem
ihrer Kunden, nackt gebadet zu haben, und zwar bestimmt ein
halbes Dutzend Mal. Darauf war die Geschichte gefolgt, bei
der sie den Zuschauern mitteilten, man hätte Hope genau an
diesem Abend noch einmal mit Lucas gesichtet, und dann
wieder, als sie am Sonntagvormittag zusammen Brunch
gegessen hatten, was noch einmal eine großzügige Portion Öl
ins Feuer goss.

Trotzdem bedauerte sie gar nichts. Ihr Abend mit Lucas
war perfekt gewesen. Nach dem Abendessen hatte er sie nach
Hause gebracht, und sie saßen auf der Veranda und lauschten
den Wogen, die in der Ferne brandeten. Er erzählte ihr
Geschichten von seiner Zeit in Boston, und sie sprach darüber,
wie sie die Kunstgalerie geschlossen und ihr Geschäft als
Eventplanerin eröffnet hatte, damit sie mehr Freiheiten hatte,
sowohl in ihrer Zeit als auch finanziell. Es hatte angefangen,
an ihr zu nagen, einen tatsächlichen, begehbaren Laden zu

betreiben. Er hatte gelacht und gesagt, dass er das völlig verstand.

Sie hatte in Betracht gezogen, ihn hereinzubitten, aber nach seiner Erklärung beschloss sie, dass es besser war, die Dinge langsam anzugehen. Sie wollte hundertprozentig sicher sein, dass sie genauso bereit war wie er, sich auf ihre Beziehung einzulassen, bevor sie diesen Weg einschlug. Wenn sie mit ihm schlief, würde das nur ihre Urteilskraft trüben.

Außerdem, wie sie ihm sagte, wollte sie nach dem Spektakel auf dem Stadtplatz nicht, dass sein Truck die ganze Nacht vor ihrem Haus geparkt stand. Das letzte, was sie brauchte, war eine Bestätigung der Gerüchte, dass sie mit ihren Kunden ins Bett ging. Und den Göttern sei es gedankt, dass er nicht über Nacht geblieben war. Sie konnte sich nur vorstellen, was die Nachrichten berichtet hätten, hätte jemand seinen Truck am nächsten Vormittag gesehen.

Kleinstädte, dachte sie angeekelt. Normalerweise liebte sie es, alle zu kennen. Diese Verbindung zu haben. Aber an manchen Tagen wollte sie nichts mehr, als dass Lucas sie nach Boston brachte, wo sie keiner kannte. Doch es war ihr noch nie möglich gewesen, ihre Heimat zu verlassen. Was brachte sie auf die Idee, dass sie das jetzt tun könnte? Sie schob den Gedanken aus dem Kopf und ging zu ihrem Treffen mit Skyler. Der Lichtblick an ihrem Vormittag war, dass er ihr nicht abgesagt hatte. Sie hatte angerufen, um es zu bestätigen, nur um sicherzugehen. Sie mussten eine Hundehochzeit planen.

„HEY, hey! Hope. Hier drüben." Skyler sprang aus seinem Stuhl auf und wedelte mit beiden Händen, um Hopes Aufmerksamkeit auf sich zu ziehen.

Sie grinste sofort und lachte dann. Es war nicht, als wäre im *Pointe of View Café* so viel los gewesen, dass sie ihn nicht gleich gefunden hätte, aber sie genoss seine Begeisterung. Der umwerfende Designer trug eine karierte Hose, ein korallenrotes Hemd und passende Hosenträger. „Du siehst toll aus", sagte sie und beugte sich vor, um ihn rasch zu umarmen.

„Du auch." Er musterte sie, beäugte sie kritisch. „Nur dass ich etwas Schlüpfrigeres erwartet hätte, wenn man deinen Ruf bedenkt." Er zwinkerte ihr übertrieben zu, und dann warf er den Kopf in den Nacken und lachte.

„Echt süß, Skyler", sagte sie und verdrehte die Augen. „Pass bloß auf, oder du wirst auch noch bald in der Gerüchteküche verwurstet. Bist du sicher, dass du das wagen willst?"

„Ja, so was von. Ich werde ja nicht jeden Tag für einen Hetero gehalten. Das wäre mal ein Spaß."

Nun war es an ihr, ihn kritisch zu beäugen. „Ich bin mir ziemlich sicher, dazu kommt es nie."

Er grinste. „Ich mag dich."

„Ich mag dich auch."

„Jetzt lass mich dir was zu trinken besorgen", sagte er und ging bereits zum Tresen. „Was magst du denn?"

„Das musst du nicht. Ich bin normalerweise diejenige, die sich um …"

„Streite nicht mit mir, Hope. Ich hole mir einen doppelten Vanilla Latte mit extra Sahne. Was nimmst du?", beharrte er, starrte sie mit dem Todesblick an.

„Karamell Mocca."

„Extra Sahne?", fragte er sie mit einer gehobenen Augenbraue.

Sie lachte. „Ja."

„Dachte ich mir." Er wirbelte herum und war dann unterwegs zur Bar. Als er zurückkehrte, reichte er ihr die größte Kaffeetasse, die sie je gesehen hatte, und ein Stück Kuchen. „Ich dachte, du könntest dir heute ein bisschen was gönnen. Ich weiß, ich würde das tun, wenn ich du wäre."

„Sind die Gerüchte so schlimm?", fragte sie und nahm einen Schluck von ihrem süßen Gebräu. „Heilige Scheiße, das schickt mich in ein frühes Grab, oder?"

„Zumindest stirbst du dann glücklich."

Hope nickte. „Auch wahr. Das ist köstlich. Vielen Dank."

„Gern geschehen." Er nippte an seiner eigenen riesigen Tasse und beugte sich dann auf die Unterarme gestützt vor. „Was hast du denn dieser elenden Peggy Pitsman angetan?"

Hope hob eine Hand und schüttelte den Kopf. „Abgesehen davon, dass ich die bessere Event-Organisatorin bin, habe ich keine Ahnung."

„Das platzt wohl jemand vor Neid. Die Geschichten, die sie gestern über dich erzählt hat, kannst du echt nicht glauben. Ich wollte ihr die Augen auskratzen." Der Ausdruck auf seinem Gesicht war mörderisch, und Hope lachte beinahe. Sie hatte den Mann erst einmal getroffen, und er war schon genauso beschützerisch wie Grace und Lex.

„Noch mehr Müll über sexuelle Gefälligkeiten?", fragte Hope mit einem Stöhnen.

„Nö. Na ja, eigentlich ja, damit hat sie angefangen, aber Pete hat ihr eine Geschichte erzählt, wie er sich ganz nach oben geschlafen und es keine Sekunde lang bereut hat. Dann hat er vorgeschlagen, sie solle es mal versuchen, bevor sie sich darüber ein Urteil bildet." Skyler schnaubte. „Du hättest den Ausdruck auf ihrem Gesicht sehen sollen. Sie wirkte, als hätte sie gerade saure Milch getrunken."

Hope konnte ein Kichern kaum zurückhalten, als sie fragte: „Hat er das echt gesagt?"

„Welchen Teil?" Skylers Augen funkelten vor Erheiterung.

„Den Teil, dass er sich nach oben geschlafen hat, und die Andeutung, dass sie es auch versuchen soll?"

„Das kannst du glauben. Pete kann so arrogante Tussen nicht ausstehen."

„Stimmt es?", fragte sie und schaute ihn skeptisch an.

Skyler lachte leise. „Ja und Nein. Pete hat es mit seinem Boss getrieben, bevor wir uns begegnet sind, aber das ist nicht der Grund, weshalb er befördert wurde. Er ist genial in dem, was er tut. Er wollte nur, dass sie den Mund hält. Leider hat es nicht funktioniert."

„Oh, was hat sie denn noch gesagt?" Hope spürte, wie sie sich anspannte. Falls Peggy Pitsman mit ihrem Angriff nicht aufhören würde, würde Hope keine andere Wahl bleiben, als in den Krieg zu ziehen. Das wollte sie gar nicht, aber sie konnte sich nicht zurücklehnen und zulassen, dass Peggy ihren Ruf zerstörte.

„Sie hat versucht, uns zu erzählen, deine letzten drei Events hätten dazu geführt, dass der Großteil der Teilnehmer Lebensmittelvergiftung bekam."

„Was?" Hope fuhr fast aus ihrem Stuhl hoch. „Das meinst du doch nicht ernst? Nichts könnte weiter von der Wahrheit entfernt sein."

„Ich weiß", sagte er überzeugt. „Du glaubst doch nicht, ich lasse von *irgendwem* unsere Hundehochzeit organisieren, oder? Ich weiß, wie man Leute überprüft, um sicherzustellen, dass man mit den Besten arbeitet."

Hope konnte nicht anders. In ihren Augen brannten Tränen. Es fühlte sich zu verdammt gut an, jemanden zu haben, der diesen Schwachsinn durchschaute und bei ihr blieb, trotz der hässlichen Gerüchte. „Vielen Dank."

„Du musst mir nicht danken", sagte er, griff über den Tisch, um ihr kurz die Finger zu drücken. „Denn, Süße, ich werde vermutlich dein nervigster Kunde aller Zeiten. Sei nicht überrascht, wenn ich dich zu allen möglichen Unzeiten anrufe. Ich kann einfach nicht anders, wenn mein Hirn arbeitet."

Hope stöhnte. „Du wirst mich echt tierisch nerven, oder?"

„Ja. Aber du wirst mich trotzdem lieben, denn ich bin treu und witzig, und ich fahre jedem über den Mund, der es verdient." Er lächelte sie frech an, was sie zum Lachen brachte.

„Ich glaube, mit diesen Bedingungen kann ich arbeiten. Also, machen wir uns ans Werk. Ich habe mir Notizen gemacht." Sie holte einen Hefter aus ihrer Tasche und legte ihn auf den Tisch.

„Das ist gut", sagt Skyler. Seine grünen Augen blitzten schelmisch, als er nach etwas in einer Umhängetasche griff, die ihr gar nicht aufgefallen war, und einen Hefter herausholte, der doppelt so groß war wie ihrer. „Denn ich habe das auch getan."

Hope ließ den Kopf auf den Tisch sinken und lachte. Als sie wieder hochkam, legte sie den Kopf zur Seite und sagte: „Du bist liebenswert, weißt du das?"

„Das freut mich zu hören, denn das ist genau der Zeitpunkt, an dem die meisten Leute weglaufen." Sein Tonfall war locker, aber ein Hauch Ernsthaftigkeit stand hinter den Worten, und sie hatte keine Schwierigkeiten zu glauben, dass er einfach ein bisschen zu ausgefallen für manche Leute war.

„Auf gar keinen Fall. Wir sind beste Freunde, ob du es magst oder nicht. Du und Pete habt es mit meiner Nemesis aufgenommen. Ein besseres Ritual, um sich aneinanderzubinden, gibt es nicht."

„Habe ich gesagt, dass ich dich mag?", fragte er.

„Ja, hast du. Jetzt kommst du da nicht mehr raus."

„Eigentlich wollte ich sagen, ich liebe dich." Er hielt eine

Hand vor ihr hoch. „Wir müssen einander unsere Treue schwören."

Mit einem besseren und leichteren Gefühl als in den letzten achtundvierzig Stunden hob sie ebenfalls die Hand und sagte: „Ich schwöre es."

Er wiederholte ihre Worte, dann öffnete er seinen Hefter. „Zeit, an die Arbeit zu gehen. Was hältst du von diesen Filz-Repliken? Ich dachte, die könnte man als Deko benutzen."

Hope warf einen Blick auf das Bild mit einem gefilzten Minihund, der genauso aussah wie der echte Hund, der daneben saß. Sie runzelte die Stirn. „Echt? Die sehen aus wie Voodoo-Hunde."

Skyler schaute noch einmal auf das Bild und verzog dann das Gesicht. „Weißt du was? Du hast recht." Er zerknüllte das Papier und warf es über die Schulter. „Ich wusste, dass es eine gute Sache war, dich anzuheuern."

„Ich muss dran denken, Gigi für ihre Einladung zu danken, denn ich liebe es, dass du das alles dabei hast." Hope wedelte zu seinem Hefter hin. „Wir werden so viel Spaß haben."

„Mädchen", sagte er, seine Stimme ging eine Oktave hoch. „Du hast ja keine Ahnung."

KAPITEL ZWANZIG

„ *M* ir scheint, wir sollten für dieses Ritual das Blut unserer Vorfahrinnen haben", sagte Joy, die den Rotwein beäugte, den sie in ihrem Glas schwenkte. Sie saß im Schneidersitz auf der Klippe, das Feuer, das sie beschworen hatten, flackerte in ihren blauen Augen.

Hope hatte sie gemustert und versucht herausfinden, wie es ihr ging. In den letzten paar Tagen hatte Joy sich rar gemacht, und Hope hatte allmählich vermutet, dass die Realität, dass Paul sie verließ, letztlich über sie hereingebrochen war. Aber nach dieser Aussage musste sie sich zwingen, keinen Lachanfall zu bekommen. „Äh, Joy, ich weiß, wir sind Hexen, aber wollen wir wirklich so viel Mühe aufwenden? Weißt du noch das letzte Mal, als wir Blut von den staubigen alten Knochen unserer Verwandten beschworen haben?"

„Von staubigen alten Knochen?", fragte Gigi, die ein wenig grün im Gesicht wurde.

„Du weißt schon", sagte Grace ganz locker, „es würde vermutlich helfen, uns besser aneinanderzubinden."

„Ich glaube, der Wein ist gut genug", sagte Gigi nervös,

während sie sich mit der Hand über den Baumwollrock fuhr. „Ich meine, wir wollen doch nicht die Geister stören, wenn wir es nicht müssen, oder?"

Joy stieß ein Kichern aus und schlug sich dann rasch eine Hand über den Mund. „Tut mir leid. Das ist einfach nur zu witzig."

Hope und Grace gaben dem Humor nach und fingen an, mit ihr zu lachen.

„Ach, sehr witzig", erwiderte Gigi trocken. „Es macht immer Spaß, auf der Neuen herum zu hacken, oder?"

„Ja", sagten sie alle drei gleichzeitig.

„Du kannst dich auch gleich daran gewöhnen", erklärte Grace milde. „Du schließt dich unserem Zirkel an. Wir drei werden niemals aufgeben."

„Aber die gute Nachricht ist, dass du immer drei Schwestern haben wirst, auf die du dich verlassen kannst", fügte Joy an, die ihr die Hand drückte.

Hope nickte nachdenklich und fuhr fort: „Und wir werden bereit sein, dich zu rächen, sollte irgendeine Arschgeige beschließen, deinen Ruf zu ruinieren, weil sie eine eifersüchtige Schlampe ist, die keinen eigenen Erfolg findet, obwohl ihr jedes Privileg zuteilgeworden ist, darunter ein Mann, der ihren Laden finanziell unterstützt."

„Ach, Himmel. Das war ziemlich konkret", murmelte Grace.

Hope stieß ein lautes, humorloses Lachen aus. „Tut mir leid. Entschuldigt bitte meine Tirade. Falls ihr es nicht gemerkt habt, Peggy Pitsman hat mir den letzten Nerv geraubt." Hope hatte eine weitere Kundin verloren und den Großteil ihres Tages damit verbracht, zu erklären, dass sie gewiss keine Cateringfirmen nutzte, die nicht dem Standard entsprachen und die in letzter Zeit dreimal von der Gesundheitsbehörde geschlossen worden waren.

„Wir könnten Peggy verfluchen", sagte Grace. „Ich bin ziemlich gut mit Geschlechtskrankheiten als Flüchen, falls ihr das nicht mehr wisst."

Hope und Joy brachen in Gelächter aus, aber Gigi schien sich von ihr entfernen zu wollen.

„Keine Sorge", sagte Hope. „Grace hat das nicht absichtlich gemacht. Der Fall lag so, dass sie einen Fluch mit einem Wunsch ins Dasein gerufen hat, ohne auch nur einen Zauber zu wirken. Starke Gefühle können das hin und wieder passieren lassen, und Graces Mann hatte sie gerade verlassen, um mit seiner Büroempfangsdame zusammen zu sein. Ist es da ein Wunder, dass sie ihnen beiden Feigwarzen gewünscht hat?"

„Ach du liebe Güte." Gigi fing an zu kichern und lachte dann so fest, dass sie rückwärts auf den Boden fiel und sich den Bauch hielt, bis sie sich schließlich wieder zusammenriss. „Grace, das ist zu viel. Verdammt, jetzt bin ich enttäuscht, dass du sie meinem Ex nicht auch verwünscht hast."

„Um ehrlich zu sein, ich auch", sagte Grace, die ihr Weinglas zu einem gespielten Salut hochhielt. „Nächstes Mal?"

„Nächstes Mal", stimmte Gigi zu.

Grace schaute zu Joy. „Was ist mit dir? Irgendwelche Sonderwünsche für Paul? Herpes? Warzen? Furunkel?"

„Furunkel? O mein Gott. Er würde sterben." Joy kicherte über den Gedanken, dann schüttelte sie den Kopf. „So wunderbar das klingt, ich glaube, es ist am besten, das auf sich beruhen zu lassen. Ich brauche kein Öl mehr im Feuer bis nach der Scheidung."

„Gute Idee", sagte Gigi, die ihr Glas hob, wie es Grace vor ein paar Augenblicken getan hatte. „Alles zivilisiert halten, bis die Papiere unterschrieben sind. Dann hält uns nichts mehr."

Da Gigi frisch geschieden war, war es keine Überraschung, dass sie am meisten mitfühlte, was Joy anging. Obwohl Gigi ihren Mann hinausgeworfen hatte. Joy hatte nicht darum gebeten, dass der ihre ging.

„Also gut. Keine Furunkel." Grace stand auf und schob sich ihre kastanienroten Haare in einen lockeren Pferdeschwanz. „Aber wir können uns wünschen, dass er sich wieder ein Hirn wachsen lässt, oder? Denn offensichtlich ist bei jedem, der dumm genug ist, Joy zu verlassen, irgendwas im Hirn durchgebrannt. Vielleicht waren es die ganzen Zahlen, mit denen er hantiert hat."

„Oder die Pornos", murmelte Hope.

„Das habe ich gehört", sagte Joy, aber ihre Worte waren nicht hitzig. „Ehrlich, mir ist es egal, weshalb er gegangen ist. Wenn er mich nicht will, kann er gehen. Ich habe so viel Besseres verdient."

„Ganz genau!" Die anderen drei Hexen sagten es gleichzeitig und hoben auch gleichzeitig die Gläser.

Joy hielt ihres auch hoch. „Sieht aus, als könnten wir offiziell unsere vierte Schwester hinzufügen. Hope? Bist du bereit?"

„Ja." Hope musterte die vier Weingläser, die sie hochhielten, und sagte: „Levitiert."

Alle Gläser glitten aus ihren Händen und schwebten hoch vor ihnen, direkt über den glühenden Flammen des kleinen Feuers, das sie errichtet hatten.

Hope streckte ihren Zirkelschwestern die Hände hin. „Es ist Zeit, einen echten Kreis zu bilden."

Sie taten, wie geheißen, bis sie alle vier miteinander verbunden waren.

„Eine von vier, vier für eine, heute Abend feiern wir die neu dazugewonnene Schwester." Hope grinste Gigi an. „Sie kam während einer aufregenden Zeit in ihrem Privatleben in unser Leben, aber selbst in diesen frühen Tagen, als ihre Zukunft unklar schien, wussten wir alle drei, dass ihre Zukunft genau hierher gehörte … zu uns."

„Ganz genau", sagte Grace.

„Anders möchten wir es gar nicht", fügte Joy an.

„Heute Abend erheben wir also unsere Gläser zum Himmel, bitten darum, dass der Wein darin von unserer höheren Macht gesegnet wird, und trinken dann auf die lebenslange Schwesternschaft, sodass wir immer füreinander einstehen, einander halten, und einander hochheben, mit allem, was wir haben."

Der Wein in den Gläsern wandelte sich in ein helles Blutrot und dann rasch wieder zu seiner ursprünglichen Weinfarbe. Ein Glas schwebte zu jeder der Hexen, und ohne, dass ihre Hände halfen, neigten sich die Gläser, sodass sie gemeinsam dem Zusammenschluss etwas opfern konnten. Sie öffneten alle die Münder, nahm einen Schluck Wein und tranken.

Das Feuer schoss plötzlich höher und wurde blendend weiß. Das Holz knisterte, sodass vier Funken aufflogen, die sich rasch in vier verbundene Ringen verwandelten, die hoch in der Mitte zwischen den vier Hexen hingen.

Sie standen da, schauten die Ringe an, bis Hope schließlich mit den Fingern schnippte, und die weißen Feuerringe zurück nach unten zum Feuer schwebten und in den Flammen verschwanden.

Sie alle drei musterten Gigi, die nur dastand und verblüfft wirkte.

„Na, fühlst du dich irgendwie anders?", fragte Grace.

Gigi blinzelte sie an. „Habt ihr wirklich gerade gesagt, dass ich mit euch drei für alle Ewigkeit festhänge?" Ihre Miene wandelte sich zu reinem Entsetzen.

„Äh, ja. Das passiert, wenn man sich einem Zirkel

anschließt. Ich dachte …", setzte Hope an, aber ihr wurde durch Gigis Gelächter das Wort abgeschnitten.

„Ich mache doch nur Witze. Du hast gesagt, ihr werdet mich in der absehbaren Zukunft nerven, oder? Ich wollte es nur mal testen."

Grace und Joy lachten.

„Eines ist sicher", sagte Hope mit einem Lachen. „Du passt genau rein."

„Den Göttern sei es gedankt", sagte Gigi, die die Arme ausstreckte. „Jetzt umarmt eure neueste Schwester mal."

Sie kamen alle dazu, legten die Arme umeinander. Es fühlte sich gut an. Friedlich. Und genau richtig. Das tat es immer, wenn sie bei ihrem Zirkel war.

Als Hope sich gerade zurückzog, summte ihr Handy.

„Echt jetzt, Hope?", tadelte Grace. „Was, wenn das Teil während des Rituals losgegangen wäre?"

„Tut mir leid!", rief Hope, die sich wie eine Närrin vorkam. Sie hatten eine strenge Regel. Keine Handys waren während der Zirkeltreffen erlaubt. Sie wollte es gerade abschalten, aber dann fiel ihr Lex' Name auf dem Bildschirm auf. Das Klingeln hörte auf, und sofort kam eine Nachricht durch. *Ruf mich an. Es ist dringend.*

Hope zögerte nicht. Sie drückte auf Lex' Nummer. „Was ist passiert?"

„Es ist Peggy Pitsmans Tochter. Sie hatte heute Abend eine Überdosis."

KAPITEL EINUNDZWANZIG

*L*ex?", rief Grace, während sie mit Hope auf den Fersen durch die Hintertür ihres Häuschens ging. Joy und Gigi waren im Haus und kochten Kaffee, sodass sie Zeit hatten, mit Lex zu reden, bevor sie alle über sie herfielen. Als Lex angerufen hatte, war sie ziemlich aufgewühlt wegen der Ereignisse des Abends gewesen.

„Hier drüben", sagte Jackson von seinem Platz bei Lex auf dem Zweisitzer draußen. Sie hatte die Knie hochgezogen und die Arme darum geschlungen.

Grace eilte zu ihrer Nichte hinüber und kniete sich vor sie. „Alles in Ordnung?"

Lex nickte, aber Jackson, der den Arm um ihre Schultern gelegt hatte und ihren Kopf an seiner Brust barg, schüttelte den Kopf.

„Was ist passiert?"

Hope schnappte sich ein paar Verandastühle und zog sie herüber, damit sie und Grace sich in die Nähe von Lex setzen konnten. Sobald sie beide saßen, griff Hope hinüber und nahm eine von Lex' Händen. Sie hatten keine Details, bis auf die

Tatsache, dass sie und Jackson im Beachside Biergarten gewesen waren, als Peggys Tochter wegen einer offensichtlichen Überdosis einen Anfall bekommen hatte.

„Ich hatte den Abend frei, also habe ich Jackson angerufen, um zu sehen, ob er sich treffen möchte, und wir sind dann eben im Beachside Biergarten gelandet", sagte Lex.

„Bronwyn ist nicht in der Stadt, weil sie ihrer Mitbewohnerin vom College hilft, eine Hochzeit zu planen", erklärte Jackson.

Lex schaute zu ihm auf. „Du weißt aber, dass das nicht der einzige Grund ist, weshalb ich angerufen habe."

„Natürlich nicht", sagte er beruhigend. „Beste Freunde fürs Leben."

Sie lächelte ihn zittrig an und wandte dann ihre Aufmerksamkeit wieder Grace zu. „Auf jeden Fall saßen wir draußen auf der Veranda, als Whitley mit ein paar ihrer Freundinnen hereinkam. Wir haben gewinkt, aber das war alles. Sie saßen ein paar Tische weiter, haben zu laut gelacht und waren irgendwie nervig, wie es Leute machen, wenn sie ein bisschen zu viel hinter die Binde gekippt haben."

„Lex und ich haben erst mitgezählt, wie oft Whitley und ihre Freundinnen *Paaaarty* gebrüllt haben", sagte Jackson. „Als wir über ein Dutzend kamen, haben wir das Interesse verloren. Ich wollte schon zahlen und bin reingegangen, und dann ging alles den Bach runter."

„So was habe ich noch nie gesehen", sagte Lex, die bebte. Sie schloss die Augen kurz und fuhr dann fort. „Ungefähr, als Jackson reinging, standen Whitleys Freundinnen auf und liefen runter zum Strand. Sie brüllten davon, dass sie mehr Männer suchen wollten. Whitley stand auf, um ihnen zu folgen, aber sie stolperte und fing an, heftig zu beben, während sie auf die Veranda krachte."

„Das klingt schrecklich", sagte Grace sanft.

Lex wischte sich die Augen ab. „Ich war am nächsten an ihr dran, also bin ich zu ihr gelaufen und habe versucht, sicherzustellen, dass sie sich nicht an Stühlen oder Tischen wehgetan hat. Ein paar Minuten später sind die Sanitäter aufgetaucht. Ich habe gehört, wie sie etwas von einer Überdosis sagten. Ich hatte gedacht, es wäre ein epileptischer Anfall oder so was, aber sie haben ihr irgendein Medikament gegeben, das der Wirkung von dem, was sie da genommen hat, entgegenwirkt, und sie dann weggebracht."

„Ich habe gehört, dass sie sagen, sie weist alle Anzeichen einer Ashe-Überdosis auf", sagte Jackson.

„Ashe?", fragte Hope mit gerunzelter Stirn. „Was ist das?"

„Die neue Droge, die in der Stadt zirkuliert, und all die Überdosen verursacht", sagte Jackson. „Sie ist komprimiert zu einem Block, und die Leute verbrennen sie wie Räucherkegel in einer Glaspfeife, und dann inhalieren sie den Rauch."

„Und das reicht, um zu einer Überdosis zu führen? Woraus besteht das denn?", fragte Hope und fühlte sich, als wäre sie hundert Jahre alt. Komprimierte Blöcke? Von so einer Droge hatte sie noch nie gehört.

„Ist es wohl", sagte Lex, die sich hinsetzte und über die Augen wischte. „So etwas will ich nie wiedersehen."

„Kann ich mir vorstellen." Grace beugte sich herüber und umarmte sie.

„Weiß irgendwer, wie es Whitley geht? Oder ob jemand ihre Mutter angerufen hat?", fragte Hope. Peggy Pitsman war nicht ihr Lieblingsmensch, aber die Frau musste erfahren, dass ihre Tochter ins Krankenhaus eingeliefert worden war.

„Lex hat versucht, im Krankenhaus anzurufen, aber sie wollten ihr keine Informationen geben", sagte Jackson. „Wir haben nicht daran gedacht, ihre Mutter anzurufen. Ich schätze, ich bin davon ausgegangen, das würde das Krankenhaus übernehmen."

Hope zog ihr Handy aus der Tasche und wählte die Nummer der Frau. Es klingelte viermal und ging dann auf die Mailbox. „Peggy, hier ist Hope Anderson. Sie haben vermutlich schon einen Anruf erhalten, aber ich wollte sicherstellen, dass Sie sich bewusst sind, dass Whitley heute Abend wegen einer angeblichen Überdosis ins Krankenhaus gebracht wurde. Wir haben nicht mehr Informationen als das. Wir hoffen alle, es geht ihr gut. Passt auf euch auf."

„Du bist ein guter Mensch, Hope", sagte Grace.

„So gut auch wieder nicht. Aber manchmal muss man eben tun, was man tun muss", sagte sie stoisch. Sie war unglaublich angepisst von Peggys Sperenzchen, aber Whitley hatte es verdient, dass ihre Mutter da war, wenn sie aufwachte.

„Stimmt", sagte Jackson, der aufstand, damit sich Grace neben Lex setzen konnte.

Grace quetschte sich neben ihre Nichte und zog sie in eine beruhigende Umarmung.

„Hope, kann ich mal kurz mit dir reden?", fragte Jackson.

„Klar." Hope stand auf und folgte Jackson ins Haus.

Gigi und Joy saßen an Graces Tisch, vor ihnen standen Tassen.

„Hey", sagte Joy, die aufsprang und zur Kaffeekanne lief. „Wir haben aus dem Fenster geschaut und gesehen, dass Lex ziemlich aufgebracht ist, also wollten wir ihr etwas Raum lassen."

„Ist sie." Jackson zog einen der Stühle heraus und setzte sich schwer hin. „Das war ziemlich brutal. Nach dem Anfall war Whitley so blass, dass ich einen Augenblick Angst hatte, sie wäre …" Er schluckte schwer. „Ich hatte Angst, wir hätten sie verloren."

„Das tut mir so leid, Jackson", sagte Gigi, die sich vorbeugte und ihm die Hand tätschelte. „Sie ist bestimmt eine gute Freundin von dir."

Er schüttelte den Kopf. „Nein. Überhaupt nicht. Wir waren in derselben Klasse, aber sie und Lex haben sich nicht sonderlich gut verstanden, also sind wir einander aus dem Weg gegangen. Ich bin nur erschüttert, weil es die dritte Person ist, die ich mit einer Überdosis von Ashe gesehen habe, und das ist furchterregend. Man möchte meinen, nachdem vier Leute damit im Krankenhaus gelandet sind, würden sich die meisten davon fernhalten, aber es sieht nicht so aus, als wäre das eine Abschreckung."

„O nein. Das ist schrecklich", sagte Gigi, die sich eine Hand auf den Mund legte und sich in ihrem Stuhl zurücklehnte. „Es tut mir so leid, dass ihr beide das heute Abend mit ansehen musstet. Geht es Whitley gut?"

„Ich weiß es nicht", erwiderte er, während er von Joy eine Tasse Kaffee entgegennahm.

Sie beugte sich herab, legte die Arme um seine Schultern und umarmte ihn. „Falls du irgendwas brauchst, lass es mich wissen, okay?"

Jackson hatte als Kind viele Nachmittage bei Joy zu Hause verbracht. Er und seine Mutter waren bei Joy und ihrer Familie nebenan eingezogen, als er gerade mal fünf Jahre alt gewesen war. Er und Kyle, ihr jüngster Sohn, waren seither befreundet.

Er legte eine Hand auf ihre. „Danke, Mrs. Lansing."

„Das heißt Joy. Das weißt du doch."

Er lächelte zu ihr auf und nickte. „Danke, Joy."

Mit ihrer eigenen Tasse Kaffee setzte sich Hope gegenüber von Jackson hin. „Du hast gesagt, du wolltest mit mir reden?

Ist das okay, oder willst du irgendwohin, wo wir mehr unter uns sind?"

„Das ist in Ordnung." Er lächelte Gigi und Joy schwach an. „Ich wollte jetzt im Augenblick nur nicht vor Lex darüber reden. Sie ist echt erschüttert."

„Ja." Hope warf einen Blick aus dem Fenster und sah Lex und Grace auf dem Zweisitzer leise reden. „Ich bin ziemlich sicher, Grace wird ihre Nerven beruhigen können."

„Ich hoffe es." Er nahm einen großen Schluck Kaffee und schloss kurz die Augen. „Das ist echt gut."

„Das liegt daran, dass ich einen Schluck Irish Whiskey reingetan habe", sagte Joy mit einem Zwinkern.

Er warf einen Blick auf seine Tasse und lachte dann leise. „Ja, das schmeckt man." Jackson nahm noch einen Schluck, dann strich er sich mit der Hand durch die dunklen Locken und wandte sich an Hope. „Ich habe Spencer aufgespürt, den Typen, der vor kurzem am Vormittag im *Pointe of View Café* die Überdosis hatte."

„Wie geht es ihm?" Hope erinnerte sich an den hochgewachsenen jungen Mann, und wie völlig neben sich er an dem Tag gestanden hatte, als er direkt vor ihnen zusammengebrochen war.

„Es geht ihm viel besser, aber er redet nicht. Er will den Ärzten nicht sagen, woher er die Droge hatte. Kannst du es glauben, er behauptet, er hätte einen Raum betreten, wo sie etwas geraucht haben, und so kam es, dass er zu viel inhaliert hat?" Jackson verdrehte die Augen. „Als würde das reichen, um jemanden so umzuwerfen. Und wo genau war denn diese Party, die vor zehn Uhr vormittags lief? Ich glaube, er hat befürchtet, in rechtliche Schwierigkeiten zu kommen. Nicht mal mir wollte er es erzählen. Er hat gesagt, er wollte nicht der

Grund dafür sein, dass jemand sonst es in die Finger bekommt."

„Das kann ich ihm nicht zum Vorwurf machen, schätze ich", sagte Hope, die versuchte, den Frust zur ignorieren, der dafür sorgte, dass ihre Schultern sich anspannten. Sie verstand Spencers Gründe. Aber das Problem zu ignorieren, würde nicht dafür sorgen, dass es von allein verschwand. „Irgendwelche Hinweise über die anderen beiden mit der Überdosis?"

Jackson nickte, seine Augen wirkten plötzlich müde. „Ja. Ich habe ihre Namen aus meinen Klatsch- und Tratsch-Quellen. Ich hatte vor, mich morgen mit ihnen zu treffen, zumindest falls ich sie finde."

„Das weiß ich echt zu schätzen, Jackson", sagte Hope und meinte es auch ernst. Seine Gedanken wirbelten, aber sie waren nicht sonderlich zusammenhängend. Zum Großteil sehnte er sich nach seinem Bett und der Gelegenheit, das alles aus seinen Gedanken zu schieben. „Weshalb gehst du nicht nach Hause und ruhst dich etwas aus", sagte sie zu ihm. „Wir übernehmen von hier an."

„Du hast keine Ahnung, wie sehr ich das tun möchte", sagte er und verzog das Gesicht. „Aber es gibt noch was, was ich dir sagen muss."

„Okay." Sie warf einen Blick zu Gigi und Joy. Sie schenkten ihm ihre ungeteilte Aufmerksamkeit, beide mit sorgenvoller Miene.

„Die Sache, die Lex und ich tun wollten, um Peggy Pitsman auszubooten?", sagte er mit einer Grimasse.

„Ja?" Sie hatte völlig vergessen, dass sie versprochen hatten, etwas über sie in der Hand zu haben. Nun, da ihre Tochter im Krankenhaus war, stand gar nicht mehr zur Debatte, Peggy weiter zu beharken, ganz gleich, was sie Hope angetan hatte.

„Was immer es ist, bitte könnt ihr es einfach vorerst für euch behalten?"

„Das will ich dir doch sagen. Es ist zu spät. Ich habe die Geschichte bereits der *Premonition Perspective* gegeben. Sie soll morgen kommen." Seine Miene wurde gequält. „Ich habe die Reporterin angerufen und versucht, es aufzuhalten, aber sie sagte, es wäre bereits gedruckt. Es ist zu spät."

„Oh, verdammt." Hope schloss die Augen und lehnte sich in ihrem Stuhl zurück. „Wie schlimm ist es?"

„Schlimm", hauchte er und ließ den Kopf zurücksinken. „Ich fühle mich jetzt echt beschissen."

„Das hättest du nicht ahnen können", sagte Gigi, die ihn beruhigen wollte. Aber Hope war sicher, an dieser Stelle würde nichts helfen. Sie konnte geradezu spüren, wie die Schuldgefühle von ihm ausströmten.

„Was wird denn in dem Artikel stehen?", fragte sie, als ihr klar wurde, dass sie das Heftpflaster einfach abreißen mussten.

„Peggy Pitsman hatte eine Affäre mit dem Basketballtrainer, als wir an der Highschool waren. In der Geschichte geht es darum, dass sie mit ihm geschlafen hat, um ihn dazu zu bringen, Whitley aufzustellen, und nicht Lex."

Hope war ein paar Sekunden lang sprachlos, ihr Mund bewegte sich, als wolle sie etwas sagen, aber es kamen keine Worte heraus.

„Das kann doch nicht dein Ernst sein", sagte Joy mit aufgerissenen Augen. „Peggy Pitsman hat mit Mr. Gale geschlafen? Dem Mr. Gale, der mit Brenda verheiratet war, die selbst gemachte Cupcakes zu all den Fördervereinstreffen gebracht hat und einfach der netteste Mensch aller Zeiten war?"

Er nickte, wirkte elend. „Es freut mich nur, dass sie die

Geschichte morgen nicht sehen muss. Sie hatte es nicht verdient, wie er sie behandelt hat."

Brenda war vor ein paar Jahren nach einem heftigen Herzinfarkt gestorben.

„Das ist nicht nur ein Gerücht, oder? Habt ihr einen Beweis?", fragte Hope schließlich.

„Ich habe Beweise. Das habe ich dir doch versprochen." Er zog sein Handy heraus, tippte ein wenig herum, und dann zeigte er ein Bild, das eindeutig Peggy und Mr. Gale waren, die in kompromittierender Lage in seinem Büro gezeigt wurden. Hinter ihm war ein Whiteboard, auf dem stand *West Coast Tournament Champs*, und darüber war das Jahr gekritzelt. „Ich habe das Foto selbst gemacht, als wir noch an der Schule waren. Danach haben Lex und ich ihnen ziemlich viel nachspioniert. Wir haben beide gehört, wie sie ihm anbot, sich mal mit ihm auf dem Boden zu wälzen, solange Whitley im nächsten Spiel aufgestellt wird. Und so kam es dann auch, obwohl sie eine schreckliche Saison hatte, wurde sie wirklich anstelle von Lex aufgestellt."

Joy stieß ein Keuchen aus und hob die Hand an den Mund. Dann kniff sie die Augen vor reinem Zorn zusammen. „Das weiß ich noch. Lex hat sich so geärgert. Und als das Team dann zwanzig Punkte zurücklag, hat er sie aufgestellt, und sie hat sich fast umgebracht, um sie wieder in Führung zu bringen. Das ist in dieser Saison ein paar Mal passiert. Wir haben niemals verstanden, weshalb. Mr. Gale werde ich morgen aber mal meine Meinung geigen, das ist sicher."

Hope starrte ihre Freundin an und lachte beinahe. Es war ja nicht, als wäre Lex ihre Tochter. Obwohl sie sie alle liebten. Lex gehörte zur Familie, und es war keine Überraschung, dass Joy einen Beschützerinstinkt hatte. Hope konnte einfach nicht glauben, dass sie sich an das alles noch erinnerte. „Ich wusste nicht, dass du Basketballfan warst, Joy. Bist zu den ganzen Spielen gegangen?"

„Ja, dort habe ich Grace kennengelernt, und wir haben uns das Spiel von Lex angesehen, und dann das von Kyle, das gleich danach kam. Seit dieser Zeit bin ich ein riesiger Fan, aber ich schaue lieber Collegespiele als die professionellen. Das ist einfach interessanter."

„Huch. Wie kommt es, dass ich davon nie wusste?", fragte Hope.

„Basketball war nicht so dein Ding. Du warst damit beschäftigt, dein Geschäft aufzubauen." Joy lächelte sie an.

„Ich schätze schon." Hope räusperte sich und wandte sich an Jackson. „Danke, dass du mich informiert hast. Mir gefällt nicht, dass das morgen rauskommt, aber es lässt sich nicht mehr ändern, also versuch, dir deswegen nicht noch mehr Stress zu machen, okay?"

„Ich versuche es." Er holte tief Luft. „Ich fühle mich jetzt nur gerade so kleinlich."

„Tu das nicht. Sie hat angefangen, indem sie unwahre Gerüchte über mich verbreitet." Hope schüttelte angeekelt den Kopf. „Und ist es nicht einfach so vorhersehbar, dass sie ihre unmoralische Art auf mich projiziert hat?"

„So ist es doch immer, oder?", sagte Gigi. „Solche Leute sind niemals originell."

Es wurde zustimmend gemurmelt, und dann glitt Jackson hinaus durch die Hintertür, um sich von Lex zu verabschieden.

Die drei Hexen schauten einander an.

„Und was jetzt?", fragte Joy. „Sollten wir noch weitere Fragen in der Stadt stellen? Oder lehnen wir uns einfach zurück und warten, dass Jackson mit den beiden anderen redet, die die Überdosis hatten?"

„Ich glaube, wir warten. Morgen wird hässlich, wenn dieser

Artikel rauskommt. Ich glaube, es ist besser, sich bedeckt zu halten", sagte Hope.

„Verstanden." Joy wandte ihre Aufmerksamkeit ihrer Kaffeetasse zu.

Gigi lehnte sich zurück und sagte: „Na, das war ja eine höllische Einweihung in den Zirkel. Aber wann fangen wir an, Leute zu verzaubern?"

Hope und Joy starrten sie an.

Sie fing an zu lachen. „Ich mach doch nur Spaß. Ich verzaubere nur an Sonntagen Leute." Sie grinste sie frech an und stand auf. „Ich fahre nach Hause. Ruft mich an, wenn ihr mich braucht, damit ich einen Flatulenzzauber auf irgendeine Arschgeige wirke. Das ist meine Spezialität." Dann winkte sie und ging aus dem Haus, als hätte sie nicht gerade die Bombe platzen lassen, dass sie ein Talent dafür hatte, Leuten Blähungen zu verpassen.

Hope fing an zu lachen und ließ dann den Kopf auf den Tisch sinken, wo sich ihr Kichern in einen ausgewachsenen Lachanfall verwandelte. Joy schloss sich ihr an, bis sie beide Tränen in den Augen hatten. Hope richtete sich wieder auf, wischte sich die Augen ab und sagte: „Ich werde echt Spaß mit ihr haben."

KAPITEL ZWEIUNDZWANZIG

„*O*h. Mein. Gott. Polly wird die lieben", rief Skyler, während er in die Ausstellungsvitrine der *Four Paws Barkery* schaute. Der Laden hatte alles von frisch gebackenen Leckerlis bis hin zu einzigartigen Hunde- und Katzenoutfits, die vom Besitzer angefertigt wurden.

„Cakepops? Die werden toll funktionieren, denn sie haben Stäbchen, sodass wir sie in Steckschaum aufstellen können, aber wir werden aufpassen müssen, damit keiner der Hunde so begeistert ist, dass er auch da reinbeißt. Dabei entsteht nur Müll, den wir nicht brauchen."

„Hope", sagte er und schaute sie an, als hätte sie den Verstand verloren. „Die Stäbchen sind auch essbar. Siehst du?" Er deutete ins Innere der Vitrine auf ein Schild, das sich kaum übersehen ließ.

„Ahhh. Ups. Ich schätze, ich bin ein bisschen abgelenkt. Tut mir leid." Hope hatte fast vergessen, dass sie vereinbart hatten, sich den Hundeladen anzusehen, genauso wie den Laden mit Partybedarf. Sie hatte sich solche Sorgen wegen der Geschichte gemacht, die in der *Perspective* herauskam, dass sie heute Vormittag nicht mal in ihr Buch mit Terminen geschaut hatte. Hätte Skyler sie nicht angerufen, um ihr zu sagen, dass er zu spät kam, hätte sie es vielleicht überhaupt nicht mehr auf dem Schirm gehabt.

„Was ist denn heute los mit dir?", fragte er und musterte sie. „Deine Energie ist echt daneben. Also so daneben, dass ich denke, wir müssen uns eine Massage holen, wenn wir hier fertig sind, um dich da rauszureißen."

Hope stieß ein leises Stöhnen aus bei dem Gedanken, dass jemand die Anspannung aus ihrem oberen Rücken und den Schultern massierte. „Es gibt eigentlich nichts, was mir besser gefallen würde."

„Gut. Wir gehen, wenn wir hier fertig sind. Lance wird eine Möglichkeit finden, uns reinzuquetschen." Er rieb die Hände aneinander, als würde er sich aufwärmen, bevor er eine delikate Operation durchführte. Dann zog er einfach sein Handy heraus und rief ihren liebsten Spa-Besitzer an.

An der Tür läutete eine Glocke, und schwere Schritte erklangen hinter ihnen. Der Geruch nach Antiseptikum drang durch die Luft, sodass Hope die Nase rümpfte, während sie sich umdrehte, um zu sehen, wer wie ein Elefant im Porzellanladen durch das Geschäft pflügte.

Peggy Pitsman. Und sie war direkt zu Hope unterwegs.

„Hope Anderson! Ich weiß, Sie sind dafür verantwortlich. Wie können Sie es wagen, mir das anzutun, besonders nach dem, was gestern Nacht passiert ist? Sie sind wirklich eine Teufelin, was?" Sie wedelte mit der *Premonition Perspective* vor Hopes Gesicht, während sie mit einem bebenden Finger auf sie deutete.

„Huch, jetzt mal einen Schritt zurück, Lady. Mit meiner Freundin redet niemand so", sagte Skyler, der zwischen die beiden ging und Peggy zum Rückzug zwang.

„Aber sie verbreitet giftige Gerüchte über mich", rief Peggy.

Skyler hob skeptisch eine Augenbraue. „So, wie ich das gehört habe, waren Sie diejenige, die sich Lügen zu Hope einfallen ließen. Projizieren Sie da was?"

Peggy presste die Lippen aufeinander, und ihr Gesicht wurde leuchtend rot.

Hope war sicher, wenn sie so weitermachte, würde ihr Kopf explodieren.

„Ich projiziere gar nichts", sagte Peggy durch zusammengebissene Zähne. Sie reckte den Hals, um um Skyler herum zu schauen. „Ich erwarte, dass Sie in der nächsten Aufgabe eine volle Gegendarstellung mit einer Entschuldigung abdrucken lassen. Noch besser, Sie marschieren gleich jetzt runter zum Lokalradio und sagen allen, dass das völlig erfunden ist."

„Einen Augenblick mal …", setzte Skyler an.

„Ich übernehme das", sagte Hope, die ihm das Wort abschnitt und ihm dann ein schwaches Lächeln zuwarf. Hope liebte und schätzte, dass ihr neuer Freund sie mit völliger Überzeugung verteidigte, obwohl er nicht wusste, ob sie hinter dem Artikel steckte oder nicht. Bestimmt würden sie tolle Freunde werden. „Hey, ich hatte nichts damit zu tun, dass dieser Artikel geschrieben oder gedruckt wurde. Falls ich um eine Gegendarstellung bitten würde, würden sie mich nur zur Tür rauswerfen. Und was das Lokalradio angeht, was bringt Sie denn auf den Gedanken, dass irgendjemand in der Stadt mir überhaupt etwas glauben würde? Als letztes habe ich gehört, ich würde Caterer anheuern, die verdorbenes Essen verteilen, und Sex anbieten, damit mich Kunden buchen. Ich möchte meinen, Sie möchten lieber jemanden, der etwas respektabler ist, um für Ihre Tugenden einzutreten."

„Verdammt. Sie hat es Ihnen gegeben", flötete Skyler und

schnippte mit den Fingern vor Peggy, brachte Hope fast zum Lachen. Aber dann wurde sie nüchtern, als ihr einfiel, dass Whitley sehr wahrscheinlich noch im Krankenhaus war.

Peggy zerknüllte die Zeitung in der Faust und warf sie auf den Boden. „Ich weiß, dass Sie dahinterstecken. Merken Sie sich meine Worte: Ich werde es herausfinden, und dann werden alle erfahren, was für eine mitleidlose Schlampe Sie sind." Ihr lief eine Träne über die Wange, und sie wischte sie wütend weg.

„Es hat mir leidgetan, zu hören, was mit Ihrer Tochter passiert ist. Wie geht es ihr heute?", fragte Hope sanft.

„Das geht Sie nichts an", spie ihr Peggy entgegen. „Ich kann nicht glauben, dass Sie mich das fragen, nachdem die Nichte Ihrer Freundin ihr diese Drogen gegeben hat." Dann dachte sie: *Wenn das nur stimmen würde, dann könnte ich sicherstellen, dass das niemals wieder passiert.*

Hope musterte sie, ließ ihre eigene Wut fahren. Das war eine Mutter, die Schmerzen litt, und sie schlug nach ihrem einzigen echten Ziel. Das war in Ordnung. Hope konnte das wegstecken. „Wir wissen beide, dass Lex Ihrer Tochter keine Drogen gegeben hat. Sie war die Einzige, die da war, um ihr zu helfen, als sie umgekippt ist, denn Whitleys sogenannte Freundinnen sind von ihr weggelaufen. Weshalb vereinbaren wir keinen Waffenstillstand und versuchen rauszufinden, wer sie wirklich mit Drogen versorgt hat?"

„Meine Tochter hängt nicht mit Drogenleuten rum", behauptete Peggy, die sich weigerte, auf die Vernunft zu hören.

„Genau", sagte Skyler gleich hinter ihnen.

Hope stimmte ihm zu, aber sie drängte nicht. „Peggy, wie geht es Whitley? Geht es ihr gut?"

Nur mit den Augen verschoss Peggy Pfeile auf sie. Aber

letztlich stieß sie ein angeekeltes Seufzen aus und sagte: „Ja. Sie sollte morgen nach Hause kommen."

„Ich freue mich echt, das zu hören", sagte Hope. „Das meine ich ernst. Ich hoffe, sie erholt sich schnell."

Peggy nickte und machte auf dem Absatz kehrt, um zu gehen. Aber kurz bevor sie an der Tür ankam, drehte sie sich noch einmal um und starrte Hope in die Augen. „Ich muss herausfinden, wer hinter diesen Drogen steht. Werden Sie mir helfen?"

Hope wollte der Frau eine Ohrfeige geben. Vor wenigen Augenblicken hatte sie Peggy um Informationen gebeten, woher ihre Tochter die Drogen wohl hätte haben können, aber sie hatte die Frage völlig ignoriert. Nichts Gutes würde daraus erwachsen, wenn sie beide zusammenarbeiten. „Ich glaube nicht. Ich weiß nicht mal, weshalb Sie glauben sollten, dass ich es weiß. Ich nehme keine Drogen. Weshalb sollte ich Informationen haben?"

„Bitte, Hope", sagte sie, und in ihren Augen glänzten Tränen. Sie schniefte und fuhr fort: „Alle wissen, dass Sie Gabrielle, diese Reporterin von der *Premonition Pointe News* gefragt haben, ob sie sich die Überdosen in der Stadt mal ansehen kann. Ich weiß nicht, wen ich sonst um Hilfe bitten soll. Die Polizei hat einen Bericht abgegeben, aber dort hieß es, wenn nicht jemand etwas rausrückt, können sie nicht viel machen. Ich will nur meine Tochter schützen. Bitte, ich habe sonst niemanden, an den ich mich wenden kann."

Verdammt, wie kann Hope da Nein sagen?, dachte Skyler.

Das konnte sie nicht, aber das hatte mehr mit der Verzweiflung in Peggys Tonfall zu tun als mit den tatsächlichen Worten. Und da Hope bereits Leute hatte, die ihr halfen, zu versuchen, die Quelle der Drogen zu finden, nickte sie.

„Wirklich?", fragte Peggy, ihre Augen vor Überraschung groß.

„Ja, aber ich habe Bedingungen", sagte Hope, die die Arme vor der Brust verschränkte und auf Peggy hinabschaute.

Peggy schluckte. „Was für Bedienungen?"

„Erst einmal", sagte Hope und hob einen Finger, „werden Sie eine ganzseitige Anzeige in der Zeitung schalten, um sich dafür zu entschuldigen, dass Sie das Gerücht in die Welt gesetzt haben, dass Gäste Lebensmittelvergiftung bekamen, nachdem sie auf meinen Events waren."

„Ich habe dieses Gerücht nicht in die Welt gesetzt", behauptete Peggy. Dann schaute sie weg und wurde wieder rot, und als wäre das nicht schon genug gewesen, um Hope zu überzeugen, dass sie log, dachte Peggy über den Tag nach, an dem sie Yasmeen eine ausgeschmückte Geschichte erzählt hatte, wie fünf Leute gleichzeitig auf die Toilette hatten rennen müssen, womit sie es bestätigte, ohne es zu merken.

„Doch, haben Sie. Ich wette, Yasmeen würde mir das bestätigen, wenn ich dränge", sagte Hope.

Peggy verzog das Gesicht. „Okay, gut. Es hat bei mir angefangen. Aber es war ein Witz. Yasmeen hätte das doch nicht ernst nehmen sollen. Ich war nur frustriert, weil eine Wedding Shower abgesagt wurde, weil die Braut kalte Füße bekam, und die Baby Shower, die ich gerade geplant hatte, wurde ein völliger Reinfall, weil nur ein Gast aufgetaucht ist. Ich hatte einen schlechten Tag, okay? Ich dachte nicht, dass Yasmeen mich ernst nehmen würde. Das tut mir echt leid." Ihre Schultern sanken herab, dann fügte sie an: „Ich lasse morgen eine Anzeige rausbringen."

„Damit wäre Nummer eins geregelt", sagte Hope mit einem Nicken und hielt zwei Finger hoch. „Als zweites müssen Sie aufhören, Leuten zu sagen, dass ich mit meinen Klienten schlafe. Es ist eine offene Lüge, und wenn Sie so weitermachen, werde ich Sie wegen Verleumdung verklagen."

Peggy richtete sich auf, und im Brustton der Überzeugung sagte sie: „Dieses Gerücht habe ich auf gar keinen Fall in die Welt gesetzt."

Hope musterte sie und öffnete die Gedanken, versuchte ein Hauch dessen zu erraten, was die Frau dachte. Hope wurde zornig, als Peggys Gedanken laut und klar durchkamen. *Ein Gerücht in die Welt zu setzen ist nicht dasselbe, wie es zu wiederholen, oder?* Hope verdrehte die Augen. Diese Frau war schon eine Nummer.

„Du hast mit deinen Kunden geschlafen?", fragte Skyler mit ehrfürchtiger Stimme. „Jetzt weiß ich, dass wir beste Freunde werden. Ich mag schmutzige Mädchen."

„Skyler", sagte sie, konnte die Erheiterung nicht verbergen, die durch sie hindurchströmte. „Tut mir leid, dass ich dich enttäusche, aber ich schlafe nicht mit meinen Kunden. Falls du jetzt nicht mehr mein bester Freund sein willst, verstehe ich das."

Er stieß ein übertriebenes Schnauben aus. „Na, das ist enttäuschend, aber ich schätze, wir können es trotzdem noch probieren."

Sie lachte leise.

„Was ist mit Lucas King?", fragte Peggy, die sie beäugte.

Jetzt überschritt Peggy einfach eine Grenze. „Lucas und ich haben eine lange Vorgeschichte, wie Sie ganz genau wissen. Aber verdammt möchte ich sein, wenn ich Sie in mein Privatleben einweihe. Was Lucas und ich machen, geht niemanden etwas an, nur uns zwei."

„Nur nicht, wenn ihr nacktbadet, gleich draußen in aller Öffentlichkeit, wo euch alle sehen können", sagte Peggy, die eindeutig nicht den Mund halten konnte.

„Versuchen Sie es doch mal damit, sich nur einmal um Ihre eigenen Angelegenheiten zu kümmern", sagte Hope. „Sind wir jetzt hier fertig? Ich tue, was immer ich kann, um herauszufinden, wer die jungen Leute mit Ashe versorgt, und Sie werden eine Gegendarstellung über die Lebensmittelvergiftung in der Zeitung veröffentlichen und aufhören, Gerüchte über mich zu verbreiten, ganz gleich, woher sie stammen. Abgemacht?" Hope streckte der anderen Frau eine Hand hin.

Peggy zögerte, starrte Hopes Hand an. Dann griff sie langsam vor und schüttelte sie. „Abgemacht."

Hope und Skyler sahen ihr nach, bis die Tür sich hinter ihr schloss.

„Die ist abgedreht", sagte er.

„Wem sagst du das." Hope sank auf ein Sofa hinab, auf dessen Seite die Worte *Hundereich* gestickt waren.

Skyler setzte sich neben sie, streckte die Beine aus und schlug sie an den Knöcheln übereinander. Er war so gut aussehend und stilvoll, dass es fast wehtat, ihn anzusehen. In der Zwischenzeit trug Hope Leggings und ein Oversize-Sweatshirt, in dem sie aussah, als hätte sie alles bis auf die Bequemlichkeit aufgegeben.

„Ich liebe deine Schuhe", sagte sie und beäugte seine Sportschuhe mit farbigem Einsatz.

„Ich auch", sagte er aufgeregt. „Sie sind neu."

Sie grinste ihn an, und Stille stand wieder zwischen ihnen, bis Skyler fragte: „Hast du echt nie mit einem Kunden geschlafen?"

„Nie", bestätigte sie.

„Außer Lucas King, oder?"

Sie warf ihm einen Seitenblick zu. „Nicht, seit er wieder in der Stadt ist. Nein, habe ich nicht."

„Warum nicht? Der Mann ist heiß", sagte er.

„Es ist kompliziert", sagte sie mit einem Seufzen.

„Von meinem Standpunkt aus sieht es nicht kompliziert aus", sagte er und tätschelte ihr die Hand. „Für mich sieht es aus, als würdet ihr beiden immer voneinander angezogen. Nach allem, was ich mir zusammengereimt habe, nachdem ich den Gerüchten in der Stadt gelauscht habe ..."

„Diesen Gerüchten kannst du nicht trauen", beharrte sie.

„Stimmt, aber ich bin gut darin, zwischen den Zeilen zu lesen. Sehen wir mal, ob ich das richtig hinbekomme."

Sie schürzte die Lippen und hob eine Augenbraue, um nahezulegen, dass sie skeptisch war. „Du kannst es versuchen. Aber wenn ich lache, nimm es nicht persönlich. Diese Art Ratespiel bringt mich immer zum Lachen."

„Hervorragend." Er wandte sich direkt zu ihr. „Für mich sieht es aus, als wäre es dein Liebster aus Kindestagen. Stimmt's?"

Sie nickte.

„Dann war er sehr wahrscheinlich dein erstes Mal mit allem. Oder zumindest der erste Mensch, in den du dich verliebt hast."

„Ja."

„Dann ist er ans College gegangen, und ihr habt euch getrennt. Wir spulen ein paar Jahre vor. Er taucht wieder in der Stadt auf, und ihr beiden macht dort weiter, wo ihr abgebrochen habt, bis er die Stadt verlassen hat, um sich einen Job zu suchen."

„Worauf willst du raus, Skyler?", fragte sie, weil ihr dieser Ausflug in ihre Erinnerungen nicht gefiel.

„Ihr beiden zieht einander an. Dagegen anzukämpfen, ist sinnlos. Und falls du denjenigen gefunden hast, der all deine Facetten sieht und dich genau deswegen liebt, dann ist es derjenige, an den du dich klammern solltest. Festhalten und niemals loslassen, Hope. Liebe ist das Einzige, auf das es im Leben wirklich ankommt. Halte dich mit beiden Händen fest und lass niemals los."

In ihren Augen standen Tränen, während sie ihm zuhörte. Sie konnte nicht mehr reden und musste dann plötzlich ganz schnell Lucas sehen. „Ich muss los."

Er beugte sich vor und gab ihr einen Kuss auf die Wange. „Das weiß ich doch. Mach schon. Ich sage unseren Massagetermin ab."

Verdammt, darauf hatte sie sich wirklich gefreut. Aber als sie an Lucas dachte, und daran, ihm zu sagen, was sie für ihn empfand, flatterte ihr Herz in der Brust, und die Anspannung fiel von ihrem Körper ab, zum ersten Mal, seit Lucas wieder zurück in die Stadt gekommen war.

KAPITEL DREIUNDZWANZIG

*H*ope fuhr ihren Toyota Highlander vor dem zweistöckigen Craftsman-Haus ran, in dem sie sich immer vorgestellt hatte, eines Tages zu wohnen. Als Lucas es gekauft hatte, hatte sie das Gefühl gehabt, sie hätte einen Schlag in die Magengrube bekommen. Er wusste, wie sehr sie diesen Ort liebte. Sie hatten oft genug darüber gesprochen, als sie noch jünger gewesen waren. Aber inzwischen wusste sie, dass er es mit der Absicht gekauft hatte, sie zurückzugewinnen.

Vor ein paar Wochen hätte sie sich bei diesem Gedanken gewunden. Ihn vielleicht sogar für manipulativ gehalten. Aber inzwischen? Die Geste fühlte sich aufrichtig an. Als wäre er endlich bereit, sich einem Leben mit ihr hier in Premonition Pointe zu verschreiben, und legte es darauf an, es auf jede Art zu beweisen, die ihm zur Verfügung stand.

„Hope Anderson?", rief Bell King aus dem Blumengarten, während Hope schon den Weg heraufkam. Ein paar Hunde bellten auf der anderen Seite des Hauses, und Hope nahm an, dass Lucas' beide Labradors im Garten waren.

Hope lächelte Lucas' Mom an. Damals, als sie und Lucas zusammen gewesen waren, hatten sie einander nahegestanden, und im Lauf der Jahre waren sie Freundinnen geblieben. „Hey, Ms. K."

„Es wird aber auch Zeit, dass du mal kommst, um dich mit mir zu treffen." Sie streckte die Arme aus, lud sie zu einer Umarmung ein.

Hope drückte sie, und dann hielten sie einander lange fest.

„Wie geht es dir?", fragte Hope.

„Echt gut. Mir wird es noch besser gehen, wenn Lucas mich endlich besuchen kommt."

„Was meinst du denn?", fragte Hope, während sie sich zurückzog, um sie zu mustern.

„Ach, du weißt schon. Seit er nach Boston gezogen ist, sehe ich ihn nicht mehr so oft. Ich vermisse den Jungen." Bell nahm Hope am Arm und führte sie den Pfad hinauf zur Eingangstür. „Komm rein. Ich mache uns Tee, wir setzen uns auf die Veranda und bringen uns auf den neuesten Stand."

Hope war sich nicht sicher, was sie tun oder sagen sollte. Lucas hatte ihr erzählt, dass seine Mom Demenz in einem frühen Stadium hatte. Ihre Krankheit war der Auslöser gewesen, der ihn zurück in die Stadt geführt hatte. Aber das war das erste Mal, dass sie es mitbekam.

„Hope? Bist du bereit, reinzukommen?", fragte Bell.

Sie nickte und folgte der Frau, die sie als ihre zweite Mutter betrachtet hatte, ins Haus.

„Bell?", rief eine Frau von weiter hinten im Haus.

„Das ist Janie", flüsterte Bell Hope zu. „Das ist die Frau, die Lucas angeheuert hat, damit sie mich im Auge behält, wenn er nicht da ist."

Hope nickte, versuchte, die Einzelteile zusammen zu setzen. Erst vor ein paar Sekunden hatte es gewirkt, als würde

Bell denken, dass Lucas noch in Boston lebte, doch wusste sie, dass Janie sich um sie kümmerte. „Wo *ist* Lucas?", versuchte sie es.

„Er trifft sich mit einem Kunden wegen maßangefertigter Schränke", sagte Bell mit einem stolzen Lächeln, während sie in einem Ohrensessel Platz nahm.

„Es ist eine Einbauküche", sagte die Frau, von der Hope annahm, dass es Janie war, während sie ins Wohnzimmer kam, sie trug zwei Gläser Limonade. Sie war hochgewachsen mit langen dunklen Locken und hatte einen Baumwollrock und ein Tanktop an. Janie sah eher aus wie jemand, den Hope auf einem Bauernmarkt finden würde, wo sie handgemachte Seife verkaufte, und weniger wie eine Pflegerin.

Bell nahm ihr Glas und runzelte die Stirn. „Ich hätte schwören können, er hat zu mir gesagt, es wären Schränke." Dann lachte sie leise. „Es ist so schwierig, derzeit seinen Terminplan richtig zu durchschauen."

Janie reichte Hope das zweite Glas und nickte zu Bell hin. „Er ist ein viel beschäftigter Kerl, aber normalerweise ist er bis zum Abendessen daheim. Da kann man sich nicht beschweren."

„Da hast du recht." Bell nickte und warf dann einen Blick auf ihre Limonade. „Ups. Ich habe Hope Tee versprochen."

„Ist okay so. Das ist perfekt", sagte Hope, die Platz auf einem stilvollen cremefarbenen Sofa nahm, während sie den umwerfenden geschwungenen Hartholzbeistelltisch vor ihr bewunderte. Lucas war wirklich unfassbar talentiert.

„Ich bin dann in der Küche und arbeite am Abendessen", sagte Janie. „Lasst mich wissen, falls ihr was braucht."

„Bitte sag mir, dass du Manicotti machst. Danach sehne ich mich jetzt schon seit einer Woche", sagte Bell.

„Ich sehe mal, was ich tun kann."

„Du bist die Beste, Janie", sagte Bell.

Janie lachte leise, während sie sich zurück zur Küche aufmachte. „Das sagst du mir immer."

„Danke, Janie", rief Hope.

Sie winkte, während sie aus dem Zimmer verschwand.

„Du weißt schon, ich habe es total verabscheut, als Lucas mir gesagt hat, dass er mir eine Pflegerin besorgt, aber sie ist eine echt gute Köchin. Hätte er mir gesagt, dass er eine persönliche Köchin einstellt, wäre diese Unterhaltung besser gelaufen." Ihre Augen legten sich in Falten, als sie lachte. „Es nervt, alt zu werden, Hope. Aber es hilft auf jeden Fall, meinen Jungen zu Hause zu haben."

Es war seltsam, wie Bell die meiste Zeit über völlig klar zu sein schien, sich dessen bewusst, was alles passierte, aber ihr dann hin und wieder einfach die Realität entschlüpfte. Das ließ Hope so mitleiden mit allem, was Bell und Lucas bestimmt durchmachten. So schwierig ihre Beziehung zu ihrer eigenen Mutter auch gewesen war, falls Angela angefangen hätte, Einzelheiten ihres Lebens zu vergessen, wäre das äußerstes desorientierend gewesen, wenn man es mit ansehen musste. Sie wollte Lucas umarmen, denn er musste bestimmt einiges erdulden. Und Bell auch, was das anging, aber sie wirkte sich völlig bewusst, dass ihr ihre Gedanken entglitten. „Ich bin auch so froh, dass er zu Hause ist", sagte Hope leise.

„Er ist ein guter Junge, Hope."

„Stimmt", pflichtete sie bei.

„Du liebst ihn noch, oder?", fragte Bell.

Hope, die an der Limonade genippt hatte, verschluckte sich, und als sie mit dem Husten fertig war, schaute sie zu Bell und sagte: „Du redest nicht um den heißen Brei, oder?"

„Ich glaube, es ist offensichtlich, wie ihr zueinandersteht. Weshalb sollte man nicht die Wahrheit sagen?"

„Weil es mir nicht ganz richtig erscheint, vor jemandes Mutter zuzugeben, dass man jemanden liebt, ohne es ihm erst mal selbst zu sagen."

Bell nickte und legte den Kopf schief. „Kann ich dich was fragen?"

„Klar."

„Weshalb bist du nicht mit Lucas nach Osten gezogen? Deine Mom hatte doch bereits die Stadt verlassen. Ich habe mich immer gefragt, was so wichtig war, dass es dich hier gehalten hat."

Hätte irgendjemand sonst ihr diese Frage gestellt, hätte Hope sich empört. Aber Bells Ton war voller unschuldiger Neugier. „Beim ersten Mal war ich noch auf dem College. Beim zweiten Mal ging es meiner Kunstgalerie gerade richtig gut. Ich musste eine Entscheidung treffen … Hierbleiben und das Geschäft aufbauen, in das ich so viel Mühe gesteckt habe, oder es alles aufgeben, um einem Mann quer durchs Land zu folgen. Das konnte ich einfach nicht."

Bell nickte. „Entscheidungen. Wir haben alle unsere Gründe. Natürlich, ich bin sicher, du verstehst, weshalb Lucas das Gefühl hatte, gehen zu müssen. Nach allem, was mit seinem Vater passiert ist."

Hope runzelte die Stirn. Sie war seinem Vater niemals begegnet. Als Hope in die Stadt gezogen war, war er bereits nicht mehr relevant gewesen. Lucas hatte auch niemals über ihn reden wollen. Er sagte einfach, dass sein Vater sie verlassen hatte, und dass er niemals wieder etwas von ihm gehört hatte. Und damit war es das auch. „Lucas hat mir nicht allzu viel über seinen Dad erzählt", gab sie zu. „Nur, dass er gegangen ist, als Lucas vierzehn war, und niemals einen Blick zurückgeworfen hat."

Bell nickte. „Ich bin nicht überrascht. Wir reden auch nie

über ihn. Es gibt eigentlich nichts zu sagen. Das dachte ich zumindest. Aber es hat sich herausgestellt, dass ich mich da geirrt habe."

„Wie denn das?" Hope beugte sich vor, weil ihr klar wurde, was immer Bell sagen wollte, es war wichtig, dass Hope es hörte.

„Lucas' Vater war ein sehr charismatischer Kerl. Als wir uns begegnet sind, habe ich mich sehr schnell in ihn verliebt. Er ist so ein Mensch, der einem das Gefühl geben kann, man wäre das Zentrum des Universums. Es ist äußerst berauschend und nicht sonderlich gesund, aber wenn man jung ist, ist es schwer, diese Dinge zu verstehen. Das Problem war, selbst nachdem ich ihn geheiratet habe, gab er anderen jungen Mädchen dasselbe Gefühl."

„Oh. Er ist fremdgegangen?", fragte Hope, der Bell leidtat. Sie war eine freundliche, wunderbare Frau, die so viel Besseres verdient hatte.

„Ja. Er wusste nicht, wie man treu ist, aber viel schlimmer war, dass er auch keinen Job lange behalten oder seine Ausgaben im Griff behalten konnte. Während wir verheiratet waren, habe ich drei Jobs gehabt, nur damit wir nicht pleitegehen. Rückblickend kann ich sagen, dass ich nicht glaube, wie lange ich mir das habe gefallen lassen, aber ich habe damals an Schwüre geglaubt und tue es immer noch. Und ich wollte, dass mein Sohn einen Vater hat. Was mir nicht klar war, war, wie sehr Randall Lucas beeinträchtigte. Für mich kam die Wende schließlich, als er anfing, zu trinken."

Hope verzog das Gesicht. Es war schlimmer gewesen, als sie gedacht hatte.

„Randall und Lucas hatten eine gute Beziehung, bis zu dem Punkt, an dem Lucas allmählich verstand, dass sein Vater niemals arbeitete, zu viel trank und zu viel Zeit mit anderen

Frauen verbrachte. Lucas fing an, die Tatsache zu verabscheuen, dass ich die ganze Zeit arbeitete, während sein Vater sich aufführte wie ein Playboy. Und als Lucas ihn deswegen zur Rede stellte, sagte ihm Randall, dass sie ein- und derselbe wären, und dass er aufhören sollte, vom College zu träumen, weil er niemals was aus sich machen würde. Es war hässlich und ging monatelang so, bevor ich Wind davon bekam."

Tränen brannten in Hopes Augen. Das hatte Lucas von seinem Vater nicht verdient. Kein Kind hatte das. Und allmählich verstand sie, weshalb Lucas so versessen darauf gewesen war, in der Schule gut dazustehen und ein Stipendium zu bekommen. Seine Mutter hätte anders nicht für seine Ausbildung zahlen können. Hope vermutete, dass ein gut gelebtes Leben dazu noch ein großer ausgestreckter Mittelfinger an seinen Vater war. „Es klingt, als wäre er ein sehr unglücklicher Mann gewesen."

„Das stimmt", versicherte ihr Bell. „Es gefiel ihm nicht, als der Trinker und Playboy der Stadt bekannt zu sein, der keinen Job lange hielt und es letztlich an seinem Sohn ausließ. Als ich mitbekam, was los war, habe ich ihn vor die Tür gesetzt und ihm gesagt, er soll niemals zurückkommen. Und genau das ist passiert."

„Gut für dich", sagte Hope, die sich die Augen abwischte. „Ich weiß, das ist bestimmt nicht leicht gewesen."

„Weißt du, sobald ich es mir mal überlegt hatte, war es nicht so schwer. Ich hatte Lucas, und er war und ist immer meine allererste Priorität."

Hope nahm an, dass Bell wollte, dass sie aus dieser Geschichte etwas lernte. Sie war nur nicht ganz sicher, was. „Bell, warum erzählst du mir das jetzt?"

„Weil, meine Liebe, ich dich liebe, und ich bin mir nicht

sicher, dass du genau verstehst, weshalb er Premonition Pointe verlassen hat."

„Weil er etwas aus sich machen musste. Diesen Teil verstehe ich. Ich weiß nur nicht, weshalb er das nicht hier bei mir tun konnte. Weshalb war seine Karriere so viel wichtiger als meine?" Da. Hope hatte endlich laut die Worte ausgesprochen, die sie in den letzten fünfzehn Jahren mit sich herumgeschleppt hatte.

Bell griff an Hopes Wange. „War sie nicht. Das weiß er. Es ist gegangen, weil er sich beweisen musste, dass er niemals zu seinem Vater werden würde. Dass er etwas aus sich machen und sich nicht darauf verlassen würde, dass seine Frau die Rechnungen bezahlt. Er hat Premonition Pointe und die Erinnerung an seinen Vater verlassen, Hope. Nicht dich."

Ach, verdammt. Die Tränen liefen ungehindert ihre Wangen hinab. Weshalb hatte Bell ihr das noch nie vorher erzählt? Hätte sie es gewusst und wäre ihr klar gewesen, dass Lucas wegen seines inneren Friedens hatte gehen müssen, hätte sie vielleicht anders reagiert. Stattdessen hatte sie sich gespreizt und war wütend geblieben und hatte sich überzeugt, dass er sich freiwillig aus dem Leben entfernt hatte, das sie zusammen hatten aufbauen wollen, und dass ihre Bedürfnisse bei seinen Plänen keine wichtige Rolle gespielt hatten. Aber das Gegenteil war der Fall gewesen. Ihr war nicht klar gewesen, was *er* gebraucht hatte, und sie hatte ihn nicht unterstützt. Verdammt, sie hatte ihm gesagt, er solle sie nicht anrufen. Sie würde keine Fernbeziehung führen, obwohl er sie mehr als einmal gefragt hatte, ob sie es versuchen konnten.

Hope ließ den Kopf hängen und stützte ihn in die Hände, um tief zu seufzen. „Wir haben echt alles vermasselt, oder?"

„Es ist nicht zu spät, es noch mal zu probieren", sagte Bell leise und nippte an ihrer Limonade.

„Nein, ist es nicht. Damit hast du recht." War das nicht der ganze Grund gewesen, weshalb Hope unangekündigt bei ihm zu Hause aufgetaucht war? Sie wusste, dass sie es noch einmal versuchen wollte, und dass es diesmal für immer sein sollte.

Bell blinzelte, schaute in das Limonadenglas und dann wieder zu Hope. „Ich dachte, wir würden Tee trinken?"

„Janie hat uns Limonade gemacht. Sie ist gut", sagte Hope, die ihr Glas nahm.

„Wer ist Janie?" Bell schaute sich um, sie wirkte verwirrt und ein wenig gestresst.

Hope spürte, wie in ihrer Brust Panik aufkam. Offensichtlich ließen Bells Erinnerungen wieder nach. Hope wusste noch nicht, wie man damit umging. Sie beschloss, dass es am besten wäre, ganz nüchtern zu bleiben und einfach die Details zur Verfügung zu stellen. „Sie ist hier, um im Haus zu helfen, während Lucas in der Arbeit ist."

Ihre Stirn legte sich in tiefere Falten. „Lucas wohnt im Boston." Bell schaute sich im Haus um, musterte die ganzen schönen Einzelheiten des renovierten Hauses. „Moment mal. Lucas hat uns dieses Haus gekauft. Wir wohnen jetzt hier."

Hope nickte. „Ist es nicht wunderschön? Der Ausblick auf den Wald aus dem hinteren Fenster ist echt majestätisch."

„Lucas hat mir gesagt, dass du dieses Haus immer geliebt hast", sagte sie mit einem frechen Grinsen. „Vielleicht ziehst du eines Tages hier bei uns ein."

Hopes Gesicht wurde warm, und sie wusste, dass sie errötete. Es gab nicht viel mehr, das sie wollte, außer dort bei Lucas, seinen Hunden und Bell, ihrer zweiten Mutter, zu leben. „Weißt du, Bell, ich glaube, das würde ich lieben."

Bell stand auf und kam, um sich neben Hope auf das Sofa zu setzen. Die ältere Frau gab Hope eine große Umarmung und sagte: „Sag mir nur, wann. Ich werde da sein, um dir beim Auspacken zu helfen."

KAPITEL VIERUNDZWANZIG

*E*s war vierundzwanzig Stunden her, seit Hope Lucas' Haus verlassen hatte, mit einer neuen Perspektive auf ihre Beziehung in der Vergangenheit. Sie hatten beide ihre Gründe für ihre Entscheidungen gehabt, und es lag nicht daran, dass sie ihre Karriere vor die des anderen gestellt hatten, sondern schon eher, dass sie sich *selbst* gewählt hatten. Hope, weil sie Wurzeln brauchte und etwas für sich selbst tun musste, nachdem sie von ihrer Mutter verlassen worden war, und Lucas, weil er beweisen musste, dass er niemals werden würde wie sein Vater.

Aber nun? Sie hatten getan, was jeder von ihnen tun musste, und sie war bereit, ihm zu sagen, dass sie ganz bei ihm war. Dass sie bereit war, sich ihm zu verschreiben, wie immer das in der Zukunft für sie aussah. Dass sie ihre Entscheidungen fürs Leben zusammen treffen würden. Es war schade, dass er am Vorabend lange gearbeitet hatte. Es hatte sich erwiesen, dass der Kunde, zu dem er aufgebrochen war, ein paar Stunden entfernt wohnte und ein großes Haus hatte, das sowohl Schränke als auch eine Einbauküche brauchte.

Janie und Bell hatten beide recht gehabt. Er war erst spät zurückgekommen und hatte früh am Morgen ein Treffen mit einem weiteren Kunden vereinbart. Obwohl Hope also ganz versessen darauf war, mit ihm zu sprechen, verzichtete sie darauf, alles vor ihm auszupacken, bis sie persönlich mit ihm reden konnte.

Den Vormittag hatte sie damit verbracht, ihr Buch mit Terminen durchzugehen, und als ihr klar geworden war, dass ihr Geschäft um vierzig Prozent geschrumpft war, schritt sie zur Tat und arbeitete aus, wie sie ein paar ihrer verlorenen Klienten zurückgewinnen konnte. Jetzt war sie auf dem Weg, um mit Yasmeen zu reden. Sie würde versuchen, wegen der Gerüchte reine Luft zu machen, die dafür gesorgt hatten, dass die Frau ihre große Eröffnung abblies. Hope hatte einen Vorschlag ausgearbeitet, von dem sie glaubte, die Besitzerin der neuen Glasgalerie der Stadt könne ihn sich nicht entgehen lassen.

Hope parkte ihr Auto ein paar Blöcke entfernt und musste durch einen leichten Regen gehen, um zur Galerie zu kommen. Sie hoffte, das bedeutete, Yasmeen würde nicht zu beschäftigt sein. Es waren nicht viele Touristen unterwegs, wenn es nass und bedeckt war.

Die Türglocke läutete, als Hope eintrat. Die drei Leute am Tresen drehten sich alle um, um sie anzustarren. Yasmeen klappte der Mund auf, und sie schüttelte den Kopf und machte eine Geste, als würde sie befehlen, dass Hope ihren Laden verließ. Aber Iris Hartsen, die Bürgermeisterin, sah Yasmeens Gezappel nicht, weil sie zu sehr damit beschäftigt war, Hope anzulächeln und sie rüber zu winken. Der dritte im Bunde war einer der Männer von Gigis Party. Irgendein Troy. Der Fotograf, falls Hope es noch richtig in Erinnerung hatte.

„Hope, Sie sind genau diejenige, die ich sehen wollte", sagte

Iris. „Kommen Sie rüber. Wir machen ein Brainstorming, wie wir weitere Kunsthandwerksläden in Premonition Pointe ansiedeln."

Ein Teil der Wachstumspläne der Bürgermeisterin für das kleine Städtchen sah vor, es in ein Schlaraffenland für Kunstliebhaber zu verwandeln. Zusätzlich zu dem Laden mit handgemachtem Glas und ein paar Kunstgalerien wollte sie, dass in der Altstadt ein paar Dutzend Läden eröffneten, die alle mit Kunst und Handwerk zu tun hatten. Sie hatte eine wirtschaftliche Entwicklungsstudie in Auftrag gegeben, und die Zahlen waren da; die Touristen verbrachten mehr Zeit in den Kunstläden und gaben mehr Geld aus als in den Touristenfallen, die Massenware verkauften, die man überall bestellen konnte. Die Bürgermeisterin wollte Premonition Pointe als ein Urlaubsziel etablieren, das mehr zu bieten hatte als nur den Strand.

„Äh, okay, aber ich bin nicht sicher, wie ich dabei helfen kann", sagte Hope.

„Sie hatten eine Kunstgalerie, oder nicht? Und Ihre Freundin Joy ist im Vorstand des Künstlermarkts, oder?", hakte die Bürgermeisterin nach.

„Klar. Aber ich habe meinen Laden vor einer Weile geschlossen, und die meisten meiner Künstler waren zu sehr beschäftigt, eigene Läden zu bestücken. Aber ich kann mal die Fühler für Sie ausstrecken, wenn Sie mögen", fügte Hope an, die hilfsbereit klingen wollte. Da die Bürgermeisterin die Gerüchte der Stadt zu ignorieren schien, war Hope mehr als nur bereit, zu versuchen, ihr zu helfen.

„Hallo, Hope. Schön, dich wiederzusehen", sagte Troy, der ihr die Hand hinhielt. „Skyler kann gar nicht aufhören, über die Hundehochzeit zu reden, die ihr beiden plant. Für mich klingt das ziemlich verrückt, aber so ist Skyler eben."

Hope lächelte den attraktiven Mann an, bemerkte seine freundlichen blauen Augen und sein lockeres Lächeln. „Das ist schon eine meiner ungewöhnlicheren Anfragen, aber auch eine, die am meisten Spaß macht. Ich freue mich sehr drauf."

Yasmeen schnaubte, und als sie sie alle drei anschauten, wandte sie den Blick ab und sagte: „Peggy Pitsman ist die neue angesagte Eventplanerin der Stadt. Wenn ich ein Event planen müsste, würde ich sie anrufen."

So viel also dazu, Yasmeen umzustimmen, dachte Hope.

Was für eine Zicke, dachte Troy, womit er Hope fast laut zum Lachen brachte.

Niemals in einer Million Jahre würde ich Peggy Pitsman buchen, damit sie was für mich ausrichtet, dachte die Bürgermeisterin. *Nicht einmal, um den Hundekot aus unserem Garten zu räumen. Die Frau ist eine echte Gefahr mit ihren ganzen Lügen und Gerüchten.*

Da lachte Hope wirklich leise. Es war gut, zu wissen, dass zumindest manche Leute in der Stadt Peggys Worte nicht zu ernst nahmen.

„Was ist denn so lustig, Hope?", wollte Yasmeen wissen.

„Dir ist schon klar, dass Peggys Tochter im Krankenhaus ist, oder?"

„Ja", sagte Hope, ihre Miene wurde plötzlich nüchtern. „Es ist echt schrecklich. Was war das, die vierte Überdosis diesen Monat, Bürgermeisterin?"

Iris stieß ein tiefes Seufzen aus. „Genau. Ich lasse ein paar Polizisten daran arbeiten, Spuren zu verfolgen, woher das Zeug kommt, aber bisher gibt es nicht viel zu sagen. Hat irgendjemand von euch Gerüchte gehört, denen man mal nachgehen sollte?"

„Nö", sagte Yasmeen, die den Kopf schüttelte. „Das einzige

Gerücht, das ich gehört habe, war das, dass Hope sexuelle Gefälligkeiten gegen Arbeit austauscht."

„Yasmeen!", tadelte die Bürgermeisterin. „Ich habe Ihnen doch schon gesagt, dass das eine schändliche Lüge ist. Hören Sie auf, so widerborstig zu sein."

Hopes Augenbrauen gingen nach oben. So hatte sie die Bürgermeisterin noch nie mit jemandem reden hören, ganz zu schweigen von einer neuen Geschäftsbesitzerin, die gerade erst eröffnet hatte.

„Tut mir leid." Yasmeen hob die Hände. „Ich dachte, das hätten wir alle gehört. Ich habe nicht gesagt, dass es stimmt."

Die Bürgermeisterin knirschte mit den Zähnen, und Hope liebte sie dafür. Es war nett, zur Abwechslung jemanden auf ihrer Seite zu haben. Iris starrte Yasmeen einen Augenblick lang an, und dann sagte sie: „Versuchen Sie, nicht so angriffslustig zu sein, Yasmeen. Das ist keine sehr attraktive Charaktereigenschaft."

Abermals läutete die Glocke, und der Mann der Bürgermeisterin kam herein. Er war ein kleiner Mann mit dichtem blondem Haar und einem breiten Lächeln. „Ach, hallo, Iris. Hope. Und Sie, Sir, ich bin mir nicht ganz sicher, ob wir uns schon begegnet sind." Er hielt Troy eine Hand hin, und dieser stellte sich vor. Dann schaute er nervös zu Yasmeen. „Hallo auch."

„Hallo, Tom. Du siehst heute gut aus", sagte sie und lächelte ihn scheu an.

Hope starrte sie an und runzelte die Stirn. Hatte Yasmeen gerade wirklich direkt vor seiner Frau mit dem Mann der Bürgermeisterin geflirtet?

„Sieht aus, als hättet ihr ein Meeting", sagte Tom zu seiner Frau. „Was ist los?"

„Wir machen ein Brainstorming mit Ideen für neue Geschäfte", sagte sie und wirkte ungeduldig.

„Ich kenne ein paar Leute", sagte Troy. „Ich habe viele Kontakte entlang der Küste in Südkalifornien und auch drüben im Osten. Vielleicht haben die Interesse daran, hier noch einen Laden zu eröffnen, besonders, wenn es große Unterstützung von der Stadt gibt."

„Oh, wenn wir über Leute von außerhalb der Stadt reden, habe ich eine Tonne von Freunden, die bereits Interesse haben", sagte Yasmeen. „Sie sind schon seit Jahrzehnten in der Kunstbranche. Poppy Tims, Butch Manroe, Annie Deckman. Sie haben alle sehr erfolgreiche Läden."

„Was für Kunst verkaufen die denn?", fragte Iris.

„Oh … äh …" Sie tippte sich mit dem Finger ans Kinn. „Eine macht Fotos, Originalgemälde, so was eben. Butch geht es mehr um Metallkunst, sowohl hochklassigen Schmuck als auch Wandschmuck. So was eben."

„Ach, das ist seltsam", sagte Troy.

„Warum?", fragte die Bürgermeisterin.

Er zuckte mit den Schultern. „Es ist ja nur, dass ich die meisten der größeren Kunstgalerien unten im Süden kenne, und von diesen Leuten habe ich noch nie gehört."

„Sicher kennen Sie nicht alle", fuhr ihn Yasmeen an.

„Daran gibt es keinen Zweifel. Aber die Kunstszene ist ziemlich gut vernetzt. Ich habe das einfach nur ungewöhnlich gefunden, das ist alles." Troy machte einen Schritt zurück und schob sich die Hände in die Tasche. „Ich denke, ich schaue mich mal um." Er wandte sich an Iris. „Lassen Sie mich wissen, wenn Sie eine Liste mit potenziellen Kontakten möchten."

„Mache ich. Vielen Dank, Troy."

„Jederzeit." Er nickte Hope zu. „Schön, dich wieder zu sehen."

„Danke, dich auch." Hope beobachtete, wie er oberflächlich eine Runde im Laden drehte und dann hinaus in den verhangenen Tag verschwand.

Tom beäugte ihn und den Laden, dann wandte er sich an Yasmeen. „Weißt du, falls du für neue Ausstellungsstücke Holz brauchst, lass es mich wissen. Ich kann dir ein tolles Angebot machen. Ich habe sogar einen Typen, der sie für dich bauen kann."

„Das ist lieb von dir", sagte Yasmeen und funkelte Hope an. „Der letzte, den ich gefragt hatte, wollte mein Erstgeborenes. Er hatte auch eine echt heftige Haltung, als würde er darüber stehen, Geschäftskollegen auszuhelfen."

Hope wandte sich um und verdrehte die Augen, dann ging sie rückwärts, um sich ein Regal mit handgeblasenem Wandschmuck anzusehen. Sie nahm an, dass Yasmeen von Lucas redete. Er hatte ihr von jemandem erzählt, der maßgeschneiderte Regale wollte, aber ganz schnell und zum halben Preis. Falls das stimmte, war Hope froh, dass Yasmeen abgesagt hatte. Solche Kunden brauchte sie nicht. Mit einem Auge auf dem Trio ging Hope weiter, um so zu tun, als wäre sie interessiert an den Glaswaren. Obwohl keine ihrer Gedanken durchkamen, gab es eine Menge offensichtliche Spannung zwischen ihnen. Und falls es Gerüchte da draußen gab, über Yasmeen und die Bürgermeisterin, oder den Mann der Bürgermeisterin, dann war Hope mehr als nur bereit, auf altmodische Art zu lauschen.

„Keine Sorge, Yas", sagte Tom, der eine Hand ihren Arm hinabgleiten ließ, als würde er aufgeplusterte Federn glatt streichen. „Er war vermutlich einfach nur eingeschüchtert von all dieser natürlichen Schönheit."

„Tom! Ernsthaft?" Iris warf die Hände hoch und stürmte aus dem Laden.

„Verdammt", murmelte Tom. „Ich muss los."

Yasmeen griff vor und nahm ihn am Handgelenk. „Warte. Sie war einfach nur dramatisch. Außerdem wissen wir beide, dass sie nicht viel länger ein Problem darstellt. Lass der Sache nur Zeit." Sie lächelte zu ihm auf. „Vertraue mir."

Er wollte sich schon dichter heranbeugen, aber dann zog er seine Hand zurück. „Ich muss los. Versuch doch mal ausnahmsweise, dich zu benehmen."

Yasmeen kicherte und verzog sich dann nach weiter hinten in ihren Laden.

Hope war ziemlich sicher, dass sie sie ganz vergessen hatten, und dass Yasmeen eine Affäre mit dem Mann der Bürgermeisterin hatte.

Aber natürlich. Die Leute, die am lautesten von Moral brüllten, schienen immer diejenigen zu sein, die die schlimmsten Sünden begingen.

Hope ging rasch aus dem Laden, bis sie Iris und Tom sah, die unter einem Vorsprung standen und stritten.

„Mach das niemals wieder mit mir!", beharrte Iris. „Du hast mich da drin gedemütigt."

„Ich war doch nur freundlich", entgegnete Tom. „Freundlich kennst du noch, oder? So benehmen sich zivilisierte Leute."

„Oh, du willst über zivilisierte Leute reden. Lass mich dir sagen, was zivilisiert ist. Es bedeutet, dass du deine Frau unterstützt, anstatt zu versuchen, jeden einzelnen Geschäftskontakt, den ich habe, zu deinem eigenen Vorankommen auszunutzen. Es ist unethisch, dass du mein Amt ausnutzt, meinen Titel, und das Vertrauen, das ich von der Gemeinschaft bekommen habe, nur um ein paar weitere Aufträge in deinem Ordner zu haben."

Hope runzelte die Stirn. Tom gehörte ein Holzgeschäft.

Weshalb war Iris so genervt, dass er mit Lucas arbeitete? Der Mann brauchte jemanden, der ihn versorgte.

„Ich nutze deine Verbindungen doch nicht aus! Wieso sollte denn Lucas King eine deiner Verbindungen sein?", wollte er wissen. Seine Wangen waren so gerötet, sodass er wirkte, als hätte sie ihn gerade geohrfeigt.

„Weil er zu mir kam, um Hilfe mit dem Flächennutzungsplan zu bekommen, und jetzt sieht es aus, als hätte ich ihm einen Gefallen getan, nur damit du ins Geschäft mit ihm kommst. Was zum Teufel, Tom? Du weißt doch, wie das alles funktioniert. Wir müssen alles so transparent machen, dass wir wie eine Glaskugel sind, siehst du das denn nicht?"

Er schaute zum Laden und sah, wie sich Hope dort herumdrückte. Sie starrte auf ihr Handy und versuchte so zu tun, als würde sie auf ein Uber warten.

Endlich wandte er seine Aufmerksamkeit wieder zur Bürgermeisterin zurück. „Ich mache, was ich will. Genauso wie du." Dann marschierte er weg, ließ die Bürgermeisterin bebend vor Zorn dort stehen.

Hope wollte zu ihr gehen und sie trösten, aber sie brach zu rasch auf, und Hope nahm an, dass sie die Art Frau war, die Frust verdampfen ließ, indem sie arbeitete, nicht, indem sie mit Freundinnen tratschte. Aber sie würde die Idee Grace, Joy und Gigi vorlegen und sehen, ob sie offen dafür waren, Iris zu einem Zirkeltreffen einzuladen, falls sich die Gelegenheit ergab. Sie mochte die Bürgermeisterin ziemlich.

„Oh. Mein. Gott. Hast du das gerade alles mitbekommen?", fragte Skyler. Er hielt Petes Hand, während sie über den Bürgersteig zu Hope kamen, und sie hatten Essenstüten von Abalone dabei. „Das ist ja unterhaltsam. Weißt du, worüber sie gestritten haben?"

„Sky", sagte Pete mit einem leichten Lachen, während er den Kopf schüttelte.

„Ach, komm schon Petey. Hope hatte doch einen Sitz in der ersten Reihe bei dieser Vorführung. Sie muss es ausspucken, denn sie ist meine neue beste Freundin."

Hope lachte. „Na, wenn du es unbedingt wissen musst, ich habe persönlich mitbekommen, wie ihr Mann mit Yasmeen geflirtet hat. Als Iris davonmarschiert ist, hat Yasmeen ihrem Mann gesagt, er soll sich nicht zu sehr sorgen, weil Iris nicht mehr länger ein Problem sein würde. Ich glaube, sie haben eine Affäre."

„Das ist ja skandalös", sagt Skyler, der sich eine Hand auf die Brust legte, während er den Kopf schiefhielt.

„Eine Affäre?", fragte Pete mit verzogenem Gesicht. „Ich glaube nicht, dass es das ist. Oder zumindest nicht alles. Vielleicht machen sie rum, aber falls es so ist, denke ich darüber lieber nicht nach." Er erbebte, als wäre er nur von dem Gedanken traumatisiert, dass sie zusammen waren.

„Was könnte es denn sonst sein?", fragte Hope.

Pete schürzte die Lippen und warf einen Blick auf den Laden hinter ihnen. „Der Grund ist, dass sie sich heute hat aufstellen lassen, um bei der nächsten Wahl gegen die Bürgermeisterin anzutreten."

Sowohl Hope als auch Skyler stießen ein lautes Keuchen aus und sagten dann: „Neiiiiin."

KAPITEL FÜNFUNDZWANZIG

*H*ope war erschöpft, als sie in ihr Haus ging. Nach der Szene in Yasmeens Glasladen hatte sie einen Anruf von Troy erhalten. Er hatte vor, eine Dinnerparty für ein paar Künstlerfreunde zu geben, die in ein paar Wochen in die Stadt kamen, und bat sie um Hilfe. Sie hatte sich gefreut, die Gedanken an die Szene dort in Yasmeens Laden verdrängen zu können. Wer hätte geahnt, dass eine Kleinstadt so voller Drama sein konnte? Ging denn nicht bereits genug vor, ohne dass dazu noch der Bonus kam, dass Yasmeen versuchte, Bürgermeisterin zu werden? Hope hatte Angst, wenn sie es schaffte, genug ihrer Tratsch-Freundinnen dazu zu kriegen, für sie zu stimmen, wäre diese Stadt dem Untergang geweiht.

Das Haus war dunkel und viel zu still. Das Auto ihrer Mutter stand vorne draußen, aber es gab keine Spur von ihr im Haus. „Mom?", rief Hope, die ihre Post auf den Seitentisch fallen ließ.

„Ich bin hier", rief ihre Mutter weiter hinten im Gang. Ein Licht ging an, und Angela erschien, in eine Yogahose und ein

239

zerknittertes Sweatshirt gekleidet. Ihre dunklen Haare waren ganz durcheinander, und auf ihrem Gesicht waren Druckstellen vom Kissen.

„Hast du ein schönes Nickerchen gemacht?", fragte Hope, die plötzlich äußerst neidisch war. Wie schön wäre es gewesen, den Nachmittag einfach verschlafen zu können.

Sie nickte und wischte sich den Schlaf aus den Augen. „Ich hatte den Anflug einer Migräne. Das Nickerchen hat geholfen."

Hope verzog das Gesicht. „Tut mir leid. Ist es weg, oder brauchst du irgendwelche Medikamente?" Ihre Mutter hatte immer wieder mal an Migräne gelitten, während Hope klein gewesen war, aber in den letzten Jahren war es sehr viel schlimmer geworden, bevor sie aufgebrochen war und Hope allein zurückgelassen hatte. „Wird es schlimmer durch diese ganze Telepathie?"

„Derzeit schon, ja. Wenn ich überwältigt von den Gedanken der anderen Leute werde, fordert das einen Tribut." Sie strich sich mit der Hand übers Gesicht und gähnte. „Ich bin einfach umgekippt."

Hope nahm Platz in ihrem übergroßen Sessel und musterte ihre Mutter. „Wo warst du denn, als du überwältigt wurdest?"

„Im *Pointe of View Café*. Ich habe eine Unterhaltung zwischen zwei Typen im College-Alter belauscht. Sie waren Lieferfahrer, die über ihre Jobs geredet haben, aber einer hat daran gedacht, zusätzliche Päckchen nebenher auszuliefern. Dass er es nicht mehr tun wollte nach all den Überdosen, aber sie würde ihn umbringen, falls er versucht, damit aufzuhören."

Heilige Scheiße. Hope sprang vor, plötzlich sehr interessiert an dem, was ihre Mutter zu sagen hatte. Die ganze Woche hatte ihre Mom Zeit damit verbracht, Leute zu belauschen, aber es war nichts Interessantes dabei herausgekommen. Nun schien es, als hätte sie den Jackpot gefunden und wäre einem Typen begegnet, der Ashe transportierte. „*Sie* würde ihn umbringen? Diejenige, die wir suchen, ist eine Sie?"

„So hat es für mich geklungen", sagte sie mit einem Nicken. „Er hat an den Zeitpunkt gedacht, als er mal was davon geraucht hat, und Angst bekam, weil er sich nicht wirklich an irgendwas erinnern konnte. Genau da bin ich aufgestanden und zu ihnen rübergegangen, weil ich einen Namen haben wollte. Ich habe so getan, als würde ich glauben, er wäre der Sohn einer Familienfreundin, und nannte ihn Hal, als ich Hallo sagte. Aber der kleine Bastard hat das für witzig gehalten und auch mitgespielt."

„Was für ein Komiker", sagte Hope trocken. „Sein Freund hat aber nicht an seinen Namen gedacht oder so was?"

„Nö. Er hat ihn E genannt, damit kann man also vielleicht arbeiten, schätze ich, aber es ist echt frustrierend, dass ich damit nicht weiterzukommen scheine."

„Mom", sagte Hope, die aufstand und rüberkam, um sich zu ihr zu setzen. „Du warst fantastisch. Jetzt weiß ich, dass ich nach einer Frau suche, und falls ein Lieferfahrer auftaucht, der E heißt oder einen Namen hat, der mit E beginnt, werde ich wissen, dass wir ihn uns anschauen müssen." Sie warf die Arme um Angela und drückte sie fest. „Es tut mir leid, dass das Belauschen anderer so schwer für dich war. Willst du, dass ich was zum Abendessen mache? Oder Tee oder so was?"

Angela schüttelte den Kopf. „Nein, danke. Ich werde lieber raus zu einem Spaziergang gehen und mir Frischluft am Strand holen. Ich könnte etwas Abstand von Leuten vertragen."

Hope wusste, das bedeutete, sie wollte einfach ihre Gedanken beruhigen, und obwohl Hope die einzige Person im

Haus war, war es ja nicht, als könne ihre Mom die Fähigkeit abschalten, ihre Gedanken zu hören.

„Das stimmt, Häschen. Ich sehne mich nach etwas Frieden." Angela küsste sie auf die Wange und erhob sich vom Sofa, verschwand durch den Gang. Ein paar Minuten später, während Hope in der Küche war und etwas übrige Pasta aufwärmte, hörte sie, wie sich die Eingangstür öffnete und dann wieder schloss.

Sie hatte sich gerade an den Tisch gesetzt, als die Tür erneut auf- und zuging. Schritte erklangen auf dem Hartholzboden, sodass Hope die Stirn runzelte. „Hast du was vergessen?"

„Ganz und gar nicht", sagte Lucas aus dem Kücheneingang. „Ich weiß noch *alles*."

Hope drehte sich um und lächelte ihn an, während ihr Herz schneller schlug. Verdammt, sie hatte ihn vermisst, und es war erst achtundvierzig Stunden her, seit sie ihn zum letzten Mal gesehen hatte. „Du bist ein erfreulicher Anblick. Ich wusste nicht, dass du heute Abend vorbeikommst."

Lucas kam durch die Küche und nahm sie in die Arme. Ohne ein Wort legte er seinen Mund auf ihren und küsste sie langsam, nahm sich Zeit, ihre Lippen, ihre Zunge und ihren Mund zu erkunden. Als er sich zurückzog, war sie atemlos und lehnte sich an ihn, wollte mehr.

„Ich bin gestern bei dir zu Hause vorbeigekommen, um dich zu treffen", sagte Hope.

„Ich weiß. Meine Mom hat den Besuch echt genossen." Er strich ihr eine dunkle Haarsträhne hinter die Ohren.

„Sie hat gesagt, du hättest gearbeitet."

„Ja. Ich habe einen Kostenvoranschlag erstellt. Tut mir leid, dass ich dich verpasst habe." Er legte ihr eine Hand um den Nacken und zog sie zu einem weiteren Kuss an sich, diesmal zerrte er leicht an ihrer Unterlippe, sodass ihr ganzer Körper prickelte.

Hope schloss die Augen und stieß ein leises Stöhnen aus. Verdammt, es fühlte sich gut an, wieder in seinen Armen zu sein.

„Ich will dich, Hope", sagte er heiser, streifte mit dem Mund zu ihrem Nacken und verteilte Küsse ihre Schulter hinab.

„Das ist … ah!" Er hatte sich genau diesen Augenblick ausgesucht, um fest zuzubeißen, sodass es leicht brannte. „Das ist unfair", hauchte sie. „Du weißt doch, dass mich das immer anturnt."

„Hat doch keiner behauptet, dass ich fair sein würde." Er legte ihr die Hände an die Seiten und begann an ihrem T-Shirt zu zerren.

Sie lachte leise. „Das klingt jetzt sicher gleich dumm, da ich eine erwachsene Frau bin, aber jeden Augenblick könnte meine Mom zurück nach Hause kommen."

Sofort hob er den Kopf und schaute ihr in die Augen. „Nein, wird sie nicht. Als ich reinkam, hat sie mir gesagt, sie würde sich rar machen, und ich solle zu dir gehen und dir zeigen, wie sehr ich dich wirklich will."

Hope schaute ihn aus zusammengekniffenen Augen an. „Das hat sie *nicht* gesagt."

„Doch, hat sie. Tatsächlich hat sie mir gesagt, sie würde in ein Hotel einchecken, damit wir unsere Privatsphäre haben." Er nutzte die Gelegenheit, um sie dichter an sich zu ziehen, damit sie an seinen athletischen Körper gepresst wurde.

„Du nimmst mich auf den Arm, oder?" Sie grinste ihn an, begeistert von ihrem Wortgefecht. Es war locker und spielerisch, genauso wie es immer gewesen war. Sie hatte es immer geliebt, ihn zu lieben. Ihre Nächte waren von Gelächter erfüllt gewesen, und der Sex mit ihm machte einfach Spaß.

Er lachte leise. „Ich weiß, dass es so klingt, aber das hat sie wirklich gesagt. Ich bin sicher, das liegt daran, dass ich seit unserem letzten Kuss nur daran gedacht habe, wie sehr ich mit der Zunge jeden Quadratzentimeter deiner Haut erkunden will."

Hope stöhnte. „Sie hat deine Gedanken gelesen, dir befohlen, mir eine schöne Zeit zu machen, und dann beschlossen, sich ein Hotelzimmer zu nehmen? Das ist echt surreal."

„Schon, aber ich beschwere mich nicht. Ich will dich einfach." Leicht streifte er mit dem Daumen über ihre Lippen.

Und so sehr sie ihn gleich in diesem Augenblick in ihr Schlafzimmer ziehen wollte, musste sie trotzdem noch Dinge zu ihm sagen, und das wollte sie nicht im Taumel nach dem Sex machen. Hope zog sich zurück und räusperte sich. „Ich glaube, es ist offensichtlich, dass ich dich genauso sehr will, aber erst mal müssen wir reden."

Lucas ließ die Hand sinken und versteifte sich. „Das klingt Unheil kündend."

Hope lachte leise. „Ist es aber nicht. Zumindest glaube ich das." Sie nahm ihn an der Hand und führte ihn ins Wohnzimmer. Nachdem sie ihn sanft in ihren Ohrensessel gedrückt hatte, stieg sie auf seinen Schoß, ließ die Beine über eine der Armlehnen baumeln.

„Könnte schlimmer sein." Er legte die Arme um sie und küsste sie auf den Hals.

Hope verschränkte die Finger in seinen und sagte: „Ich schulde dir eine Entschuldigung."

Lucas hörte mit den Küssen auf und zog sich zurück, um sie anzuschauen. „Wofür denn?"

„Dass ich alles dir zum Vorwurf gemacht habe, als du vor fünfzehn Jahren gegangen bist."

Er kniff leicht die Augen zusammen und musterte ihre. „Aber ich war derjenige, der gegangen ist, nachdem wir beschlossen haben, uns hier etwas aufzubauen."

„Ich weiß. Aber ich vergesse gern zu meinen Gunsten, dass du mich wiederholt gebeten hast, mit dir zu kommen, und ich habe mich geweigert. Ehrlich, Lucas, ich habe es nicht mal in Betracht gezogen." Sie spürte, wie ihre Wangen warm wurden, und sie musste den Blick abwenden, nur, um sich wieder zusammenzureißen. Vielleicht war es keine so gute Idee gewesen, während des Gesprächs auf seinem Schoß zu sitzen. Sie hatte gewollt, dass sie sich nahe waren, körperlich verbunden, wenn sie ihre Liebe für ihn erklärte. Aber ihre eigenen Fehltritte zuzugeben, während sie sich nicht zurückziehen konnte, war schwieriger, als sie erwartet hatte.

„Du hast es nicht mal in Betracht gezogen?", fragte er und dachte dann: *Hat sie mich überhaupt genauso geliebt, wie ich sie geliebt habe?*

„Natürlich habe ich dich geliebt", stieß sie hervor und bedauerte es sofort. Ihre Fähigkeit, Gedanken zu lesen, war eine echte Gefahr, und wäre sie er gewesen, hätte sie es äußerst bedauert, dass er in ihre Gedanken schauen konnte. „Tut mir leid. Ich kann nicht anders, wenn Gedanken durchkommen."

Seine Lippen wölbten sich nach oben, und er gab ihr einen sanften Kuss. „Schon gut. Ich weiß, dass du das nicht absichtlich machst. Ich schätze, das hält mich ehrlich."

„Du warst doch immer ehrlich." Das war das eine, was sie tief im Innersten wusste. Sie hatten in der Vergangenheit eine Menge Probleme gehabt, aber Vertrauen hatte niemals dazugehört.

„Das glaube ich gerne." Er drückte ihr die Hand und fügte an: „Jetzt bin ich daran interessiert, zu hören, weshalb du es nicht einmal in Betracht gezogen hast, mit mir nach Osten zu ziehen." Sein Tonfall war eher neugierig als anklagend, und nicht zum ersten Mal stellte sie fest, dass sie diesen Mann bewunderte. Wäre er derjenige gewesen, der ihr erzählt hatte, er hätte niemals auch nur in Betracht gezogen, in Premonition Pointe zu bleiben, wäre sie am Boden zerstört gewesen.

„Es ist nicht so, als hätte ich es nicht in Betracht gezogen. Vermutlich habe ich das getan, ganz kurz mal. Es ist nur so, dass ich es nicht *ernsthaft* in Betracht gezogen habe. Ich wusste sofort, dass ich nicht gehen würde. Ich hatte meine Galerie, und du hattest mich bereits einmal verlassen. Ich war unabhängig, und du wusstest, was mir wichtig war. Ich war nicht bereit, mein ganzes Leben aufzugeben, um dir quer durchs Land nachzujagen, insbesondere, da ich diejenige war, die alles aufgeben hätte müssen."

„Du sagst, die Galerie und deine Unabhängigkeit waren wichtiger als wir?", fragte er. Diesmal stand etwas Schmerz in seiner Miene.

Hope griff nach oben und glättete die Falten zwischen seinen Augen. „Nein. Waren sie nicht. Das ist mir eben klar geworden. Aber was wichtiger *war*, war ich. Wegen meines Traumas in der Vergangenheit, dass ich von den beiden Leuten verlassen wurde, die ich am meisten liebte, musste ich meine eigenen Bedürfnisse voranstellen, und unterbewusst habe ich das getan."

Er starrte sie an, wartete, dass sie fortfuhr. Von ihm strömte keine Vorverurteilung aus, und das war es mehr als alles andere, was sie ermutigte, weiterzusprechen.

„Ich habe Wurzeln gebraucht, Lucas. Eine Heimat. Unterstützung. Verbindung zu meiner Mutter und Stabilität. Premonition Pointe hat mir das alles gegeben. Mein Zirkel, meine Galerie, meine Heimat, die Möglichkeit, dass meine Mom auftauchen und ich wieder eine Familie haben würde."

„Ich hätte dir Stabilität geben können", sagte er leise.

Sie schüttelte den Kopf. „Nicht von der Art, wie ich sie gebraucht habe. Zumindest nicht damals. Ich habe lange gebraucht, um mir darüber klar zu werden, weshalb ich nicht mit dir nach Boston gegangen bin. Meine Instinkte haben das nicht zugelassen, und ich glaube, eine Weile dachte ich, das wäre ein Zeichen dafür, dass ich nicht mit dir zusammen sein sollte. Aber die Wahrheit ist, ich habe große Probleme damit, verlassen zu werden, und es war unmöglich für mich, in eine unsichere Welt wegzulaufen, wo ich mich auf jemand anderen verlassen musste. Verstehst du das nicht? Ich musste hier etwas aus mir machen, genauso wie du irgendwo anders etwas aus dir machen musstest. Ich bin *meinetwegen* nicht gegangen. Nicht deinetwegen. Es ist wichtig, dass du das verstehst."

Er drückte sie fester und vergrub das Gesicht an ihrem Hals.

Sie ließ sich von ihm halten und atmete kaum, während sie darauf wartete, dass er etwas sagte.

Schließlich hob er den Kopf und küsste sie auf die Schläfe. „Ich wollte bei dir bleiben, Baby. Das wollte ich wirklich."

„Weiß ich", sagte sie leise.

„Echt?"

Sie lächelte zu ihm auf. „Meine Unterhaltung mit deiner Mom war wirklich erhellend. Wie es sich erweist, hatten wir beide was zu beweisen. Wir mussten das nur auf zwei unterschiedliche Arten tun. Ich weiß, warum du gegangen bist. Ich verstehe es sogar. Es war für dich einfach nicht drin, hierzubleiben. Und einfach zu gehen, war für mich nicht drin."

„Ich habe dich immer geliebt, das weißt du, oder?"

„Ja", sagte sie, dabei war es ihr sogar egal, dass Tränen in ihren Augen brannten. „Ich habe dich auch immer geliebt. Es hat niemals jemand anderen gegeben, der in meinem Herzen war."

Er bewegte die Hand, um sie auf die linke Seite ihrer Brust zu legen, und ihr Herz schlug unter dem Gewicht schneller. „Dasselbe gilt für mich. Ich bin jetzt zu Hause, Hope. Glaubst du, wir können endlich alles hinter uns lassen und neu anfangen?"

„Nichts würde mir besser gefallen", sagte sie mit einem zittrigen Lachen. „Es fragt sich nur, was passiert in der Zukunft? Sind wir ein Paar, das zusammen durchs Leben geht, oder sind wir beide immer noch so unabhängig, dass wir niemals Kompromisse machen, wenn es um unsere Karriere geht?"

„Ich kann Kompromisse machen", sagte er rasch. „Ich bin für meine Mom nach Hause gezogen. Aber ich würde lügen, wenn ich sage, dass ich in den letzten vierzehn Jahren nicht darüber nachgedacht hätte, zu dir nach Hause zu kommen. Das erste Jahr in Boston war ich zu verletzt. Aber dann fing ich an, dich zu vermissen, und ..." Er zuckte mit den Schultern. „Ich bin jetzt hier, und ich gehe nicht. Niemals mehr."

„Was, wenn ich einen Job in Boston bekomme? Oder unten im Süden? Oder in Europa? Wirst du dann mit mir kommen?", fragte sie, selbst wenn diese Szenarien ziemlich unwahrscheinlich waren. Ihr Zirkel war in Premonition Pointe. Genauso ihr ganzes Leben. Sie wollte nicht gehen. Das wusste sie über sich. Trotzdem wollte sie seine Antwort hören.

„Wenn sich gut um meine Mom gekümmert wird, ja. Ich gehe dorthin, wohin du gehst." Seine Überzeugung war jenseits von Gut und Böse, und das wärmte sie von Kopf bis Fuß.

„Lucas", sagte sie, drehte sich und nahm sein Gesicht mit zwei Händen. „Ich liebe dich. Ich habe dich immer geliebt. Ich will ewig bei dir sein."

„Das will ich auch", sagte er und sah sie unentwegt an.

„Gut. Glaubst du, wir können einander ein Versprechen geben, dass wir, falls einer von uns eine Gelegenheit außerhalb dieser Stadt bekommt, die Entscheidung zusammen treffen, die am besten für uns beide ist? Für unser Leben gemeinsam, anstatt, was besser für dich oder mich ist?"

„Du meinst wie ein Team?", fragte er, seine Augen legten sich vor Freude in Falten.

„Ja. Wenn wir den Rest unseres Lebens zusammen verbringen wollen, dann machen wir das so. Ich habe meine Wurzeln gefunden, und du hast dich zu einem sehr erfolgreichen Geschäftsmann entwickelt. Kriegen wir raus, was als nächstes gemeinsam kommt."

„Abgemacht." Er stand in einer flüssigen Bewegung auf, hielt sie immer noch in den Armen. Hope keuchte leise vor Überraschung und hielt sich fest. „Ich glaube, was als nächstes kommt, ist ein Ausflug in dein Schlafzimmer", erklärte Lucas, seine Stimme war rau vor Verlangen. „Was meinst du?"

„Ja", sagte sie und küsste ihn auf die Lippen. „So was von ja."

KAPITEL SECHSUNDZWANZIG

*H*ope ging mit einem Dauerlächeln auf dem Gesicht in den nächsten Tag. Die Nacht mit Lucas war geradezu magisch gewesen. Sie konnte immer noch seine Berührung auf ihrer Haut spüren, seine weichen Lippen und seine Wärme, während er sie die ganze Nacht gehalten hatte. Sie hatte niemals gern gekuschelt, nicht mal, als sie früher zusammen gewesen waren. Aber diesmal war es gewesen, als würde sie die ganzen Jahre nachholen müssen, in denen sie einander nicht gehalten hatten.

Als hätte das nicht schon gereicht, war sie zu frischem Kaffee und Eier-Croissants erwacht. Wer hätte geahnt, dass Lucas kochen gelernt hatte, als er weg an die Ostküste gelaufen war? Sie hatten einen gemütlichen Vormittag verbracht und dann geplant, was am Abend kommen würde, nachdem sie beide damit fertig waren, ein wenig Arbeit zu erledigen.

Nichts würde ihre gute Laune ruinieren. Nicht mal ihre Mutter, die derzeit Anmerkungen über alles machte, was Hope durch den Kopf ging. Sie versuchte, die Erinnerungen zu dämpfen, aber ein paar ploppten immer zum ungünstigsten

Zeitpunkt auf. Wie etwa, als sie in die Küche ging, um sich eine frische Tasse Kaffee zu holen, und sich daran erinnerte, in der vorigen Nacht jeden Quadratzentimeter von Lucas' Körper erkundet zu haben.

„Sorg nur dafür, dass er es dir auch genauso zurückgibt, Häschen. Oralsex sollte keine Einbahnstraße sein", sagte Angela, ohne von der Zeitung aufzusehen, die sie in der Hand hielt.

„Mutter! Bitte. Wenn du dich nicht aus meinem Kopf fernhalten kannst, dann behalte zumindest deine Kommentare für dich", grollte Hope, die versuchte, ihre Gedanken zu leeren.

„Ich sag doch nur. Frauen haben auch Bedürfnisse." Sie lächelte Hope an. „Ich freue mich, dass du gestern Nacht Spaß hattest. Bedeutet das, dass ich bald mal einen Schwiegersohn bekomme?"

„O mein Gott", sagte Hope, die die Augen verdrehte. Sie schob sich einen Keks in den Mund und ignorierte die Frage ihrer Mutter. Während Hope zurück durch den Gang ging, hörte sie noch, wie ihre Mutter leise kicherte. „Dafür wirst du bezahlen", rief Hope, dann schloss sie sich in ihr Büro ein.

„ICH GLAUBE NICHT, dass wir Hundsveilchen finden", sagte Skyler, der die Topfpflanzen in der Gärtnerei begutachtete. Hope hatte sich mit ihm am Nachmittag getroffen, um die Blumen und das Grünzeug zu besprechen, die bei der Hundehochzeit zum Einsatz kommen würden.

Hope hatte ihm bereits gesagt, dass das unwahrscheinlich war, außer er wollte sie online bestellen und herschicken lassen. „Die blühen im Herbst sowieso nicht. Willst du nicht was anderes?"

„Ja", sagte er mit einem Seufzen. „Mir hätte es echt gefallen, Hundsveilchen für Hunde zu haben.

„Ich glaube nicht, dass wir so plump sein müssen", sagte Hope lachend. „Was hältst du denn von Sonnenblumen? Wir können Fotos machen, während sie durch ein ganzes Feld laufen, und dann auch welche auf der Feier haben. Sonnenblumen sind einfach fröhlich, sie passen zur Gelegenheit."

Er schürzte die Lippen und nickte dann langsam. „Bei Sonnenblumen könnte ich mitgehen. Sie sind …"

Hopes Handy läutete, und sie schnitt ihm das Wort ab. „Nur mal kurz", sagte sie, weil sie den Klingelton als den erkannte, den sie für Jackson ausgewählt hatte. „Hey, was ist denn?", sagte sie ins Handy.

„Es gab eine weitere Überdosis", erwiderte er, seine Stimme war leise, als würde er ins Handy flüstern. „Diesmal war es unser Lieferfahrer. Er hat unsere wöchentliche Becherlieferung reingebracht und ist dann im Hinterzimmer zusammengebrochen."

„Lieferfahrer?", fragte Hope, die sich erinnerte, was ihre Mutter am Tag zuvor gesagt hatte. „Ist er noch da, oder haben ihn die Sanitäter bereits mitgenommen?"

„Keine Sanitäter, und ja, er ist noch da. Es war nicht so schlimm wie Whitleys Anfall oder der von Spencer. Er hat sich ziemlich schnell von dem Anfall erholt und mir sogar das Handy aus der Hand geschlagen, als ihm klar wurde, dass ich Hilfe rufen wollte. Er fürchtet sich tierisch davor, dazu gezwungen zu werden, mit den Behörden zu reden, aber ich glaube, er will jemandem erzählen, was los ist. Er wirkt nervös, aber er hat es nicht eilig damit, wieder zu fahren."

„Ich bin gleich da", sagte sie und legte auf.

„Du lässt mich allein?", fragte Skyler, der sie ungläubig

anstarrte. „Aber wie soll ich es dann merken, wenn ich komplett daneben liege?"

Sie griff hinüber und umarmte ihn rasch. „Es tut mir leid. Das ist ein Notfall. Kauf heute einfach nichts. Fotografiere das, was dir gefällt, und dann gehen wir es zusammen durch, okay?"

„Nichts kaufen?", fragte er mit einem Lachen und zwinkerte ihr dann zu. „Guter Witz." Er wurde nüchtern, als würde ihm einfallen, dass sie ihm gerade erzählt hatte, sie hätte einen Notfall. „Ich hoffe, alles ist in Ordnung. Reden wir morgen?"

„Auf jeden Fall." Sie warf ihm einen Luftkuss zu und brach auf.

ETHAN POMEROY SAß im Hinterzimmer des *Pointe of View Cafés*, den Rücken an die Wand gepresst, und nippte an einem Becher Wasser. Er trug eine schwarze, ausgeblichene Jeans und ein weißes Poloshirt, auf dem ein Logo des Seaside-Lieferdienstes neben den Kragen gestickt war. Hope beäugte ihn und fragte sich, was sie sagen könnte, um ihn zum Reden zu bringen. Jackson hatte den Typen richtig eingeschätzt. Er wollte auf gar keinen Fall los. Aber er schien auch nicht daran interessiert, zu reden.

Hope setzte sich neben ihn und sagte: „Heftiger Tag?"

„Sie haben ja keine Ahnung", spuckte er aus und fing an zu husten. „Meine Chefin ist eine Zicke, und ihretwegen bin ich heute fast gestorben."

„Fast, aber du bist noch da", sagte Hope, die versuchte, ihn zu beruhigen.

Er schnaubte. „Ihr habe ich das nicht zu verdanken. Hätte

ich so viel genommen, wie sie gefordert hat, wäre ich vermutlich inzwischen ins Koma gefallen. Ich kann so nicht weitermachen. Entweder bringt sie mich um, oder die Drogen schaffen das."

„Wer ist sie?", fragte Hope.

Er riss den Kopf in ihre Richtung herum. „Meine Chefin. Wer denn sonst?"

Hope zuckte mit den Schultern. „Keine Ahnung. Redest du von deiner Chefin beim Seaside-Lieferdienst?"

Ethan warf einen Blick in die Runde und schüttelte dann langsam den Kopf. „Ich meine den Boss, diejenige, die alles kontrolliert, was mit dieser verdammten Droge zu tun hat."

„Sie zwingt dich, sie zu nehmen?", versuchte es Hope noch einmal.

Lange starrte er auf den Boden, und als Hope schon überzeugt war, dass er nicht antworten würde, nickte er. „Vor und nach jeder Schicht. Das ist, damit wir süchtig bleiben, damit wir ihre Geheimnisse für uns behalten."

„Das ist brutal, Ethan. Wenn es dir nicht ausmacht, dass ich frage, wie bist du denn da reingeraten?"

Er nahm ein Stück vom Kuchen, den Jackson für ihn hatte stehen lassen, und zerbröselte es in kleine Krümel. „Das kam eigentlich mit meinem Lieferjob. Schon an meinem zweiten Tag hat mir meine Schichtleiterin gesagt, ich soll eine Speziallieferung machen. Dafür gab's hundert Mäuse extra, also habe ich es gemacht und stand dann in diesem schicken Haus in den Hügeln. Die Frau, die die Tür öffnete, war echt nett und hat mich nach drinnen eingeladen, auf diese schicke Party. Verdammt, das war cool. Sekt, toller Ausblick, tolle Frauen und jede Menge Drogen." Er schüttelte traurig den Kopf. „Ich war so naiv."

„Das sind wir doch alle manchmal", sagte Hope, die hoffte,

ihn am Reden zu halten. „Etwas ist in dieser Nacht passiert. Was war es?"

Er schloss fest die Augen und schüttelte den Kopf. Hope hatte den starken Eindruck, dass er versuchte, die Erinnerung aus seinen Gedanken zu vertreiben. Aber dann öffnete er plötzlich die Augen und schaute sie direkt an: „Ein Mädchen hatte an diesem Abend eine Überdosis. Sie hat es nicht geschafft. O Gott. Sie hat es nicht geschafft", sagte er mit einem Schluchzen, legte sich eine Hand über den Mund und beugte sich vor, um vor und zurück zu wippen. „Dieses Mädchen ist gestorben, und als ich ausgeflippt bin und wollte, dass man einen Krankenwagen ruft, hat man mir gesagt, dass ich derjenige gewesen wäre, der sie und den Rest der Party mit Ashe versorgt hat, und falls irgendwelche Behörden dazugeholt würden, würde ich derjenige sein, der festgenommen wird."

Nun war es an Hope, ihn anzublinzeln. „Sie haben die Drogen dir angehängt?"

Er schüttelte den Kopf. „Das mussten sie nicht. Ich war derjenige, der die Drogen geliefert hat. Nur dass ich keine Ahnung hatte, was in dem Päckchen war." Ethan sank nach vorne und sagte mit leiser Stimme: „Ich wollte mit nichts davon etwas zu tun haben, aber als ich versuchte, an diesem Abend zu gehen, haben sie mich in die Ecke gedrängt. Mir gesagt, dass sie alles aufgenommen haben. Dann haben sie mich bedroht. Ich könnte entweder für sie arbeiten oder ins Gefängnis gehen, weil ich mit Drogen gehandelt habe, und vielleicht sogar für Totschlag. Da haben sie mir keine Wahl gelassen. Jetzt bin ich unterwegs und hole das Produkt beim Hersteller ab, liefere es an die Dealer und werde zur Sucht gezwungen, damit es mir egal ist, solange ich die nächste Dosis kriege."

Hope wollte den Kleinen in die Tasche stecken und ihn mit nach Hause nehmen, damit er in Sicherheit war. Er war bestimmt nicht älter als neunzehn, und irgendwie hatte er es geschafft, in ein großes Drogenhandelsgeschäft hineingezogen zu werden. „Was würdest du sagen, wenn ich behaupte, ich könnte dir helfen?"

„Kannst du nicht. Vertrau mir", sagte er, beugte sich vor und stützte die Hände auf die Knie.

Hope unterdrückte ein Seufzen. Natürlich konnte sie ihm helfen, aber was würde das für Ethan bedeuten? Es klang auf jeden Fall so, als wären die Leute, die ihn kontrollierten, skrupellos. Es würde schwer werden, ihn dazu zu bringen, sich zu öffnen. Sie sah, dass er verzweifelt war, weil er in einem Drogenring steckte, aber er hatte zu viel Angst, dass die Dinge nur schlimmer werden würden, wenn er etwas sagte. „Du hast gesagt, du holst die Drogen bei einem Hersteller ab. Kannst du mir einen Hinweis geben, wer das sein könnte? Dann kann ich ermitteln und dich rauslassen."

Er schüttelte den Kopf, aber Hope war für ihn bereit. Sie öffnete ihre Gedanken und musterte ihn, wartete darauf, dass seine Gedanken sich zeigten.

„Ich kann es dir nicht sagen", murmelte er immer wieder, sodass sie schnell erschöpfte, weil sie versuchte, seinen fast nicht anwesenden inneren Gedanken zu lauschen.

„Okay." Hope stand auf und hielt ihm eine Visitenkarte hin. „Falls du jemals der Held sein willst, musst du nur diese Nummer anrufen. Ich bin bereit, dir zuzuhören. Das schwöre ich."

Er starrte ihre Karte an, und dann, einfach so, strömten seine Gedanken in ihren Verstand. Anfangs war alles durcheinander. Die Stimmen überwältigten sie, und einmal mehr spürte sie sowohl Bewunderung als auch Mitleid für ihre Mutter. Hope hätte das nicht die ganze Zeit machen können.

Ein Teil des Wirbels in Ethans Verstand war verschwunden, und eine Szene in Lucas' Laden spielte sich in seinem Kopf ab. Es war Lucas, der sein Sägemehl mit irgendeiner Art Flüssigkeit besprühte, und dann, ein paar Tage später, holte Ethan es ab und lieferte es an ein Lagerhaus, wo Arbeiter darauf warteten, das Sägemehl weiter zu verarbeiten.

Die Szene verlegte sich darauf, dass sie das Sägemehl in kleine Blöcke verwandelten, die dann als Partyartikel in alle Welt verschickt wurden.

Hope saß erstarrt neben ihm, ihr Mund wurde trocken, und sie hatte das Gefühl, sie würde gleich umkippen. Diese Szene, die in Lucas' Laden begonnen hatte, hatte gezeigt, wie das Sägemehl mit einer unbekannten Substanz behandelt wurde.

Ashe. Das musste es sein.

Was bedeutete, dass der Mann, den sie liebte, der Hersteller von Ashe war.

„Mir wird schlecht", sagte sie und rannte ins Bad.

KAPITEL SIEBENUNDZWANZIG

„*H*ope? Alles in Ordnung?", rief Jackson durch die Klotür.

Sie stand am Waschbecken, spritzte sich Wasser ins Gesicht. Nachdem sie Lucas mit der Droge Ashe in Verbindung gebracht hatte, hatte sie ihren Mageninhalt eingebüßt, und ihre Gedanken wirbelten. Wie war es möglich, dass Lucas etwas damit zu tun hatte, Drogen zu verteilen? Der Mann hatte doch nie selbst was genommen. War es ein Geldproblem? Brauchte er Bares, um sich um seine Mutter zu kümmern?

Das ergab auch keinen Sinn. Sie war kürzlich beim Schulbezirk in den Ruhestand gegangen und erhielt genug Zuzahlungen vom Staat.

„Hope?", versuchte es Jackson noch einmal. „Wenn du nicht antwortest, trete ich die Tür ein."

Sie klappte das Schloss hoch und zog die Tür auf. Seine Miene war gequält, und er wirkte, als wäre er in zehn Minuten um zehn Jahre gealtert. Hope warf einen Blick in den Spiegel, fuhr zusammen, als sie ihre blasse Haut und die dunklen Augenringe sah, und beschloss, dass er besser aussah als sie.

Jackson schlüpfte herein und lehnte sich an die geschlossene Tür. „Brauchst du was? Ginger Ale? Oder vielleicht gesalzene Cracker?"

Sie lächelte ihn schwach an. „Das ist süß von dir, aber ich glaube, was ich wirklich brauche, sind Antworten." Sie musste mit Lucas reden.

„Ich weiß, wie wir das hinkriegen können", sagte Jackson.

„Wie denn das?"

„Eines der Mädchen, das vor ein paar Wochen eine Überdosis hatte, hat mir gesagt, sie würde sich mit mir treffen, um zu reden. Ich habe ihr gerade geschrieben, um sie wissen zu lassen, dass es noch einen Vorfall gab. Sie sagte, sie würde uns in ein paar Minuten im Beachside Biergarten treffen. Ich dachte, wenn wir zusammen mit Ethan hingehen, sind sie vielleicht eher bereit zu reden. Du weißt schon, gemeinsam sind wir stark und so?"

Hope nickte. „Das ist eine gute Idee. Außerdem kann es nicht schaden. Gib mir nur kurz, und ich komme gleich raus."

Er nickte und verschwand.

Es gab weitere Leute, die sie für dieses Treffen brauchte. Hope zog ihr Handy aus der Tasche und schickte eine Nachricht an ihre Mutter. Dann schickte sie einen Gruppentext an ihren Zirkel. Falls Lucas wirklich daran beteiligt war, würde sie ihre Mädels brauchen. Der Einzige, dem sie nicht schrieb, war Lucas. Sie konnte einfach nicht mit dem Gedanken klarkommen, dass er derjenige war, nach dem sie die ganze Zeit gesucht hatten. Wie war das nur möglich? Sie hatte ihm erzählt, dass jemand sein Geschäft nutzen wollte, um Drogen durchzuschleusen, und er hatte die Idee so schnell abgetan, und mit solcher Überzeugung, dass sie niemals geahnt hätte, dass er daran beteiligt war.

Außerdem gab es die Tatsache, dass von ihm nie auch nur ein Gedanke an Drogen gekommen war. Aber andererseits hörte sie nur selten überhaupt Gedanken von ihm. War er so gut darin, zu verbergen, was in seinem Kopf vorging? Ihre Brust spannte sich an, sodass ihr das Atmen schwerfiel. Sie drückte sich die Hand übers Brustbein und betete, dass sie keinen Herzinfarkt bekam.

HOPE WARTETE mit Ethan draußen vor dem *Pointe of View Café*, während Jackson von seiner Schicht ausstempelte. Ihr war nach wie vor schlecht, aber was immer mit ihr los war, war nichts im Vergleich zu Ethan. Der arme Mann schwitzte wie verrückt, während er sich beschwerte, dass ihm kalt war, als hätte er Fieber.

„Hey, müssen wir dich in die Notaufnahme bringen?", fragte ihn Hope. „Du siehst nicht gut aus."

„Mir geht's gut", sagte er, schloss die Augen und schaute sie gequält an. „Das passiert immer. Es geht vorüber."

„Immer? Wie oft hattest du denn schon eine Überdosis mit dem Zeug?" Sie konnte nicht verhindern, dass sie die Frage stellte, obwohl sie wusste, dass sie warten sollte, bis sie Verstärkung hatte.

„Das ist das dritte Mal." Er hustete, und Hope war bereit, ihn in ihr Auto zu verfrachten und nach Hause zu bringen, wo sie ihn unter eine Decke stecken und ihn mit Tee und Zimttoast vollstopfen konnte, bis er sich besser fühlte.

„Wurden die dir alle aufgezwungen?", fragte sie.

Er nickte.

„Das ist schrecklich, Ethan. Du musst aufhören, für … diese Person etwas auszuliefern."

„Kann ich nicht", sagte er mit einem Flüstern, das so leise war, dass sie ihn kaum hörte. „Sie würde mich umbringen."

„Bereit?", fragte Jackson, der durch die Tür kam.

„Ich schätze schon." Ethan schob sich die Hände in die Taschen und senkte die Schultern.

Sie machten sich auf den Weg die zwei Blocks zum Beachside Biergarten, wo sie sich mit Riley trafen, Jacksons Kontakt. Sie waren alle leise, verloren in ihren Gedanken. Hope hörte, wie Ethan betete, dass er das Richtige tat, sie hörte Jackson darum beten, dass er niemals mehr eine weitere Überdosis sehen musste. Hope betete, dass ihre Mutter und ihr Zirkel zum Biergarten kamen, bevor sie dort eintrafen, damit sie da sein würden, falls sie sie brauchte. Ihre Mutter war am wichtigsten. Sie wollte, dass ihre Mutter mithörte. Ihre Freundinnen wurden gebraucht, falls sie jemandem in den Arsch treten mussten.

Im Biergarten war nicht viel los. Wenn man bedachte, dass es immer noch früher Nachmittag war, war das keine Überraschung, und das machte den Ort zum perfekten Treffpunkt. Sie konnten sich draußen hinsetzen und eine gewisse Privatsphäre genießen. Aber nicht viel, wenn man bedachte, dass Angela da war.

Hope sah ihre Mutter, die mit Grace an einem Tisch draußen auf der Veranda saß. Es wirkte, als wären Gigi und Joy noch nicht angekommen. Das war in Ordnung. Solange Angela da war.

Jackson ging voraus zu dem Tisch, der am dichtesten am Strand stand, wo eine schmächtige Blondine saß, die in einem Eimer Fritten herumstocherte. „Hey, Riley", sagte er. „Wie geht es dir? Besser?"

Sie starrte Ethan an, ihre Miene leicht panisch.

„Ist schon okay. Das ist Ethan. Weißt du noch, dass ich dir gesagt habe, ich würde jemanden mitbringen, der dasselbe durchgemacht hat?", fragte Jackson.

„Weiß ich noch." Sie schluckte und schaute weg, damit sie ihn nicht ansah. „So habe ich tagelang ausgesehen, nachdem ich … Na ja, die Erholung ist schrecklich. Ich bekomme immer noch das Zittern."

Ethan nickte. „Ja, das kommt vor."

Die beiden jungen Leute waren still, während der Kellner kam, um ihre Bestellung aufzunehmen. Sie bestellten alle Wasser, darum orderte Grace noch Nachos, damit der Kellner seine Zeit nicht verschwendete. Als er weg war, wandte sich Hope an Riley und stellte sich vor. „Ich bin echt froh, dich kennenzulernen, Riley."

Die junge Frau stieß ein Knurren aus, von dem Hope nicht wusste, wie sie es interpretieren sollte.

„Also, okay. Kannst du uns sagen, wo du dein Ashe herbekommen hast? Oder noch genauer, von wem?", fragte Hope.

„Warum? Brauchst du auch was?", antwortete sie grollend, schaute Hope aus zusammengekniffenen Augen an.

„Riley", sagte Jackson mit einem Seufzen. „Ich dachte, du wolltest helfen, damit wir die Leute zu Fall bringen können, die dir das angetan haben."

„Nicht Leute. Die Person", sagte sie und starrte Hope mit angeekeltem Blick an. „Als wüsste sie das nicht schon. Stimmt's, Hope?"

Hope runzelte die Stirn, versuchte, die Gedanken der Frau zu lesen, aber das Einzige, was durchkam, war das Wort *Schlampe*. *Also gut*, dachte Hope. Wie kam es denn, dass sie diese Frau bereits auf dem falschen Fuß erwischt hatte? „Ich weiß nicht, wovon du da redest."

„Aber sicher. Stecken du und dein Freund unter einer Decke? Wollt ihr mir so in Erinnerung rufen, dass ich den Mund halten soll?"

„Ich weiß echt nicht …"

Auf seinem Sitz neben ihr fuhr Ethan zusammen und schnappte scharf nach Luft.

Hope folgte seinem Blick und sah Yasmeen und Peggy Pitsman, die auf der anderen Seite der Veranda saßen.

„Ethan", zischte Riley. „Reiß dich zusammen."

Er schüttelte den Kopf und stand auf. „Ich kann das nicht. Ich muss los." Bevor jemand ihn aufhalten konnte, lief er hinaus auf den Stand, unterwegs in Richtung des Anlegers.

„Was zum Teufel sollte das denn alles?", fragte Hope.

„Er hat Angst, dass du ihn ausschaltest, wenn er redet", sagte Riley.

„Ich?" Hope fuhr schockiert zurück. „Warum wollte ich so etwas tun? Ich versuche, ihm zu helfen."

„Stell dich doch nicht dumm. Alle wissen, dass du diejenige bist, die Ashe unter die Leute bringt", brüllte sie, während sie aufstand, und dann drehte sie sich um und fauchte Jackson an. „Ich weiß nicht, was du hier für ein Spielchen spielst, aber ich bin raus. Ich will nichts mit euren gefährlichen Drogen zu tun haben. Hört ihr mich? Jetzt haltet euch zum Teufel von mir und meinen Freunden fern." Sie drehte sich um und begann, zur Tür zu marschieren, die nach drinnen führte.

„Was zum Teufel war das …", setzte Hope an, dann stutzte sie, als sie sah, wie Yasmeen Riley ganz leicht zu nickte.

Plötzlich spürte sie, wie sich eine unheimliche Stille über sie legte. Man hatte sie hereingelegt. Eindeutig hatte Riley versucht, ihr die Drogen anzuhängen, aber sie verstand nur nicht, weshalb? Hope schaute zu Peggy und Yasmeen. Beide hatten die Augen zusammengekniffen und erwiderten den Blick. Dann sprang Peggy aus ihrem Stuhl und kam auf Hope zu gelaufen.

Hope erhob sich, hielt die Hände in einer Stoppgeste hoch, aber Peggy nahm beide Hände und schob sie zurück, sodass sie in ihren Tisch stolperte. Er krachte zu Boden, und überall wurde Bier verspritzt.

„Sie! Es ist Ihre Schuld, dass meine Tochter fast gestorben ist." Peggy schubste sie erneut. „Ich wusste, dass Sie Schwierigkeiten machen. Ich wusste es einfach. Dann haben Sie es gewagt, mir zu sagen, ich soll eine Gegendarstellung wegen Ihrer Geschäftspraktiken drucken lassen, während Sie mir versprochen haben, herauszufinden, wer meine Tochter mit Drogen versorgt hat. Sie sind Abschaum. Totaler Müll. Jemand soll doch die Polizei rufen. Diese Schlampe muss man einsperren, bevor ich sie noch unter die Erde bringe."

„Hey", sagte Jackson, der versuchte, sich zwischen sie zu quetschen. „Das reicht jetzt. Peggy, beruhigen Sie sich. Hope hat überhaupt nichts mit diesen Drogen zu tun, und das wissen Sie auch."

„Doch. Sie haben das Mädchen gehört. Sie hat sie vor allen direkt zur Rede gestellt, und Hope hat es nicht mal geleugnet. Sie leugnet es immer noch nicht, obwohl ich sie anbrülle."

Hope war zu sehr damit beschäftigt, Yasmeen zu beobachten. Die Frau tippte wild auf ihr Handy und dachte: *Eine erledigt. Noch eine übrig.*

War das ein kalkulierter Angriff? Steckte Yasmeen hinter alldem? Oder wollte sie einfach Hope das Leben zur Hölle zu machen? Sie schaute zu ihrer Mutter, die auch Yasmeen anstarrte, ihre Miene angespannt, als würde sie sich konzentrieren.

Sie wandte ihre Aufmerksamkeit zurück zu Peggy, die inzwischen weinte und immer noch Hope beschuldigte, versucht zu haben, ihre Tochter zu töten.

„Peggy, unter gar keinen Umständen würde ich jemals eine Droge wie Ashe benutzen, ganz zu schweigen davon, sie zu produzieren und zu verkaufen. Ich weiß nicht, weshalb Riley das über mich denkt, aber ich kann Ihnen versichern, es stimmt hundertprozentig nicht."

„Ich glaube Ihnen nicht", fuhr sie sie an.

„Tut mir leid, das zu hören." Hope fing an, sich in Richtung Yasmeen in Bewegung zu setzen, wollte sie zur Rede stellen, blieb aber abrupt stehen, als sie hörte, wie Joy panisch ihren Namen rief.

„Hope!" Joy erschien auf der Veranda, Gigi im Schlepptau. „Wir müssen los. Jetzt. Es ist Lucas. Er wird verhaftet."

KAPITEL ACHTUNDZWANZIG

*H*ope blieb das Herz stehen, als sie Joys Worte hörte. „Verhaftet?", hauchte sie. „Warum?"

„Man klagt ihn an, Ashe im Besitz zu haben, mit der Absicht, es zu verkaufen. Die Polizei hat ihn gerade abgeholt und hat einen Durchsuchungsbefehl für seine Grundstücke." Joy zerrte an ihrem Arm. „Wir müssen ihm einen Anwalt besorgen. Komm schon."

Hope stand wie erstarrt da. Sie hatte es nicht wirklich geglaubt, als sie erfahren hatte, dass er involviert sein könnte. Sie hatte gedacht, dass irgendein Fehler vorliegen müsse. Lucas war niemand, der das Gesetz brach oder Drogen nahm.

Aber es ist fünfzehn Jahre her, dass du ihn so gut kanntest, sagte sie sich. Wieder drehte sich ihr der Magen um.

„Genau, wie ich dachte", sagte Yasmeen. „Sieht aus, als würden Sie und Ihr Freund es verdienen, beide im Knast zu landen. Den Göttern sei es gedankt, dass ich Sie nicht angeheuert habe. Wer weiß schon, was für einen Abschaum Sie zu meiner Eröffnung eingeladen hätten?" Sie schob ihr Handy zurück in die Tasche und sagte: „Peggy, gehen wir. Wir haben Besseres zu tun, als uns einen Platz mit einem dieser Verbrecher zu teilen."

Yasmeen schob sich an Hope vorbei, warf sie beinahe um, blieb aber abrupt stehen, als Angela vor sie trat.

„Sie haben ja Nerven", knurrte Angela sie an. „Wie können Sie es wagen, zu versuchen, das meiner Tochter und Lucas anzulasten? Sie haben gedacht, Sie hätten diese ganze Sache genial auf die Beine gestellt, indem sie jemanden hereinlegen, um für ihre tödlichen Drogen den Hals hinzuhalten. Sie haben sogar den Ehemann der Bürgermeisterin aufs Korn genommen und ihn dazu erpresst, Ihnen zu helfen, nachdem Sie ihn hereingelegt haben, sodass es viel leichter würde, ihren Job zu übernehmen und dann Premonition Pointe in Ihre persönliche Drogenhauptstadt zu verwandeln. Na, wissen Sie was, Sie Zicke. Ich bin diejenige, die jetzt in Ihrem Weg steht. Damit kommen Sie nicht davon."

Yasmeen funkelte sie an. „Verrückt, genau wie Ihre Tochter. Vielleicht können Sie beide ja in der Irrenanstalt Rabatt kriegen, wenn Sie zu zweit einchecken."

Hope hielt ihren steten Blick auf ihre Mutter gerichtet. Sie wusste bis hinab in die Knochen, dass Angela gehört hatte, wie Yasmeen über alles nachdachte, was sie getan hatte, um die Stadt ins Chaos zu stürzen. Es stimmte alles. Das bedeutete, dass Lucas nicht involviert war. Erleichterung strömte durch sie hindurch, und die Anspannung, die sie erstarren hatte lassen, löste sich allmählich.

„Hope?", versuchte es Joy noch einmal. „Wir müssen los. Lucas wurde festgenommen."

Hope setzte sich in ihre Richtung in Bewegung, wurde aber fast umgeworfen, als Peggy Pitsman plötzlich an ihr vorbeischoss und Yasmeen niederrang, die versuchte, den Biergarten zu verlassen.

„Du Schlampe!", brüllte Peggy, während sie an Yasmeens Haaren zerrte. „Du hast das meiner Tochter angetan, und du wirst bezahlen!"

Yasmeen stieß einen Schrei aus und stieß Peggy den Ellbogen in die Rippen. Als Peggys Griff locker wurde, rollte sich Yasmeen herum und kam auf die Beine. „Peggy! Du glaubst doch diese Lügen nicht wirklich, oder? Ich bin deine Freundin. Ich würde niemals …"

Peggy holte aus und gab ihr eine heftige Ohrfeige. „Angela ist Telepathin. Eine mächtige. Ich schätze, das wusstest du nicht. Jetzt wissen wir alle, wie furchtbar du bist. Jemand, der Geld verdient, indem er Jugendlichen Drogen gibt – umpf!"

Yasmeen versetzte ihr einen Schlag in die Magengrube, und die beiden gingen wieder zu Boden, rollten sich herum, warfen Tische und Stühle um.

Hope starrte sie angeekelt an und ging dann hinüber zu Joy. „Gehen wir. Wir müssen herausfinden, was wir wegen Lucas unternehmen können."

„Ich komme mit. Ich habe die Einzelheiten, die seinen Namen reinwaschen sollten", sagte Angela, die Hope am Arm nahm.

Hope lächelte ihre Mutter dankbar an und nickte dann. „Danke, Mom. Wenn du nicht da gewesen wärst …" Sie schüttelte den Kopf. „Ich will da nicht mal drüber nachdenken."

„Das musst du nicht. Ich unterstütze dich, Häschen." Sie drückte Hope die Hand. „Jetzt komm schon. Holen wir deinen Mann."

„Ich bleibe hier und sorge dafür, dass die Polizei Aussagen von allen kriegt. Ich habe bereits angerufen", sagte Grace.

Gigi nickte. „Ich bleibe auch."

„Danke", sagte Hope und warf einen Blick zu Jackson. „Was ist mit dir? Willst du mit uns kommen, oder …?"

Er schüttelte den Kopf. „Ich werde Ethan suchen. Ich glaube, er wollte uns ehrlich erzählen, was passiert ist, hat aber die Nerven verloren, als Riley ihren Schwachsinn verbreitet hat."

„Ja. Das glaube ich auch." Hope wandte sich an Angela. „Yasmeen hat sie dazu angestiftet, oder?"

Ihre Mom nickte. „Ja. Yasmeen hat Wind davon bekommen, dass du und Jackson investigiert, und sie hat beschlossen, euch von ein paar Leuten, die sie bezahlt, hereinlegen zu lassen. Der Plan war, Lucas festnehmen zu lassen, und dich dann als seine Mitverschwörerin festzunageln. Riley war dabei. Ethan will mit nichts davon etwas zu tun haben. Er war nur dabei, weil Yasmeen ihn und seine Familie bedroht hat."

Genau das, was Hope geahnt hatte. Sie schaute Jackson in die Augen. „Such ihn. Er braucht offensichtlich gerade einen Freund. Wenn du ihn dazu bringen kannst, eine Aussage zu machen, bin ich sicher, es wird viel helfen, damit er nicht bei den ganzen Folgen unter die Räder kommt."

„Ich bin dabei." Jackson brach über den Strand zum Anleger auf.

Hope schaute einmal mehr auf die beiden Frauen, die immer noch auf der Veranda miteinander rangen, und verließ dann den Biergarten, mit der Absicht, ihren Mann freizukriegen.

HOPE SASS mit Angela in einem Verhörzimmer und kochte. Sie waren schon ganze fünf Stunden auf der Polizeiwache, und immer noch hatte sich keiner Zeit genommen, mit ihnen zu reden. Tatsächlich hatte es verdammt noch mal fast ein Wunder gebraucht, um in den Raum zu kommen. Als sie eingetroffen waren, hatten sie nachgefragt, ob man Lucas auslösen konnte. Aber seine Kaution war noch nicht festgelegt, und sie mussten warten. Dann hatten sie versucht, eine Aussage zu allem zu machen, was sie wussten, aber man hatte sie abgewiesen.

Hope war in der Polizeiwache auf und ab gegangen, nervös, dass sie nichts würde tun können, während Joy sie mit Snacks aus den Automaten versorgt hatte. Angela hatte einen viel besseren Plan. Sie hatte angefangen, alles aufzuzählen, was der Polizist am Eingangstresen dachte. Selbst als er daran dachte, dass er unbedingt zu Hause eine Pediküre machen wollte.

Bis Angela enthüllt hatte, dass er verliebt in eine seiner Kolleginnen war und ihr unbedingt die Zehennägel lackieren wollte, war er schon leuchtend rot angelaufen und wollte sie unbedingt loswerden. Dann waren Hope und Angela in das Verhörzimmer gebracht worden. Joy musste weiter draußen warten. Hope wusste einfach nicht, ob der leitende Ermittler überhaupt je mit ihnen reden würde.

„Vielleicht sollte ich anfangen, ihre ganzen Geheimnisse auszuplaudern", sagte Angela. „Der da drüben färbt sich die Haare."

„Das halte ich echt nicht mehr für peinlich, und niemanden wird es kümmern, Mom", sagte Hope.

„Seine Schamhaare, Hope."

Hope konnte nicht anders. Sie schnaubte und stieß hervor: „Aber warum?"

„Er will nicht alt aussehen, wenn er die Hosen runterlässt. Es lieben ja alle einen Silberfuchs, bis seine Schlange dann im grauen Gebüsch liegt."

Hope starrte sie einfach nur an und verdrehte dann die Augen. „Das war schlimm."

Angela lachte. „Und? Du warst ein paar Augenblicke abgelenkt, oder?"

Es wurde ans Fenster geklopft, sodass sie zusammenfuhr, und dann kam die Bürgermeisterin herein und nahm Platz. „Hallo, Hope. Angela. Ich habe gehört, ihr wartet, um eine Aussage zu machen, darüber, was heute im Beachside Biergarten vorgefallen ist."

Hope setzte sich gerade hin und legte die Hände auf den Tisch. „Lucas hatte keine Ahnung, dass er an der Sache beteiligt war. Man hat ihn hereingelegt."

Iris Hartsen setzte sich ihnen gegenüber hin und nickte. „Ich weiß."

„Sie wissen was?", fragte Hope. „Weshalb wurde er dann festgenommen?"

„Die Ermittler hatten nicht alle Informationen, die wir in den letzten paar Wochen gesammelt haben. Es war eine … heikle Angelegenheit", sagte Iris.

Hope wandte sich an ihre Mutter und war überrascht, zu sehen, dass sich ihre Lippen zu einem Grinsen wölbten. „Mom, was erzählt ihr beiden mir denn nicht?"

„Sie sind echt gerissen, Bürgermeisterin", sagte Angela.

Iris lächelte zu Angela zurück. „Inzwischen sollte Tom erfahren haben, dass ich ihm die ganze Zeit drei Schritte voraus war. Ich bedaure nur, dass wir keine Zeit hatten, früher an die Beweise zu kommen, um den Drogenring zu Fall zu bringen. Viel zu viele Leute wurden verletzt, weil Ashe in der Stadt verteilt wurde."

„Okay, jemand muss mich hier aufklären", rief Hope, die die Hände in die Luft warf. „Sie wussten, dass Yasmeen der Drogenboss war, und dass Ihr Mann dabei involviert war?"

Die Bürgermeisterin nickte. „Als Tom anfing, mit ihr zu arbeiten, wusste ich nicht genau, was los war, aber ich wusste, dass etwas im Busch war."

Hope hob die Augenbrauen. „Sie haben nicht einfach eine Affäre vermutet?"

„Ach, klar", sagte sie, wedelte mit der Hand, als wäre das nicht sonderlich wichtig. „Aber als große Summen ungeklärten Geldes plötzlich auf Toms Bankkonto auftauchen, da wusste ich, dass was im Busch war. Und ich ließ einen Polizisten, dem ich vertraue, diskret für mich ermitteln. Ich kann nicht viel dazu sagen, denn es ist eine laufende Ermittlung, aber ich kann Ihnen sagen, dass Lucas King freigelassen wird, ohne dass man ihm etwas vorwirft. Eine Woche oder zwei wird sein Laden nicht in Betrieb sein, während wir Beweise sammeln, aber bis auf das sollte alles für ihn in Ordnung kommen."

Hope brach beinahe auf dem Tisch zusammen, weil sie so erleichtert war. Aber es gab Dinge, die sie immer noch nicht verstand. „Können Sie mir zumindest sagen, wie Lucas' Laden letztlich zum Produzenten einer Droge wurde?"

„Ich glaube, das ist in Ordnung, da Sie sich vermutlich sowieso alles zusammenreimen, sobald Sie Lucas treffen", sagte sie lächelnd. „Tom ist eines Tages hingefahren, um einen Beistelltisch zu kaufen …"

„Genau", sagte Hope mit einem Nicken. „Lucas sagte, Toms Firma würde sich um das Sägemehl kümmern. Sie würden was draus machen." Hopes Augen wurden groß. „Ashe?"

Sie nickte. „Nur dass man das Sägemehl mit einer magisch veredelten Lösung behandeln und dann ein paar Tage trocknen musste, bis sie es abholten. Also hat Tom arrangiert, dass die Droge in flüssiger Form an Lucas' Laden geliefert wird. Lucas hat dann sein Sägemehl ‚behandelt', und einer von Toms Fahrern tauchte auf, um es abzuholen und es in kleine

Ziegel zu formen, die Leute rauchen können. Es war ziemlich genial, nur dass er zu dumm war, seine Eskapaden vor mir zu verbergen. Jetzt sind wir hier."

„Das ist ... wow", sagte Hope, die sich in ihrem Stuhl zurücklehnte. „Und Yasmeen ist die Rädelsführerin?"

„So was in der Art." Sie erhob sich. „Das ist alles, was ich vorerst sagen kann. Außerdem glaube ich, es wartet jemand auf Sie." Die Bürgermeisterin nickte zu jemandem hin, der hinter Hopes Schulter stand.

Hope wirbelte herum und sah den ziemlich müden Lucas, der auf sie wartete. Sie sprang aus ihrem Stuhl hoch und lief aus dem Zimmer und in seine Arme.

„Verdammt, ist es schön, dich zu sehen", sagte er, während er ihren Duft einatmete.

„Dich auch. Ich hatte solche Sorgen, als Joy gesagt hat, du wärst festgenommen worden, und dann haben wir stundenlang hier gesessen und wollten ihnen sagen, was Mom aus Yasmeens Gedanken erfahren hat. Ich war mir nicht sicher, ob wir dich heute Abend noch rausbringen oder nicht."

Er strich mit der Hand durch ihre dunklen Locken, hielt sich immer noch an ihr fest. „Du hast aber nicht gedacht, dass ich mich in einen Drogenbaron verwandelt habe, oder?"

Sie zögerte, nicht sicher, was sie sagen sollte.

Lucas zog sich zurück und schaute auf sie hinab, in seinen Augen stand Sorge. „Hope?"

„Nö. Nicht wirklich. Ich meine, ich kenne dich. Also habe ich das im Herzen nicht wirklich getan. Aber ein paar Augenblicke war ich etwas neben mir. Und es ging über deinen Laden, selbst wenn es dir nicht klar war."

„Allein der Gedanke, dieses Zeug durch meinen Laden zu schleusen ..." Er stieß ein frustriertes Knurren aus. „Da will ich auf irgendwas einschlagen ... oder jemanden."

Sie legte ihm eine Hand an die Wange. „Wenn du dich damit besser fühlst, Peggy Pitsman hat versucht, Yasmeen wie verrückt zu verprügeln."

Er blinzelte, dann warf er den Kopf in den Nacken und lachte. „Du machst Scherze, oder?"

„Nein. Es war herrlich. Ich bin ziemlich sicher, Peggy hat gewonnen."

Nach wie vor lachend schnappte er sich ihre Hand und sagte: „Du musst mir das Schlag für Schlag kommentieren, während wir nach Hause fahren."

„Aber klar", sagte sie, lächelte zu ihm auf, dankbar, dass sie ihn zum Lachen hatte bringen können.

„Angela, macht es dir was aus, wenn Hope heute Nacht bei mir schläft?", fragte Lucas ihre Mom, die ihnen aus der Wache folgte.

„Überhaupt nicht. Sorg nur dafür, dass sie am Morgen Kaffee bekommt, oder ihre Vernebelung nach dem Geschlechtsverkehr wird ein wenig zu wünschen übrig lassen. Du weißt ja, wie Hope ohne Kaffee immer ist."

„Ignoriere sie", verlangte Hope. „Und frag sie nie wieder um Erlaubnis, ob ich bei dir übernachten darf. Ich bin verdammt noch mal eine Erwachsene. Ich treffe meine eigenen Entscheidungen."

„Natürlich tust du das", sagte er mit einem Nicken. „Ich wollte nur klarstellen, dass du heute Nacht nicht nach Hause kommst. Wir haben was vor." Dann zog er sie in einer flüssigen Bewegung auf die Beine und hinüber zu ihrem SUV. „Wer fährt? Ich oder du?"

Hope lächelte ihn sarkastisch an. „Sieht aus, als wärst du bereits auf dem Fahrersitz."

„Schon, oder?" Er knabberte an ihrem Hals und trug sie hinüber auf die Beifahrerseite. Nachdem er sie auf ihren Platz gesetzt hatte, lief er zur anderen Seite herum und stieg ein. „Wo ist deine Mom? Braucht sie einen Chauffeurdienst?"

Hope drehte sich um und sah ihre Mom, die bereits bei Joy einstieg. „Sieht so aus, als wäre sie bedient. Gehen wir. Ich will nichts mehr, als mit dir unter die Dusche zu gehen."

Lucas nickte einmal, legte den Gang ein und raste vom Parkplatz, als würde das Heck brennen.

„Da hat es jemand aber eilig", scherzte sie.

„Hope, ich wurde gerade aus dem Gefängnis entlassen. Ich habe doch was nachzuholen", sagte er.

„Ach? Klingt, als wir könnte ich mich auf einen wilden Ritt einstellen."

„Ist das eine Herausforderung?"

Sie grinste ihn an. „Darauf kannst du deinen Hintern verwetten."

„WAS SAGST DU, wollen wir im Frühling heiraten?", fragte Lucas Hope, während er träge mit ihren Fingern spielte, als sie am nächsten Vormittag auf der Schaukel auf der hinteren Veranda saßen.

Hope, die einen Schluck von dem köstlichsten Kaffee nahm, den sie jemals probiert hatte, platzte heraus: „Was?"

„Frühling? Hochzeit? Du in einem weißen Kleid? Ich in einem Anzug? Oder wenn es dir lieber ist, können wir irgendwas Lockeres am Strand machen, nur du, ich, unsere Mütter und dein Zirkel. Ich bin da nicht wählerisch, solange ich dich endlich meine Frau nennen darf."

Hope starrte ihn an. Dann schüttelte sie verwundert den Kopf. „Ernsthaft? Nach all der Zeit machst du mir so einen Antrag?"

„Was? Hast du irgendeine große Geste oder so was erwartet? Etwa ein Streichquartett, oder tausend Sonnenblumen, oder vielleicht was Einfacheres wie ein Gourmetfrühstück, oder nur wir beide, während ich auf ein Knie gehe und dir einen Drei-Karat-Diamantring hinhalte?"

„Ja. Irgendwie so was", grollte sie, beäugte die beiden Labradors, die spielten und sich im Gras herumrollten. „Es ist tausendmal besser als hey, Hope, was sagst du, wenn wir heiraten? Ich meine, komm schon, ich will keine Tonnen von Romantik, aber …"

Hope hörte auf zu reden, als Lucas eine kleine Schatulle mit blauem Samt aus der Tasche holte und auf ein Knie sank. Er schenkte ihr sein dreistes schiefes Lächeln, das sie so sehr liebte, und öffnete die Schatulle. Sie schaute hinein auf den Ring und kniff die Augen zusammen. Die Sonne, die sich in dem riesigen Stein spiegelte, blendete sie beinahe. „O mein Gott. Passiert das wirklich?"

„Es passiert wirklich, Hope. Ich habe dich inzwischen zweimal verloren, weil wir beide etwas brauchten, das der andere zu dieser Zeit nicht geben konnte. Aber du weißt, es heißt ja, aller guten Dinge sind drei."

Sie stieß ein leises Lachen aus und wischte sich die Tränen ab, die über ihre Wangen liefen. „Die Theorie habe ich schon mal gehört."

„Ich habe dich geliebt, seit ich siebzehn Jahre alt war. Vielleicht haben wir dreißig Jahre gebraucht, um endlich hier anzukommen, aber jetzt, da wir hier sind, will ich keinen weiteren Tag verschwenden." Er griff nach ihrer linken Hand und sagte: „Hope Anderson, willst du mich zum glücklichsten Mann der Welt machen und meine Frau werden?"

„Ja", rief sie mehr oder weniger, dann ging sie hinab auf die Knie und warf sich auf ihn, küsste ihn mit allem, was sie hatte.

Als sie schließlich Luft holte, stieß er ein kehliges Lachen aus. „Wolltest du das? Oder willst du, dass ich damit noch bis zum Hochzeitstag warte?"

Sie schaute auf die Ringschatulle in seiner Hand und lachte leise. „Ja. Ich will ihn. Aber ich wollte dich noch mehr küssen."

„Das ist nur einer der Gründe, weshalb ich dich liebe." Er zwinkerte ihr zu und ließ den blitzenden Stein auf ihren Finger gleiten. „Komm schon", sagte er und zog sie hoch.

„Wohin gehen wir?", fragte sie, konnte ihren Blick nicht von dem antiken Verlobungsring an ihrem Finger lösen. Er war perfekt, genau das, was sie sich selbst ausgesucht hätte.

„Frühstücken." Er führte sie zurück ins Haus, wo ein riesiges Frühstück auf dem Tisch aufgebaut war.

Sie schaute auf die Teller mit Pfannkuchen, Croissants, Eiern, Speck und Toast. Frischer Orangensaft stand neben einem Teller mit Blaubeer-Muffins, sodass Hope den Kopf in den Nacken legte und lachte. Es war genau wie die Frühstücksszene in *Pretty Woman*. Jedes Mal, wenn sie Frühstück gemacht hatten, als sie zusammen gewesen waren, hatte sie gesagt, ein Gentleman würde alles auf der Speisekarte für seine Frau bestellen, genauso wie es Edward Lewis für Vivian getan hatte. Hope drehte sich um und schlang die Arme um ihn. „Ich kann nicht glauben, dass du das noch weißt."

„Baby, ich weiß noch alles." Er neigte den Kopf und verzehrte ihren Mund, sodass ihr die Luft wegblieb.

„Geht auf euer Zimmer", rief Lucas' Mutter aus dem Kücheneingang.

Hope zog sich gerade weit genug zurück, um den Kopf um seine Schulter zu halten, sie anzusehen und mit der Linken in ihre Richtung zu winken. „Wusstest du davon, Bell?"

„Natürlich. Wer, glaubst du denn, hat ihm geholfen, den

Ring auszusuchen?" Sie zwinkerte und fügte dann an: „Ich gratuliere. Also, ernsthaft jetzt, verschwindet auf euer Zimmer. Ich habe hier was zu tun."

Lachend hob Lucas sie auf und tat genau wie geheißen, sodass sie ihr Pretty-Woman-Frühstück ganz vergaß.

KAPITEL NEUNUNDZWANZIG

„*D*as wirst bald du sein", erklärte Joy Hope, während sie sich auf die weißen Stühle auf der Klippe setzten und Skyler und Pete beobachteten, die ihre beiden Shih Tzus zum Altar führten. Polly trug ein ausladendes weißes Satinkleid und Drew eine äußerst süße karierte Weste mit passender Fliege. Das reichte aus, dass man als Mädchen vor reinem Zuckerschock dahinschmolz.

„Bitte. Ich werde ein Bikinitop und einen Sarong tragen, und Lucas Surf-Shorts", beharrte Hope.

Joy verdrehte die Augen. „Nicht, wenn Bell und Angela dazu etwas zu sagen haben."

Hope seufzte, und Joy wusste, dass ihre Freundin einbrechen würde. Angela und Bell hatten beide gedacht, dass sie niemals den Tag erleben würden, wenn ihre Kinder heiraten. Sie wollten unbedingt Teil der Feierlichkeiten sein. Hope würde ihnen das nicht wegnehmen, ganz gleich, wie sehr sie einfach nur weglaufen und mit dem Mann ihrer Träume eine ganz kleine Privathochzeit feiern wollte. „Man möchte meinen, es wäre leichter, das zu planen, wenn man bedenkt, dass ich das für meinen Lebensunterhalt tue. Aber jedes Mal, wenn ich daran denke, ist es mir einfach egal. Das Einzige, was ich will, ist tatsächlich mit ihm verheiratet zu sein."

Nun war es an Joy, zu seufzen. Vor vielen Jahren war sie diese Frau gewesen, als sie und Paul sich verlobt hatten. Joy war die Feier auch egal gewesen. Sie wollte nur ihr Leben mit dem Mann beginnen, in den sie sich Hals über Kopf verliebt hatte. Schade auch, dass er sie fast dreißig Jahre später verlassen hatte, die Arschgeige. Jetzt fing sie neu an und war ein bisschen verloren. Sie brauchte einen Job, der wichtiger war als das Ehrenamt beim Künstlermarkt.

Sie brauchte auch ein Date. Und so viel sie auch darüber geredet hatte, die Tinder-App auszuprobieren, sie war nicht wirklich bereit, sich mit einem Fremden aus dem Internet zu treffen. Was war denn damit, dass man sich persönlich kennenlernte und einfach gleich gut verstand?

„Es ist etwas verrückt, oder?", fragte eine Männerstimme neben ihr.

Joy fuhr leicht zusammen, weil ihr nicht klar gewesen war, dass jemand neben ihr Platz genommen hatte. „Verdammt, Troy. Wann bist du denn hergekommen?", flüsterte sie dem hochgewachsenen, flapsigen Mann mit den freundlichen blauen Augen zu. Sie ließ den Blick über seinen Oberkörper schweifen und konnte nicht verhindern, dass sie sich fragte, was sich unter dem perfekt gebügelten weißen Hemd verbarg.

„Gerade eben. Ich bin froh, dass ich das Ehegelübde nicht verpasst habe. Wie machen sie das denn? Bellen sie einander an? Teilen sie sich ein Leckerli? Schnüffeln sie sich hintenrum an?"

Joy musste ein Kichern unterdrücken, das ihr finstere Blicke von den Leuten in den Reihen vor ihnen einbrachte.

„Vielen Dank auch", flüsterte sie ihm zu. „Jetzt werde ich niemals zu ihrer Silberhochzeit eingeladen."

„Ich bin sicher, bis dahin wird dir verziehen werden. Falls nicht, kannst du den Tag stattdessen am Strand oder im Spa oder in meinem Whirlpool verbringen." Er warf ihr ein sexy Lächeln zu, bei dem ihr Inneres erwachte und Hallo sagte.

Er flirtete mit ihr. Oh, bei den Göttern. Wusste sie noch, wie man flirtete? Wie lange war es her, seit ein attraktiver Mann an ihr Interesse gezeigt hatte? Sie konnte sich nicht erinnern. Teufel, sie konnte sich nicht mal an das letzte Mal erinnern, als sie Sex gehabt hatte, ganz zu schweigen von sonst was.

„Du verpasst es", sagte er und stieß sie an den Arm.

„Was verpasse ich?", fragte sie, dann wurde ihr rasch klar, dass die Zeremonie vorbei war und Pete und Skyler ihre teuren kleinen Hündchen über den Gang zurücktrugen und alle in ihr Strandhaus zu einer Feier einluden.

„Na, ich freue mich, dass es nicht den ganzen Tag gedauert hat", sagte Troy. „Kann ich dich rüber zur Party begleiten?"

„Klar." Joy schaute hinüber zu Hope und Lucas, wollte sie wissen lassen, dass sie sie dort gesehen hatte, aber sie plauderten bereits mit Iris Hartsen. Es klang, als würden sie Informationen darüber bekommen, wie ihr Mann es geschafft hatte, einen Handel zu vereinbaren, damit er nicht ins Gefängnis ging, aber mit Iris hatte kein Handel funktioniert. In dem Augenblick, als er auf Kaution freigekommen war, hatte sie ihn rausgeworfen. Und das war gut so, dachte Joy. Keine Frau brauchte einen Mann, dem sie nicht vertrauen konnte.

Sie wandte ihre Aufmerksamkeit wieder Troy zu und ließ den Arm um seinen gleiten. „Ich erwische sie später mal. Gehen wir."

Sie gingen an der Straße am Strand entlang zu Skylers und

Petes Haus. Aber bevor sie dort ankamen, blieb Troy vor einem großen modernen Haus stehen, das riesige Fenster hatte. „Ich habe das Geschenk vergessen. Willst du mit mir reinkommen, während ich es hole?"

„Ob ich will? Natürlich will ich. Ich glaube nicht, dass ich schon jemals ein so tolles Haus gesehen habe. Es muss doch ermüdend sein, die ganze Zeit auf diese Ausblicke hinauszuschauen", scherzte sie.

Seine Lippen wölbten sich zum Hauch eines Lächelns. „Du weißt ja, wie es ist. Jemand musste es tun, also konnte es auch gleich ich machen."

„Du Armer. Ich fühle mit dir."

Er führte sie ins Haus, und anstatt blendend weiß zu sein, wie sie es erwartet hatte, waren die Wände in einem warmen Braungrau gestrichen und hatten Fotos, die fast jede verfügbare vertikale Fläche bedeckten. Von der es zugegebenermaßen nicht so viel gab, aber wenn man die ganzen Fenster bedachte, war es trotzdem noch beeindruckend.

Während Troy losging, um sein Hochzeitsgeschenk zu holen, verlor sich Joy in den Drucken auf seiner Wand. Einer insbesondere war von einer Frau, die in ein Seidentuch gehüllt war, und die zerwühlt wirkte, und völlig befriedigt, und von ihr konnte sie den Blick gar nicht lösen. In ihrer Sexualität wirkte sie so stark, dass Joy nicht anders konnte, als ein bisschen neidisch zu werden.

„Du weißt schon, du bist sogar noch schöner als dieses Model", sagte Troy. „Ich würde nur zu gern irgendwann ein Shooting mit dir machen. Du wärst ein tolles Objekt."

Der Gedanke war für sie spannend. Als sie jünger gewesen war, hatte sie ein wenig gemodelt, bevor sie Paul geheiratet hatte, und selbst dann hatte sie noch eine Weile Ambitionen gehabt, Schauspielerin zu werden. Aber das war vor so langer Zeit gewesen. Joy drehte sich zu ihm um, um ihn zu beäugen, und fragte: „Meinst du das ernst? Denn das hat eher geklungen wie ein Antrag, nicht ein Angebot zum Modeln."

Er neigte den Kopf zur Seite und kniff die Augen zusammen. „Ja, ich habe es ernst gemeint. Ich heure ständig Models an. Ich zahle die üblichen Gebühren. Denk darüber nach und lass es mich wissen, okay?"

„Ja, okay."

„Aber ich bin neugierig. Weshalb hast du gedacht, es klingt nach einem Antrag?"

Sie zuckte mit den Schultern. „Es ist nur, dass die Frau dort so offensichtlich vernascht wurde. Und so, wie sie in die Kamera schaut, bin ich sicher, ihr beiden habt gerade ..." Sie wedelte mit der Hand. „Du weißt schon."

Seine Augenbrauen schossen hoch. „Nein. Was?"

Jetzt wurde ihr Mund trocken, und plötzlich fragte sie sich, was in sie gefahren war, dass sie das erwähnt hatte. „Du weißt schon. Sex. Ihr beiden hattet gerade Sex."

„Wirklich?" Seine Augen legten sich vor Erheiterung in Falten.

„Willst du mir sagen, ihr habt es nicht getan?", wollte sie wissen, stemmte die Hände auf die Hüften.

„Genau das sage ich."

„Ich glaube dir nicht." Joy schüttelte den Kopf. „Auf gar keinen Fall."

Er nickte nachdenklich. „Ich sehe schon, weshalb du das denkst. Es ist offensichtlich, dass der Fotograf eine Beziehung zu seinem Objekt hatte. Das einzige Problem an deiner Theorie ist, dass ich dieses Bild nicht aufgenommen habe. Das war ein guter Freund von mir. Diese Frau war zu dem Zeitpunkt seine Geliebte. Jetzt sind sie verheiratet. Ich habe es gekauft, weil mich der Druck daran erinnert, dass Liebe voller Leidenschaft und Feuer und Hitze sein sollte, und allem, was einen Menschen aus dem Innersten erblühen lässt. Das will ich eines Tages. Du nicht?"

Joy bekam keine Luft mehr. Und einfach so sorgten seine Worte dafür, dass sie sich auf ihn werfen wollte. Sie legte ihm eine Hand auf die Brust, schaute ihm in die Augen und flüsterte: „Ja. Mehr als alles andere."

Er zögerte nicht. Troy ging vor und nahm ihren Mund für sich in Anspruch. Der Kuss war voller Feuer und heftigem Verlangen. Joy trat zu ihm, schlang die Arme um seine muskulösen Schultern und ließ sich einfach in alles sinken, was er zu bieten hatte.

Als sie sich schließlich voneinander lösten, stand in Troys Augen reine Leidenschaft, etwas, das sie viel zu lange nicht mehr gesehen hatte, wenn ein Mann sie anschaute.

„Verdammt, Joy. Ich will dich. Unbedingt", sagte er. „Wäre es zu aufdringlich, zu fragen, ob du den Nachmittag mit mir in meinem Bett verbringen würdest?"

Sie schauten einander eine gefühlte Ewigkeit an, während die Elektrizität zwischen ihnen funkte. Und obwohl er ihr einen Job als Model angeboten hatte, und es auf jeden Fall unprofessionell war, mit dem Fotografen zu schlafen, gab es nichts im ganzen Universum, das sie davon abgehalten hätte, dass sie Ja zu seinem Vorschlag sagte.

Denn es war auf jeden Fall Zeit, dass Joy wieder in Schwung kam.

ÜBER DIE AUTORIN

New York Times- und *USA Today*-Bestsellerautorin Deanna Chase wurde in Kalifornien geboren und in den behäbigeren Lebensstil des südöstlichen Louisiana versetzt. Wenn sie nicht schreibt, faulenzt sie oft mit ihrem Mann in New Orleans oder spielt mit ihren beiden Shih Tzus. Weitere Informationen und Neuigkeiten zu ihren neuesten Veröffentlichungen findet man auf ihrer Website unter deannachase.com.